R&B

1. Auflage, August 1989.
2. Auflage, November 1989.
3. Auflage, Februar 1990.
4. Auflage, Oktober 1990.
5. Auflage, Januar 1991.
6. Auflage, November 1991.
7. Auflage, Oktober 1992.
8. Auflage, August 1993.
9. Auflage, November 1994.

Die Originalausgabe erschien unter dem Titel
The Long Dark Tea-Time of the Soul
bei William Heinemann Ltd., London.

ISBN 3 8077 0230 X

Umschlag-Illustration: Chris Moore.
Umschlag-Gestaltung: Tschabo Small.
Herstellung Dieter Kohler & Bernd Leberfinger, Nördlingen.
Satz von LibroSatz, Kriftel.
Druck bei Gutmann + Co GmbH, Talheim, Neckar.
Gebunden bei G. Lachenmaier, Reutlingen.
Printed in Germany.

Dieses Buch gibt es nur bei Zweitausendeins
im Versand (Postfach, D-60381 Frankfurt am Main)
oder in den Zweitausendeins-Läden in Berlin, Essen, Frankfurt, Freiburg, Hamburg, Köln, München, Nürnberg, Saarbrücken, Stuttgart.

In der Schweiz über buch 2000, Postfach 89,
CH-8910 Affoltern a. A.

Douglas Adams

DER LANGE DUNKLE FÜNFUHRTEE DER SEELE

Aus dem Englischen
von Benjamin Schwarz

Rogner & Bernhard
bei Zweitausendeins

Für Jane

Kapitel 1

Es kann kaum ein Zufall sein, daß es in keiner Sprache der Welt die Wendung »schön wie ein Flughafen« gibt.

Flughäfen sind häßlich. Manche sind sehr häßlich. Manche erreichen ein Ausmaß an Häßlichkeit, das nur das Resultat besonderer Kraftanstrengungen sein kann. Diese Häßlichkeit kommt zustande, weil Flughäfen mit Menschen angefüllt sind, die müde und verdrossen sind und gerade festgestellt haben, daß ihr Gepäck in Murmansk gelandet ist (Murmansk ist die einzige bekannte Ausnahme dieser ansonsten unerschütterlichen Regel), und weil die Architekten alles in allem versucht haben, diesem Umstand in ihren Entwürfen Rechnung zu tragen.

Sie waren bestrebt, das Müdigkeits- und Verdrossenheitsmotiv durch brutale Formen und nervenzerfetzende Farben zu akzentuieren, das Anliegen, die Reisenden für immer von ihren Koffern oder liebsten Angehörigen zu trennen, spielerisch in die Tat umzusetzen, den Reisenden mit Pfeilen zu verwirren, die auf Fenster, ferne Schlipsregale oder die gegenwärtige Position von Ursa Minor am Nachthimmel zu deuten scheinen, und wo immer möglich alle Rohrleitungen sichtbar zu machen, und zwar aus dem Grund, weil sie funktionell sind, und die Position der Flugsteige zu verstecken, wahrscheinlich aus dem Grund, weil sie's nicht sind.

Inmitten eines Meeres verschwommener Lichter und eines Meeres verschwommener Geräusche stand Kate Schechter und hatte ihre Zweifel.

Den ganzen Weg von London nach Heathrow hatten sie Zweifel geplagt. Sie war weder abergläubisch noch etwa gar religiös, sie war einfach eine Frau, die sich absolut nicht sicher war, ob sie nach Norwegen fliegen sollte. Aber es wurde ihr zunehmend leichter zu glauben, daß Gott, wenn es einen Gott gab und auch nur entfernt die Möglichkeit bestand, daß irgendein gottähnliches Wesen, das bei der Erschaffung des Universums die Anordnung winzigster Teilchen hatte festlegen können, ebenfalls an der Lenkung des Verkehrs auf der M4 interessiert wäre, auch nicht wollte, daß sie nach Norwegen flöge. Der ganze Ärger mit den Tickets und die Schwierigkeit, eine Nachbarin zu finden, die sich um die Katze kümmern konnte, dann die Katze zu finden, damit sich um sie durch die Nachbarin gekümmert werden konnte, das plötzliche Loch im Dach, die verschwundene Brieftasche, das Wetter, der plötzliche Tod der Nachbarin, die Trächtigkeit der Katze – alles hatte den Anschein einer mit Absicht angezettelten Behinderungskampagne, die allmählich begann, göttliche Ausmaße anzunehmen.

Sogar der Taxifahrer – als sie endlich ein Taxi gefunden hatte – hatte gesagt: »Norwegen? Warum wollen Sie denn dahin?« Und als sie nicht sofort geantwortet hatte: »Das Nordlicht!« oder »Die Fjorde!«, sondern einen Augenblick ein zweifelndes Gesicht gemacht und an ihrer Lippe genagt hatte, da hatte er gesagt: »Ich weiß, ich wette, es ist irgend so 'n Kerl, der Sie da raufschleppt. Ich sag Ihnen was. Sagen Sie ihm, er soll Sie mal. Fliegen Sie nach Teneriffa.«

Das war eine Idee.

Teneriffa.

Oder auch, wagte sie einen flüchtigen Moment lang zu denken, nach Hause.

Sie hatte aus dem Taxifenster stumm auf das wilde Verkehrsgewirr gestarrt und gedacht, wie kalt und erbärmlich das Wetter hier auch sei, es sei nichts im Vergleich dazu, wie es in Norwegen sein werde.

Oder aber zu Hause. Zu Hause wäre es im Augenblick ungefähr genauso eisig wie in Norwegen. Eisig und mit kleinen Dampfgeysiren durchsetzt, die aus dem Boden hervorbrachen, in der Frostluft hängen blieben und sich zwischen den Gletscherklippen-Fassaden der Sixth Avenue verteilten.

Ein rascher Blick auf den Weg, den Kate im Laufe ihrer

dreißig Jahre zurückgelegt hatte, würde sie fraglos als New Yorkerin zu erkennen geben. Denn obwohl sie nur sehr kurze Zeit in dieser Stadt gelebt hatte, hatte sich der größte Teil ihres Lebens in einem konstanten Abstand dazu abgespielt. Los Angeles, San Francisco, Europa und eine Zeit zielloser Streifzüge durch Südamerika vor fünf Jahren, nachdem sie ihren frisch angetrauten Gatten Luke beim Versuch, sich in New York ein Taxi zu winken, durch einen Unfall verloren hatte.

Sie fand Gefallen an dem Gedanken, daß New York ihr Zuhause sei und daß sie es vermisse, aber eigentlich war das einzige, was sie wirklich vermißte, Pizza. Und zwar nicht bloß irgend so eine Pizza, sondern die Art Pizza, die an die Wohnungstür gebracht wird, wenn man anruft und darum bittet. Das war die einzige echte Pizza. Eine Pizza, für die man aus dem Haus gehen und an einem Tisch sitzen und auf rote Papierservietten starren mußte, war keine echte Pizza, ganz egal, wie viele Extrapeperoni und -anchovis sie drauflegten.

London war die Stadt, in der sie am liebsten wohnte, abgesehen natürlich von dem Pizzaproblem, das sie verrückt machte. Warum wollte niemand Pizza nach Hause liefern? Warum begriff niemand, daß es für das ganze Wesen einer Pizza von grundlegender Bedeutung ist, daß sie in einer heißen Pappschachtel an der Wohnungstür eintrifft? Daß man sie aus dem Pergamentpapier gleiten läßt und in zusammengefalteten Stücken vor dem Fernseher verzehrt? Welchen grundlegenden Defekt hatten die dämlichen, hochnäsigen, faulen Briten, daß sie diese simple Wahrheit nicht begriffen? Aus irgendeinem seltsamen Grund war das die einzige Enttäuschung, mit der einfach zu leben und die zu akzeptieren sie niemals lernen konnte, und ungefähr einmal im Monat wurde sie dann regelmäßig sehr deprimiert, rief bei einer Pizzeria an, bestellte die größte, luxuriöseste Pizza, die ihr in den Sinn kam – eine Pizza, im Grunde mit einer Extrapizza drauf –, und bat dann freundlich darum, sie ihr zu liefern.

»Was bitte?«

»Liefern. Ich sage Ihnen meine Adresse –«

»Ich verstehe nicht. Wollen Sie nicht herkommen und sie sich abholen?«

»Nein. Sie werden Sie mir doch liefern? Meine Adresse –«

»Äh, wir machen das nicht, Miss.«

»Machen was nicht?«

»Äh, liefern ...«

»Sie liefern nicht? Verstehe ich Sie richtig ...?

Der Dialog artete jedesmal rasch zu einer häßlichen gegenseitigen Beschimpfung aus, worauf sie sich erschöpft und elend fühlte, aber am nächsten Morgen viel, viel besser. In jeder anderen Hinsicht war sie einer der reizendsten Menschen, denen zu begegnen man hoffen konnte.

Aber der heutige Tag forderte sie bis zum letzten.

Es hatte auf der Autobahn schreckliche Staus gegeben, und als dem fernen Blinken blauer Lichter deutlich zu entnehmen war, daß die Ursache ein Unfall irgendwo vor ihnen sei, war Kate noch nervöser geworden und hatte starr aus dem anderen Fenster gesehen, als sie schließlich langsam dran vorbeigefahren waren.

Der Taxifahrer war schlechtgelaunt gewesen, als er sie endlich abgesetzt hatte, weil sie kein passendes Geld hatte, und es hatte eine Menge ärgerliches Gesuche in engen Hosentaschen gegeben, ehe er schließlich in der Lage war, Wechselgeld für sie zu finden. Die Atmosphäre war dumpf und gewittrig, und als sie nun mitten in der Hauptabfertigungshalle des Terminals Zwei im Flughafen Heathrow stand, konnte sie den Abfertigungsschalter für ihren Flug nach Oslo nicht finden.

Sie stand einen Moment sehr still da, atmete ruhig und tief und versuchte, nicht an Jean-Philippe zu denken.

Jean-Philippe war, wie der Taxifahrer richtig geraten hatte, der Grund, weshalb sie nach Norwegen flog, er war aber auch der Grund, weshalb sie überzeugt war, daß Norwegen als Reiseziel für sie absolut nicht empfehlenswert sei. Sobald sie an ihn dachte, fing ihr Kopf an zu vibrieren, und da schien es doch das beste, gar nicht erst an ihn zu denken, sondern einfach nach Norwegen zu fliegen, als wolle sie zufällig sowieso dorthin. Sie wäre dann schrecklich überrascht, wenn sie ihn unerwartet in egal welchem Hotel anträfe, das er auf die Karte geschrieben hatte, die im Seitenfach ihrer Handtasche klemmte.

Tatsächlich würde sie auf jeden Fall überrascht sein, wenn sie ihn dort vorfände. Was sie mit größerer Wahrscheinlichkeit vorfände, wäre eine Nachricht von ihm, die besagen würde, daß er unerwartet nach Guatemala, Seoul oder Teneriffa gerufen worden sei und daß er sie von dort anrufen werde. Jean-Philippe war der mit der größten Beständigkeit abwesende Mensch, dem sie je begegnet war. Darin war er der Gipfelpunkt einer ganzen Reihe von Menschen. Seit sie Luke an den großen gelben Chevrolet verloren hatte, war sie sonderbar abhängig gewesen von den recht nichtssagenden Gefühlsregungen, die eine Reihe egozentrischer Männer in ihr ausgelöst hatten.

Sie versuchte, all das aus ihren Gedanken zu streichen und auch die Augen für eine Sekunde zu schließen. Sie wünschte sich, wenn sie sie wieder öffnete, befände sich ein Schild vor ihr mit der Aufschrift: »Nach Norwegen dort entlang«, dem sie einfach folgen könnte, ohne über es oder andere Dinge noch jemals nachdenken zu müssen. So, überlegte sie in Fortführung ihres früheren Gedankengangs, entstünden vermutlich Religionen, und das müsse der Grund dafür sein, daß so viele Sekten auf Flughäfen herumlungerten und nach Konvertiten Ausschau hielten. Sie wissen, daß die Leute dort so verletzlich und durcheinander sind wie sonst nie und bereit, jede Art von Führung anzunehmen.

Kate machte die Augen wieder auf und war, natürlich, enttäuscht. Aber dann riß eine oder zwei Sekunden später eine lange wogende Menge verdrossener Deutscher in unsäglich gelben Polohemden vorübergehend auf und gab ihr kurz den

Blick auf den Abfertigungsschalter nach Oslo frei. Sie hievte sich ihren Kleidersack wieder auf die Schulter und steuerte darauf zu.

An dem Schalter stand nur ein einziger Mensch, und der, so stellte sich heraus, hatte Schwierigkeiten oder machte vielleicht auch welche.

Er war ein großer Mann, eindrucksvoll groß und gut gebaut – ja ausgezeichnet gebaut –, aber er sah gleichzeitig entschieden merkwürdig aus, und das auf eine Weise, mit der Kate nicht ganz zu Rande kam. Sie konnte nicht mal sagen, was an ihm so merkwürdig war, nur daß sie augenblicklich die Neigung hatte, ihn nicht auf die Liste der Dinge zu setzen, über die sie im Moment nachdenken wollte. Sie erinnerte sich, einen Zeitungsartikel gelesen zu haben, in dem stand, daß die zentrale Recheneinheit des menschlichen Gehirns nur sieben Gedächtnisspeicher besitze, was hieß, wenn man sieben Dinge gleichzeitig im Kopf hatte und dann an was anderes dachte, dann plumpste eins von den anderen sieben im selben Moment heraus.

In schneller Folge dachte sie daran, ob sie wohl das Flugzeug kriegen werde oder nicht, ob sie sich das bloß einbilde, daß es ein besonders saumäßiger Tag sei, dachte an Angestellte von Fluggesellschaften, die bezaubernd lächeln und atemberaubend unverschämt sind, an Duty-free-Shops, die in der Lage sind, viel niedrigere Preise als normale Läden zu fordern, es aber – rätselhafterweise – nicht tun, daran, ob sie wohl einen Zeitschriftenartikel über Flughäfen zustande bekäme oder nicht, der ihr helfen könnte, die Reise zu finanzieren, ob ihr Kleidersack auf der anderen Schulter weniger weh täte und schließlich, trotz all ihrer gegenteiligen Bemühungen, an Jean-Philippe, der ganz allein wiederum eine Reihe von zumindest sieben Unterthemen bildete.

Der Mann, der streitend vor ihr stand, verschwand auf der Stelle aus ihren Gedanken.

Erst die Ankündigung der Flughafendurchsage, daß nun

der letzte Aufruf für den Flug nach Oslo erfolge, zwang sie, ihre Aufmerksamkeit wieder der Situation vor sich zuzuwenden.

Der große Mann beschwerte sich darüber, daß ihm kein Platz in der ersten Klasse reserviert worden sei. Es hatte sich soeben herausgestellt, daß der Grund dafür war, daß er gar kein Erster-Klasse-Ticket besaß.

Kates Stimmung sank in den tiefsten Keller ihres Charakters, begann dort umherzustreifen und leise Knurrgeräusche von sich zu geben.

Jetzt stellte sich heraus, daß der Mann vor ihr in Wirklichkeit überhaupt kein Ticket besaß, und darauf begann die Auseinandersetzung sich unverblümt und wütend auf Themen wie das körperliche Äußere des Mädchens hinter dem Abfertigungsschalter auszuweiten, ihre Qualitäten als Mensch, Mutmaßungen über ihre Vorfahren, Spekulationen darüber, was für Überraschungen die Zukunft für sie und die Fluggesellschaft, für die sie arbeitete, noch in petto haben könnte, und verfiel schließlich zufällig auf das erfreuliche Thema Kreditkarte.

Der Mann hatte keine.

Weitere Diskussionen folgten und drehten sich um Schecks und darum, warum die Fluggesellschaft sie nicht akzeptiere.

Kate warf einen langen, langsamen, mordgierigen Blick auf ihre Uhr.

»Entschuldigen Sie«, sagte sie, indem sie die Verhandlungen unterbrach. »Wird das noch lange dauern? Ich muß den Flug nach Oslo kriegen.«

»Ich bediene gerade diesen Herrn«, sagte das Mädchen, »in nur einer Sekunde bin ich für Sie da.«

Kate nickte und ließ höflich nur eine Sekunde verstreichen.

»Es ist nur, daß der Flug jede Sekunde losgeht«, sagte sie dann. »Ich habe ein Gepäckstück, ich habe mein Ticket, ich habe eine Platzreservierung. Das dauert etwa dreißig Sekunden. Ich mische mich sehr ungern ein, aber noch weniger gern verpasse ich wegen dreißig Sekunden meinen Flug. Wegen dreißig echten Sekunden, nicht dreißig ›Nur-eine-Sekunde‹-Sekunden, die uns hier den ganzen Abend festhalten könnten.«

Das Mädchen von der Abfertigung wandte Kate den vollen Glanz ihrer Lippenpomade zu, aber ehe sie sprechen konnte, drehte sich der große, blonde Mann um, und die Wirkung seines Gesichts war leicht verwirrend.

»Auch ich«, sagte er mit einer langsamen, zornigen, nordischen Stimme, »möchte nach Oslo fliegen.«

Kate sah ihn an. Er wirkte absolut deplaziert auf einem Flughafen, oder vielmehr, der Flughafen um ihn herum wirkte absolut deplaziert.

»Naja«, sagte sie, »so wie sich die Sache im Moment entwickelt, sieht's so aus, als würde es keiner von uns beiden schaffen. Können wir das mal eben klären? Woran hängt's denn?«

Das Mädchen von der Abfertigung verströmte ihr bezauberndes, erstarrtes Lächeln und sagte: »Die Fluggesellschaft akzeptiert aufgrund ihrer Firmenpolitik keine Schecks.«

»Aber ich«, sagte Kate und knallte ihre Kreditkarte hin. »Buchen Sie das Ticket für den Herrn hier drauf, und ich nehme einen Scheck von ihm.«

»Okay?« setzte sie, an den großen Mann gewandt, hinzu, der sie mit wachsendem Erstaunen betrachtete. Seine Augen waren groß und blau und vermittelten den Eindruck, als hätten sie ihr Leben lang auf eine Menge Gletscher geblickt. Sie wirkten außerordentlich arrogant, aber auch umwölkt.

»Okay?« wiederholte sie lebhaft. »Mein Name ist Kate Schechter. Zwei C's, zwei H's, zwei E's, und dazu ein T, ein R und ein S. Vorausgesetzt, sie sind alle vorhanden, ist die Bank wegen der Reihenfolge nicht pingelig. Die scheinen sie selber nicht zu kennen.«

Sehr langsam neigte der Mann in einer flüchtigen Dankesverbeugung leicht den Kopf vor ihr. Er dankte ihr für ihre

Freundlichkeit, Liebenswürdigkeit und irgendein norwegisches Wort, das sie nicht verstand, er sagte, es sei schon lange her, seit er so etwas erlebt habe, sie sei eine Frau von Charakter und noch irgendein norwegisches Wort, und er stehe in ihrer Schuld. Er setzte außerdem hinzu, daß er kein Scheckbuch besitze.

»In Ordnung!« sagte Kate, entschlossen, sich nicht von ihrem Weg abbringen zu lassen. Sie angelte in ihrer Handtasche nach einem Stück Papier, nahm einen Kugelschreiber von dem Abfertigungstresen, kritzelte was auf das Papier und schob es ihm rüber.

»Das ist meine Anschrift«, sagte sie, »schicken Sie mir das Geld. Versetzen Sie notfalls Ihren Pelzmantel. Aber schicken Sie's mir. Okay? Ich vertraue Ihnen blind.«

Der große Mann nahm das Stück Papier, las die wenigen Worte mit enormer Langsamkeit, dann faltete er es umständlich zusammen und steckte es in seine Manteltasche. Wieder verbeugte er sich ganz leicht vor ihr.

Kate bemerkte plötzlich, daß das Mädchen von der Abfertigung schweigend darauf wartete, daß ihr der Kugelschreiber zurückgegeben würde, damit sie das Kreditkartenformular ausfüllen könne. Verärgert schob sie ihn ihr rüber, reichte ihr das eigene Ticket und zwang sich zu eisiger Gelassenheit.

Die Flughafendurchsage verkündete den Start ihres Fluges.

»Darf ich bitte Ihre Pässe sehen?« fragte das Mädchen ohne Eile.

Kate reichte ihren rüber, aber der große Mann hatte keinen.

»Was?« rief Kate. Die Angestellte hörte einfach auf, sich zu bewegen, starrte ruhig auf einen vagen Punkt auf ihrem Schreibtisch und wartete, daß jemand anderer eine Bewegung machte. Das alles war nicht ihr Problem.

Der Mann wiederholte aufgebracht, daß er keinen Paß besitze. Er brüllte es und haute mit der Faust so fest auf den Tresen, daß er ihn durch die Wucht des Schlages leicht verbeulte.

Kate nahm ihr Ticket, ihren Paß und ihre Kreditkarte und hievte sich ihren Kleidersack wieder auf die Schulter.

»Da weiß ich auch nicht weiter«, sagte sie und ging einfach weg. Sie hatte das Gefühl, jede menschenmögliche Anstrengung unternommen zu haben, um ihr Flugzeug zu kriegen, daß es aber nicht hatte sein sollen. Sie würde Jean-Philippe ein Telegramm schicken und ihm mitteilen, daß sie nicht dort sein könne, und seine Nachricht an sie würde wahrscheinlich in einem Fach daneben stecken und ihr mitteilen, warum er auch nicht dort sein könne. Zum erstenmal würden sie beide nicht da sein.

Zunächst mal würde sie sich etwas abregen müssen. Sie begab sich auf die Suche erstens nach einer Zeitung und zweitens nach Kaffee und konnte, indem sie den entsprechenden Zeichen folgte, beides nicht finden. Sodann konnte sie kein funktionierendes Telefon finden, von dem aus sie ein Telegramm aufgeben konnte, und beschloß, den ganzen Flughafen Flughafen sein zu lassen. Bloß raus hier, sagte sie sich, ein Taxi auftreiben und wieder nach Hause fahren.

Sie schlängelte sich durch die Abfertigungshalle wieder zum Ausgang durch und war dort fast angekommen, als sie zufällig einen Blick zurück auf den Abfertigungsschalter warf, der ihr die Niederlage beigebracht hatte, und da sah sie eben noch, wie er in einem orangefarbenen Feuerball durchs Dach schoß.

Während sie schmerzgequält im Dunkel erstickender Staubwolken unter einem Haufen Trümmer lag und herauszufinden versuchte, ob sie ihre Gliedmaßen noch spüren könne, verschaffte ihr wenigstens der Gedanke Erleichterung, daß sie es sich nicht nur eingebildet hatte, daß das ein schlechter Tag war. Und während sie es noch dachte, schwanden ihr die Sinne.

Kapitel 2

Die üblichen Leute versuchten, die Verantwortung zu übernehmen.

Erst die IRA, dann die PLO und das Gaswerk. Sogar die Britische Atomwirtschaft beeilte sich, eine amtliche Erklärung abzugeben, daß sie die Situation völlig unter Kontrolle habe, daß die Möglichkeit, daß überhaupt Radioaktivität entwichen sei, eins zu einer Million stehe, und daß der Ort der Explosion ein hübsches Ziel für einen Ausflug mit den Kindern und ein Picknick abgebe, ehe man schließlich zugeben mußte, daß die ganze Geschichte mit der Atomwirtschaft eigentlich überhaupt nichts zu tun hatte.

Keine Ursache konnte für die Explosion ermittelt werden.

Sie schien sich selbsttätig und aus freiem Willen ereignet zu haben. Erklärungen wurden vorgebracht, aber die meisten waren einfach irgendwelche Formulierungen, die das Problem mit anderen Worten umschrieben, und zwar nach demselben Prinzip, das der Welt den Begriff »Metallermüdung« beschert hat. Tatsächlich wurde ein ganz ähnlicher Ausdruck erfunden, um den Umstand zu erklären, daß Holz, Metall, Plastik und Beton urplötzlich in einen explosiven Zustand überführt worden waren, nämlich »nichtlinearer katastrophaler Strukturunwille«, oder anders ausgedrückt – wie es ein Unterstaatssekretär am Abend darauf im Fernsehen mit einer Formulierung tat, die ihn den Rest seiner Karriere verfolgen sollte – der Abfertigungsschalter hatte es einfach »grundsätzlich satt gehabt, dort zu stehen, wo er stand.«

Wie bei allen derartigen katastrophalen Ereignissen schwankten die Schätzungen der Opfer ungeheuer. Sie fingen bei siebenundvierzig Toten und neunundachtzig Schwerverletzten an, stiegen auf dreiundsechzig Tote und hundertdreißig Verletzte und kletterten schließlich bis zu hundertsiebzehn Toten hoch, ehe die Zahlen allmählich wieder nach unten korrigiert wurden. Die Abschlußzahlen ergaben, daß, sobald alle Leute, die abgehakt werden konnten, abgehakt worden waren, tatsächlich überhaupt kein einziger Mensch umgekommen war. Eine geringe Zahl war mit Schnittverletzungen, Prellungen und unterschiedlich schweren Schocktraumen ins Krankenhaus gekommen, aber das – es sei denn, jemand hatte irgendwelche Informationen darüber, daß tatsächlich jemand vermißt wurde – war auch schon alles.

Doch war dies ein weiterer unerklärlicher Aspekt an der ganzen Geschichte. Die Wucht der Explosion hatte genügt, einen großen Teil der Fassade des Terminals Zwei in Schutt und Asche zu legen, und trotzdem waren alle Leute in dem Gebäude entweder irgendwie glücklich gefallen oder vor einem Stück zusammenbrechenden Mauerwerks durch ein anderes geschützt worden, oder ihr Gepäck hatte den Detonationsdruck aufgefangen. Alles in allem hatte überhaupt nur sehr wenig Gepäck die Sache überlebt. Im Parlament wurden diesbezüglich Fragen gestellt, aber keine sehr interessanten.

Es dauerte ein paar Tage, bevor Kate Schechter irgendwas von diesen Dingen oder, besser gesagt, überhaupt etwas von der Außenwelt gewahr wurde.

Sie verbrachte die Zeit ruhig in einer ganz eigenen Welt, in der sie, soweit das Auge reichte, von alten Schrankkoffern voller verflossener Erinnerungen umgeben war, in denen sie mit großer Neugier und manchmal Bestürzung herumkramte. Oder aber mindestens etwa ein Zehntel der Schrankkoffer enthielt lebendige und oft schmerzliche oder unangenehme Erinnerungen aus ihrem vergangenen Leben, und die restlichen neun Zehntel waren voller Pinguine, was sie überraschte. Soweit sie sich überhaupt bewußt wurde, daß sie träumte, wurde ihr klar, daß sie offensichtlich ihr eigenes Unterbewußtsein durchstöberte. Sie hatte mal gehört, daß der Mensch vermutlich nur etwa ein Zehntel seines Hirns benutze und daß niemand ganz genau wisse, wozu die anderen neun Zehntel da seien, aber sie hatte natürlich nie eine Andeutung darüber gehört, daß sie zur Aufbewahrung von Pinguinen benutzt würden.

Nach und nach begannen die Schrankkoffer, die Erinnerungen und die Pinguine zu verschwimmen, weiß und nebelhaft zu werden, dann wie Wände zu werden, die ganz weiß und nebelhaft waren, um schließlich zu Wänden zu werden, die bloß weiß waren, oder vielmehr von einem gebrochenen, gelblich-grünlichen Weiß, und Kate in einem kleinen Raum umschlossen.

Der Raum lag im Halbdunkel. Eine Nachttischlampe brannte, war aber heruntergedimmt, und das Licht einer Straßenlaterne sickerte zwischen den grauen Vorhängen hindurch und malte natriumgelbe Muster auf die gegenüberliegende Wand. Undeutlich wurde sie den schattenhaften Umriß ihres Körpers gewahr, der unter dem weißen, zurückgeschlagenen Bettuch und den fahlen, ordentlichen Decken lag. Sie starrte ängstlich eine Zeitlang hin und überprüfte, ob alles richtig aussah, ehe sie zaghaft versuchte, irgendeinen Körperteil zu bewegen. Sie versuchte es mit ihrer rechten Hand, und die schien in Ordnung zu sein. Sie war ein bißchen steif und tat weh, aber die Finger reagierten sämtlich, und alles schien die richtige Länge und Dicke zu haben und sich an den richtigen Stellen und in die richtigen Richtungen zu biegen.

Sie geriet ganz kurz in Panik, als sie ihre linke Hand nicht gleich orten konnte, aber dann fand sie sie. Sie lag auf ihrem Bauch und grabbelte irgendwie merkwürdig an ihr herum. Sie benötigte ein, zwei Sekunden äußerster Konzentration, um eine Reihe recht beunruhigender Gefühle zusammenzukriegen und sich klarzuwerden, daß ihr mit einem Verband eine Kanüle am Arm befestigt war. Das nahm sie ziemlich mit. Von der Kanüle schlängelte sich ein langer, dünner, durchsichtiger Schlauch nach oben, der im Licht der Straßenlaterne gelblich schimmerte und in einer sanften Kurve zu einem dicken Plastikbeutel führte, der an einem hohen Metallständer hing. Angesichts dieses Apparates überfiel sie kurz ein ganzes Geschwader von Horrorvisionen, aber dann spähte sie unsicher nach dem Beutel und sah die Aufschrift »Dextro-Saline«. Sie wartete, bis sie sich beruhigt hatte und lag ein paar Sekunden still da, ehe sie ihre Erkundung wieder aufnahm.

Ihr Brustkorb schien unversehrt zu sein. Geschunden und empfindlich, doch spürte sie nirgendwo heftigere Schmerzen, die darauf schließen ließen, daß irgendwas gebrochen war. Die Hüften und Oberschenkel schmerzten und waren steif, wiesen aber keine ernsthafte Verletzung auf. Sie spannte die Muskeln ihres rechten und dann ihres linken Beins an. Sie meinte fast, ihr linker Knöchel sei verstaucht.

Mit anderen Worten, sagte sie sich, sie war vollkommen in Ordnung. Also, was tat sie dann hier in diesem Haus, das nach der Eiterfarbe des Anstrichs zu urteilen zweifellos ein Krankenhaus war?

Sie setzte sich ungeduldig auf und leistete auf der Stelle für ein paar weitere unterhaltsame Minuten den Pinguinen Gesellschaft.

Als sie das nächstemal zu sich kam, ging sie etwas pfleglicher mit sich um und blieb still liegen, während sie ein leichtes Schwindelgefühl verspürte.

Vorsichtig stupste sie ihr Gedächtnis danach an, was passiert war. Es war dunkel und fleckig und kam ihr in bleichen, schmierigen Wellen entgegen wie die Nordsee. Klumpige Formen drängten sich daraus hervor und setzten sich langsam zu einem schwankenden Flughafen zusammen. Der Flughafen war mürrisch und schmerzte in ihrem Kopf, und in seiner Mitte pulsierte wie eine Migräne die Erinnerung an einen Moment mit einer wirbelnden, pompösen Lichtwolke.

Es wurde ihr plötzlich völlig klar, daß die Abfertigungshalle des Terminals Zwei im Flughafen Heathrow von einem Meteoriten getroffen worden war. Als Silhouette vor dem Flammenmeer hob sich die in einen Pelzmantel gehüllte Gestalt eines riesenhaften Mannes ab, der die volle Wucht der ganzen Sache abgekriegt und auf der Stelle in eine Wolke aus Atomen verwandelt worden sein mußte, die frei dorthin zogen, wohin es ihnen gefiel. Auf den Gedanken hin durchfuhr sie ein gewaltiger und gräßlicher Schauder. Der Mann war aufreizend und arrogant gewesen, aber sie hatte ihn auf eine merkwürdige Weise gemocht. Es war etwas sonderbar Vornehmes an seiner bockbeinigen Sturheit gewesen. Oder vielleicht, dämmerte ihr, gefiel ihr der Gedanke, eine so bockbeinige Sturheit sei vornehm, weil sie sie an ihre eigenen Versuche erinnerte, in einer fremden, feindseligen und Pizza nicht ins Haus liefernden Umgebung sich eine Pizza ins Haus liefern zu lassen. Vornehmheit war *ein* Wort dafür, Theater um die trivialen Zwangsläufigkeiten des Lebens zu machen, aber es gab auch andere.

Sie fühlte eine plötzliche Welle der Angst und Einsamkeit in sich hochsteigen, aber die verebbte rasch wieder, und danach fühlte sie sich ruhiger, gelassener und bedürftig, die Toilette aufzusuchen.

Nach ihrer Uhr war es kurz nach drei, und nach allem anderen zu urteilen, war es Nacht. Sie sollte vielleicht die Schwester rufen und die Welt wissen lassen, daß sie zu sich gekommen war. Es befand sich ein Fenster in der Seitenwand des Raumes, durch das sie einen matt beleuchteten Korridor sah, in dem ein Rollbett und eine hohe, schwarze Sauerstoffflasche standen, der ansonsten aber leer war. Alles war sehr still da draußen.

Sie blickte sich in dem kleinen Zimmer um und sah einen weißgestrichenen Sperrholzschrank, zwei Stahlrohrstühle mit Kunststoffsitzen, die schweigend im Schatten lauerten, und einen weißgestrichenen Sperrholznachttisch, auf dem ein kleiner Teller mit einer einzelnen Banane stand. Auf der anderen Seite des Bettes befand sich ihr Tropfständer. Auf dieser Bettseite war auch eine Metallplatte mit zwei schwarzen Knöpfen in die Wand eingelassen, von der ein Paar alte Bakelitkopfhörer herabbaumelten, und um den Stahlrohrpfosten am Kopfende war ein Kabel mit einem Klingelknopf gewickelt, an dem sie herumfingerte, dann jedoch nicht zu drücken beschloß.

Es ging ihr gut. Sie würde sich schon allein zurechtfinden.

Langsam, ein wenig benommen stemmte sie sich auf ihre Ellbogen und ließ ihre Beine unter den Bettüchern hervor und auf den Boden gleiten, der sich für ihre Füße kalt anfühlte. Sie wußte fast im selben Augenblick, daß sie das nicht tun sollte, weil jeder Teil ihrer Füße ganze Ströme von Mitteilungen zurückschickte, die ihr genauestens kundtaten, wie sich das kleinste Stückchen Fußboden, das sie berührten, anfühlte, als wäre das eine so merkwürdige und beunruhigende Angelegenheit, wie sie sie noch nie erlebt hatten. Trotzdem setzte sie sich auf die Bettkante und zwang ihre Füße, den Fußboden als etwas hinzunehmen, an das sie sich einfach gewöhnen müßten.

Vom Krankenhaus war sie in ein großes, sackartiges, gestreiftes Ding gesteckt worden. Es war nicht nur sackartig, stellte sie fest, nachdem sie es sich näher besehen hatte, es war tatsächlich ein Sack. Ein Sack aus einem losen blau-weiß gestreiften Baumwollstoff. Er war hinten offen und ließ die eisige Nachtluft ein. Angedeutete Ärmel fielen bis zur Hälfte der Arme herab. Sie bewegte die Arme im Licht, besah sich die Haut, rieb sie und kniff sie, besonders um den Verband herum, der die Tropfkanüle festhielt. Normalerweise waren ihre Arme geschmeidig, und die Haut war fest und elastisch. Heute abend jedoch sahen sie aus wie Hühnerteile. Rasch strich sie jeden Unterarm mit dem jeweils anderen glatt, und dann blickte sie wieder zielbewußt auf.

Sie streckte die Hand aus und griff nach dem Tropfständer, und weil der etwas weniger schwankte als sie, konnte sie ihn dazu benutzen, sich langsam daran hochzuziehen. Sie stand da, und ihre schlanke Gestalt zitterte, und nach ein paar Sekunden hielt sie den Tropfständer mit gebeugtem Arm von sich weg wie ein Schäfer seinen Hirtenstab.

Sie hatte es nicht nach Norwegen geschafft, aber sie stand wenigstens.

Der Tropfständer bewegte sich auf vier kleinen und jedes auf seine Weise eigensinnigen Rädern, die sich wie vier plärrende Kinder in einem Supermarkt benahmen, aber Kate gelang es trotzdem, ihn zu der Tür vor ihr zu schieben. Das Gehen steigerte ihre Benommenheit, steigerte aber auch ihren Entschluß, ihr nicht nachzugeben. Sie erreichte die Tür, öffnete sie, schob den Tropfständer vor sich hinaus und blickte in den Korridor.

Links von ihr endete der Gang in zwei Flügeltüren mit runden Guckfenstern, die in einen größeren Raum zu führen schienen, einen Krankensaal vielleicht. Rechts von ihr gingen eine Reihe von kleineren Türen von dem Korridor ab, der sich noch eine kleine Strecke fortsetzte, ehe er scharf um die Ecke bog. Eine von diesen Türen führte wahrscheinlich in die Toilette. Die anderen? Na, das würde sie herausfinden, während sie nach der Toilette suchte.

Die ersten beiden waren Schränke. Was hinter der dritten lag, war etwas größer und enthielt einen Stuhl und zählte deshalb wahrscheinlich als Zimmer, weil die meisten Menschen ungern in Schränken sitzen, selbst Krankenschwestern, die viele Dinge tun müssen, die die meisten Menschen ungern täten. Es enthielt außerdem einen Stapel Styroporbecher, viele zur Hälfte eingetrocknete Sahnekännchen und eine angejahrte Kaffeemaschine, die allesamt auf einem kleinen Tisch standen und sich unerbittlich über eine Nummer des *Evening Standard* verbreiteten.

Kate nahm die schwärzliche, feuchte Zeitung und versuchte, sich daraus ein paar der ihr fehlenden Tage zu rekonstruieren. Aber aufgrund ihrer eigenen Wackligkeit, die ihr das Lesen schwer machte, und des schlaffen und zusammengeklebten Zustandes der Zeitung konnte sie nur wenig mehr als die Tatsache herausbekommen, daß eigentlich niemand ganz sicher sagen konnte, was passiert war. Es schien, daß niemand ernstlich Schaden erlitten hatte, daß aber der Verbleib einer Angestellten von einer der Fluggesellschaften noch immer nicht geklärt war. Der Zwischenfall wurde nun offiziell als »Akt höherer Gewalt« eingestuft.

»Na, reizend. Der liebe Gott vielleicht«, dachte Kate. Sie legte die Zeitungsreste wieder hin und schloß die Tür hinter sich.

Die nächste Tür, die sie probierte, führte in ein anderes kleines Krankenzimmer wie das ihre. Sie sah einen Nachttisch und eine einzelne Banane auf einem Obstteller.

Das Bett war sichtbar belegt. Sie zog die Tür rasch zu, aber sie zog sie nicht rasch genug zu. Leider hatte etwas Merkwürdiges ihre Aufmerksamkeit erregt, aber obgleich sie es bemerkt hatte, konnte sie nicht gleich sagen, was es war. Sie stand vor der halb geschlossenen Tür, den Blick auf den Boden gerichtet, wußte, daß sie nicht nochmal hingucken sollte, und wußte, daß sie's täte.

Vorsichtig machte sie die Tür wieder auf.

Der Raum war tief verdunkelt und eiskalt. Die Eiseskälte machte, was den Insassen des Bettes betraf, keinen guten Eindruck auf sie. Sie horchte. Auch die Stille hörte sich nicht allzu gut an. Es war nicht die Stille eines tiefen und gesunden Schlafs, es war die Stille von nichts weiter als einem bißchen fernen Verkehrslärm.

Als Schattenriß in der Tür stehend, zögerte sie lange, guckte und horchte. Sie wunderte sich über die gewaltige Körperfülle des Bettinsassen und wie kalt ihm sicher war, zugedeckt nur mit einer dünnen Decke. Neben dem Bett stand ein stahlrohrbeiniger Stuhl mit Kunststoffschalensitz, der von einem riesigen, schweren Pelzmantel, der darüber gelegt war, fast erdrückt wurde, und Kate dachte, daß der Mantel doch besser über das Bett und dessen kalten Insassen gebreitet werden sollte.

Schließlich schlüpfte sie so leise und vorsichtig wie nur möglich in das Zimmer und ging hinüber zu dem Bett. Sie schaute hinunter in das Gesicht des riesigen nordischen Mannes. Obgleich er tot war und seine Augen geschlossen, machte er ein etwas mürrisches Gesicht, als wäre er über irgend etwas immer noch ziemlich bekümmert. Das kam Kate geradezu unendlich traurig vor. Im Leben hatte der Mann wie jemand gewirkt, der von gewaltigen, wenn auch irgendwie rätselhaften Schwierigkeiten heimgesucht wird, und daß er unmittelbar nach seinem Leben offenbar schon wieder auf Dinge gestoßen war, die ihm Kummer bereiteten, war ein trauriger Gedanke.

Sie war erstaunt, daß er so völlig unversehrt zu sein schien. Seine Haut zeigte überhaupt keine Verletzungen. Sie war rauh und gesund – oder war, besser gesagt, bis vor ganz kurzem gesund gewesen. Die nähere Erkundung zeigte ein Netzwerk feiner Linien, was vermuten ließ, daß er älter als die Mitte dreißig war, die sie anfangs angenommen hatte. Er hätte sogar ein sehr sportlicher und gesunder Endvierziger gewesen sein können.

An der Wand neben der Tür stand etwas Unerwartetes. Es war ein großer Coca-Cola-Automat. Es sah nicht so aus, als wäre er dort installiert: er war nicht angeschlossen, und es klebte ein kleiner, ordentlicher Aufkleber darauf, dem zu entnehmen war, daß er vorübergehend defekt sei. Er sah so aus, als habe ihn jemand dort einfach versehentlich stehen lassen, der möglicherweise in eben diesem Moment in der Gegend herumlief und sich fragte, in welchem Zimmer er ihn gelassen habe. Seine große, gewellte rot-weiße Frontpartie starrte glasig in den Raum und gab für sich keine Erklärungen ab. Das einzige, was der Apparat der Außenwelt mitteilte, war, daß es einen Schlitz gebe, in den Münzen verschiedener Werteinheiten gesteckt werden könnten, und eine Öffnung, an die eine Vielzahl verschiedener Dosen ausgegeben würden, falls der Apparat funktionierte, was er nicht tat. Es lehnte auch ein alter Schmiedehammer dagegen, was auf seine Weise sonderbar war.

Eine Schwäche begann an Kate hochzukriechen, der Raum fing an, einen leichten Drall zu kriegen, und in den Schrankkoffern ihres Innern gab's ein ruheloses Geraschele.

Dann bemerkte sie, daß es das Rascheln nicht bloß in ihrer Einbildung gab. Es war deutlich ein Geräusch im Zimmer – ein heftiges Klopfen und Kratzen, ein gedämpftes Flattern. Das Geräusch kam und ging wie der Wind, aber in ihrem benommenen und wirren Zustand konnte Kate zuerst nicht sagen, woher das Geräusch kam. Schließlich fiel ihr Blick auf die Vorhänge. Sie starrte sie mit dem besorgten Stirnrunzeln eines Betrunkenen an, der dahinterzukommen versucht, warum sich die Tür im Kreise dreht. Das Geräusch kam aus den Vorhängen. Sie ging unsicher darauf zu und zog sie auseinander. Ein gewaltiger Adler, auf dessen Schwingen Kreise tätowiert waren, trappte und stieß gegen das Fenster, starrte mit großen, gelben Augen herein und pickte wie versessen gegen das Glas.

Kate taumelte zurück, drehte sich um und versuchte sich aus dem Zimmer zu wuchten. Am Ende des Korridors schwangen die Gucklochtüren auf und zwei Gestalten kamen heraus. Hände eilten auf sie zu, als sie sich in dem Tropfständer hoffnungslos verhedderte und langsam auf den Boden zu trudeln begann.

Sie war bewußtlos, als man sie vorsichtig wieder in ihr Bett legte. Sie war auch eine halbe Stunde später bewußtlos, als eine beunruhigend kleine Gestalt in einem angsterregend langen, weißen Arztkittel kam, den riesigen Mann auf einem Rollbett wegfuhr und nach ein paar Minuten zurückkehrte, um den Coca-Cola-Automaten zu holen.

Sie wachte ein paar Stunden später auf, als eine trübe, winterliche Sonne durch das Fenster sickerte. Der Tag wirkte ganz ruhig und normal, aber Kate zitterte dennoch.

Kapitel 3

Dieselbe Sonne brach später durch die oberen Fenster eines Hauses in Nordlondon und fiel auf die friedlich schlafende Gestalt eines Mannes.

Das Zimmer, in dem er schlief, war groß und unaufgeräumt, und hatte keinen großen Vorteil von dem plötzlichen Lichteinfall. Die Sonne kroch langsam über die Bettücher weg, als sei sie ängstlich, was sie dazwischen finden könnte, schlich sich an der Seite des Bettes hinunter, bewegte sich recht verwundert über ein paar Gegenstände hinweg, die sie auf dem Fußboden fand, spielte nervös mit einigen Staubflocken, leuchtete kurz auf einem ausgestopften Flughund auf, der in der Ecke hing, und entfloh.

Dieser Auftritt war ungefähr so gewaltig, wie ihn die Sonne hier drin immer hinlegte, und er dauerte etwa eine Stunde, während der die schlafende Gestalt sich kaum rührte.

Um elf klingelte das Telefon, und immer noch reagierte die Gestalt nicht, genausowenig wie sie reagiert hatte, als das Telefon früh um fünf nach halb sieben geklingelt hatte, dann um zwanzig vor sieben, nochmal um zehn vor sieben, und nochmal zehn Minuten ununterbrochen ab fünf vor sieben, wonach es in ein langes, bedeutungsschwangeres Schweigen verfallen war, gestört nur durch das Schrillen von Polizeisirenen in einer nahegelegenen Straße etwa um neun Uhr, durch die Lieferung eines großen zweimanualigen Barockcembalos etwa gegen neun Uhr fünfzehn und die Beschlagnahmung desselben durch Gerichtsvollzieher kurz nach zehn. Das war kein ungewöhnliches Vorkommnis – die betreffenden Leute waren es gewohnt, den Schlüssel unter der Fußmatte zu finden, und der Mann im Bett war es gewohnt, das alles zu verschlafen. Man würde wahrscheinlich nicht sagen wollen, daß er den Schlaf der Gerechten schlief, es sei denn, man wollte damit sagen, daß die Gerechten schliefen, aber es war sicher der Schlaf von jemandem, der nicht lange Faxen machte, wenn er nachts ins Bett stieg und das Licht ausknipste.

Der Raum war keiner, um die Seele zu erheben. Ludwig XIV., um einen beliebigen Namen herauszugreifen, hätte ihn nicht gemocht, hätte ihn nicht sonnig genug gefunden und ungenügend mit Spiegeln vollgehängt. Er würde sich jemanden gewünscht haben, der die Socken aufhebt, die Platten wegpackt und vielleicht das ganze Zimmer niederbrennt. Michelangelo hätten die Proportionen deprimiert, die weder großzügig noch durch irgendeine bemerkenswerte innere Harmonie oder Symmetrie gekennzeichnet waren, nur daß alle Teile des Zimmers ziemlich gleichmäßig mit benutzten Kaffeetassen, Schuhen und randvollen Aschenbechern angefüllt waren, die sich inzwischen größtenteils ihre Aufgaben untereinander teilten. Die Wände waren in fast genau dem Grünton gestrichen, für den Raffaello Sanzio sich lieber die rechte Hand am Handgelenk abgebissen hätte als ihn zu benutzen, und wenn Herkules das Zimmer gesehen hätte, wäre er wahrscheinlich eine halbe Stunde später mit einem schiffbaren Fluß unter dem Arm wiedergekommen. Es war, kurz gesagt, ein Dreckloch und würde es wahrscheinlich auch bleiben, solange es im Besitz von Mr. Svlad oder »Dirk« Gently, geborenem Cjelli, war.

Endlich rührte sich Gently.

Die Bettücher und Decken wurden dicht um seinen Kopf nach oben gezogen, und irgendwo auf der halben Länge des Bettes tauchte langsam eine Hand unter den Bettüchern auf, deren Finger sich mit kleinen tappenden Bewegungen einen Weg über den Fußboden bahnten. Aufgrund langer Erfahrungen umgingen sie eine Schüssel mit etwas sehr Ekligem, die da schon seit Michaelis stand, und stießen wenig später auf eine halbleere Packung filterloser Gauloises und eine Schachtel Streichhölzer. Die Finger schüttelten ein zerknautsches weißes Röhrchen aus der Packung, nahmen es samt der Schachtel Streichhölzer und begannen dann, sich durch die am Kopfende zusammengeknäulten Decken hindurchzustochern wie ein Zauberer, der an einem Taschentuch herumbohrt, aus dem er einen Taubenschwarm flattern lassen möchte.

Die Zigarette wurde schließlich in das Loch geschoben. Die Zigarette wurde angezündet. Eine Zeitlang schien das Bett die Zigarette in mächtigen, keuchenden Zügen zu rauchen. Es hustete lange, laut und schauerlich und begann dann schließlich in einem regelmäßigeren Takt zu atmen. Und so erlangte Dirk Gently das Bewußtsein wieder.

Er lag eine Weile da und empfand schreckliche Unruhe und Gewissensbisse über etwas, das auf seinen Schultern lastete. Er wünschte, er könnte es einfach vergessen, und tat es prompt. Er stemmte sich aus dem Bett und tapste wenige Minuten später die Treppe nach unten.

Die Post auf dem Abtreter bestand aus den üblichen Sachen: einem rüden Brief, in dem ihm der Entzug seiner American-Express-Karte angedroht wurde, einer Einladung, sich um eine American-Express-Karte zu bewerben, und ein paar Rechnungen des eher hysterischen und unrealistischen Typs. Er verstand nicht, warum man sie ihm beharrlich schickte. Das Porto war doch einfach zum Fenster rausgeworfen. Er schüttelte den Kopf, verwundert über die bösartige Unfähigkeit der Welt, warf die Post weg, ging in die Küche und näherte sich vorsichtig dem Kühlschrank.

Er stand in der Ecke.

Die Küche war groß und in tiefe Düsterkeit gehüllt, die durch das Lichtanschalten nicht behoben, sondern nur gelb gefärbt wurde. Dirk kauerte sich vor den Kühlschrank und inspizierte eingehend den Rand der Tür. Er fand, wonach er suchte. Besser gesagt, er fand mehr als wonach er suchte.

Nahe der Unterseite der Tür, auf dem schmalen Spalt, der die Tür von dem eigentlichen Kühlschrank trennte und der den grauen Dichtungsgummistreifen enthielt, lag ein einzelnes menschliches Haar. Es war dort mit getrockneter Spucke befestigt. Das hatte er erwartet. Er hatte es selbst vor drei

Tagen dort hingeklebt und seitdem mehrere Male nachgesehen. Was er dort nicht erwartet hatte, war ein zweites Haar.

Er betrachtete es mit besorgt gefurchter Stirn. Ein *zweites* Haar?

Es war auf dieselbe Weise wie das erste über den Spalt geklebt, nur dieses Haar befand sich nahe dem oberen Rand der Kühlschranktür, und er hatte es da nicht hingetan. Er sah es sich genau an, ja er ging sogar so weit, die alten Fensterläden an den Küchenfenstern zu öffnen, um etwas zusätzliches Licht hereinzulassen.

Das Tageslicht drängelte sich herein wie ein Polizeikommando und ließ jede Menge *Was-ist-denn-das-alles* im ganzen Raum ab, der, wie das Schlafzimmer, jeden Menschen mit Sinn für Ästhetik vor Schwierigkeiten gestellt hätte. Wie die meisten Räume in Dirks Haus war die Küche groß, hoch und total verkommen. Sie grinste nur höhnisch über irgendwelche Versuche, sie aufzuräumen, grinste diese Versuche höhnisch an und wischte sie beiseite wie eine aus dem Häufchen toter und entmutigter Fliegen, die unter dem Fenster auf einem Stapel alter Pizzaschachteln lagen.

Das Licht enthüllte, worum es sich bei dem zweiten Haar wirklich handelte – ein an der Wurzel graues Haar, das in einem grellen, metallischen Orange gefärbt war. Dirk preßte die Lippen zusammen und dachte sehr eingehend nach. Er brauchte nicht sehr genau nachzudenken, um rauszukriegen, wem das Haar gehörte – es gab nur eine einzige Person, die die Küche regelmäßig betrat und aussah, als wäre ihr Kopf dazu benutzt worden, Metalloxyde aus Industrieabfällen zu gewinnen – aber er mußte ernstlich über die Folgen seiner Entdeckung nachdenken, daß sie ein Haar von sich über die Tür seines Kühlschranks geklebt hatte.

Es bedeutete, daß der schweigend ausgetragene Kampf zwischen ihm und seiner Putzfrau sich auf ein neues und erschreckenderes Niveau erhoben hatte. Es war mittlerweile, rechnete Dirk, volle drei Monate her, seit seine Kühlschranktür das letztemal geöffnet worden war, und jeder von ihnen war grimmig entschlossen, nicht derjenige zu sein, der sie als erster öffnete. Der Kühlschrank stand nicht mehr bloß einfach dort in der Küchenecke, er lauerte buchstäblich. Dirk konnte sich ganz deutlich an den Tag erinnern, an dem das Ding zu lauern begonnen hatte. Es war ungefähr eine Woche her, als Dirk versucht hatte, Dina – der Name der alten Schlampe war Dina, so auszusprechen, daß er sich auf »reiner« reimte, eine Ironie, an der Dirk absolut keinen Gefallen mehr fand – mit einem einfachen Vorwand dazu zu überlisten, die Kühlschranktür zu öffnen. Der Trick war geschickt abgefälscht worden und wäre beinahe fürchterlich auf Dirk selbst zurückgefallen.

Er hatte zu der Strategie gegriffen, zum örtlichen Minimarket zu gehen und ein paar einfache Lebensmittel einzukaufen. Nichts Verdächtiges – ein bißchen Milch, ein paar Eier, etwas Speck, eine oder zwei Schachteln Schokoladencreme und ein simples Halbpfundstück Butter. Er hatte sie ganz harmlos auf dem Kühlschrank liegen lassen, als wolle er damit sagen: »Ach, wenn sie einen Moment Zeit haben, könnten sie das vielleicht hineinlegen . . .«

Als er an dem Abend nach Hause gekommen war, hatte sein Herz gespannt gepocht, ob die Sachen noch auf dem Kühlschrank lägen. Sie waren verschwunden! Sie waren nicht einfach beiseite geschoben oder auf ein Bord gestellt worden, sondern sie waren nirgendwo zu sehen. Sie hatte offenbar endlich doch kapituliert und sie weggestellt. In den Kühlschrank. Und sie hatte ihn sicherlich sauber gemacht, wo er nun schon mal offen war. Zum ersten und einzigen Mal schwoll sein Herz ihr voll Wärme und Dankbarkeit entgegen, und er war schon drauf und dran, die Tür von dem Ding erleichtert und triumphierend aufzureißen, als ein achter Sinn (bei der letzten Zählung hatte Dirk errechnet, er habe elf) ihn gewarnt hatte, sehr, sehr vorsichtig zu sein und sich erstmal zu überlegen, wo Dina den alten Kühlschrankinhalt hingetan haben könnte.

Ein abscheulicher Zweifel nagte an ihm, als er sich geräuschlos auf den Mülleimer unter der Spüle zu bewegte. Er hielt den Atem an, als er den Deckel aufmachte und hineinsah.

Dort, zwischen den Falten der frischen schwarzen Mülltüte, lagen die Eier, der Speck, seine Schokoladencreme und sein simples Halbpfundstück Butter. Zwei Milchflaschen standen gespült und ordentlich nebeneinander neben der Spüle, in die ihr Inhalt vermutlich gegossen worden war.

Sie hatte alles weggeworfen.

Anstatt die Kühlschranktür zu öffnen, hatte sie seine Lebensmittel weggeworfen. Er blickte sich langsam nach dem schmutzigen, klobigen weißen Monolithen um, und das war genau der Augenblick, in dem er ohne einen Schatten eines Zweifels bemerkte, daß sein Kühlschrank ernstlich zu lauern begonnen hatte.

Er kochte sich einen starken schwarzen Kaffee und setzte sich leicht zitternd hin. Er hatte nicht einmal direkt zur Spüle rübergesehen, aber er wußte, daß er unbewußt die beiden sauberen Milchflaschen dort bemerkt haben mußte, und irgendein eifriger Teil seines Inneren war dadurch alarmiert worden.

Am nächsten Tag hatte er sich für alles einleuchtende Erklärungen zurechtgelegt. Er habe völlig unnötigerweise solche Wahnvorstellungen, sagte er sich. Es sei sicherlich ein harmloses oder unbedachtes Versehen von Dina gewesen. Sie habe möglicherweise sorgenvoll über die Bronchitis, schlechte Laune oder Homosexualität ihres Sohnes nachgegrübelt, oder was es auch war, was sie regelmäßig daran hinderte, entweder überhaupt zu erscheinen oder aber eine bemerkswerte Wirkung zu erzielen, wenn sie's tat. Sie war Italienerin und hatte in ihrer Zerstreutheit womöglich seine Lebensmittel irrtümlich für Müll gehalten.

Aber die Sache mit dem Haar änderte alles. Es bewies über jeden möglichen Zweifel hinaus, daß sie ganz genau wußte, was sie tat. Sie würde unter keinen Umständen die Kühlschranktür öffnen, ehe er sie nicht als erster geöffnet hätte, und er würde unter keinen Umständen den Kühlschrank aufmachen, bevor sie's nicht getan hatte.

Offensichtlich hatte sie sein Haar nicht bemerkt, sonst wäre es der wirkungsvollste Schachzug von ihr gewesen, es einfach wegzunehmen und ihn so zur Annahme zu verleiten, sie hätte den Kühlschrank aufgemacht. Er sollte vielleicht jetzt ihr Haar wegnehmen, in der Hoffnung, den gleichen Streich nun ihr zu spielen, aber schon, als er da saß, wußte er, daß das irgendwie nicht funktionieren würde und daß sie in einer immer enger werdenden Spirale, den Kühlschrank nicht zu öffnen, festsaßen, der sie beide in den Wahnsinn oder ins Verderben führen würde.

Er überlegte, ob er jemanden engagieren könnte, der käme und den Kühlschrank aufmachte.

Nein. Er war nicht in der Lage, irgend jemanden für irgend etwas zu engagieren. Er war nicht mal in der Lage, Dina für die letzten drei Wochen zu bezahlen. Der einzige Grund, weshalb er sie nicht bat, nicht mehr zu kommen, war, daß jemanden rauszuschmeißen unumgänglich zur Folge hatte, daß man ihm den Lohn auszahlen mußte, und dazu war er absolut nicht in der Lage. Seine Sekretärin hatte ihn schließlich aus eigenem Entschluß verlassen, um irgendwas Unanständiges in der Touristikbranche zu machen. Dirk hatte versucht, ihr seine Verachtung darüber zu zeigen, daß sie es vorzog, eintönige Gehaltszahlungen über –

»*Regelmäßige* Gehaltszahlungen«, hatte sie ihn unverfroren korrigiert.

– über berufliche Zufriedenheit zu stellen.

Fast hätte sie »Über *was?*« gefragt, aber in dem Moment wurde ihr klar, wenn sie das fragte, würde sie sich seine Antwort anhören müssen, die sie zwangsläufig in Wut versetzen und zwingen würde zurückzustänkern. Es kam ihr zum erstenmal der Gedanke, daß die einzige Möglichkeit, sich zu retten, einfach die wäre, sich nicht in diese Auseinandersetzungen hineinziehen zu lassen. Wenn sie diesmal einfach nicht antwortete, stünde es ihr frei zu gehen. Sie versuchte es. Sie spürte eine plötzliche Freiheit. Sie ging. Eine Woche später heiratete sie ziemlich in der gleichen Stimmung einen Bordsteward namens Smith.

Dirk hatte ihren Schreibtisch umgeworfen und mußte ihn dann selber wieder aufrichten, als sie nicht zurückkam.

Das Detektivgeschäft war im Augenblick so lebhaft wie ein Grab. Niemand, so schien es, wollte im Moment irgendwas ermittelt haben. Um sich über Wasser zu halten, hatte er vor kurzem begonnen, donnerstags abends als Frau verkleidet aus der Hand zu lesen, aber ihm war gar nicht wohl dabei. Er hätte sich dem widersetzen können – die fürchterliche, ungeheure Erniedrigung war etwas, woran er sich inzwischen auf verschiedene Weise gewöhnt hatte, und er war völlig anonym in seinem kleinen Zelt im Garten hinter dem Pub –, er hätte sich dem allen widersetzen können, wenn er nicht so wahnsinnig, unerträglich gut darin gewesen wäre. Vor lauter Selbstekel brach ihm schier der Schweiß aus. Er versuchte mit allen Mitteln zu tricksen, zu täuschen, absichtlich und auf zynische Weise schlecht zu sein, aber egal, mit welchem Schwindel er's versuchte, stets fiel er damit rein und behielt am Ende ausnahmslos recht.

Am schlimmsten war es ihm mit der armen Frau aus Oxfordshire ergangen, die eines Abends zu ihm gekommen war. Aus irgendeiner aufsässigen Laune heraus hatte er ihr geraten, sie solle ein bißchen auf ihren Mann aufpassen, der, nach ihrer Ehelinie zu schließen, offenbar ein ziemlicher Luftikus sei. Es stellte sich heraus, daß ihr Mann tatsächlich Düsenjägerpilot und sein Flugzeug vor erst vierzehn Tagen bei einem Übungsflug über der Nordsee abgestürzt war.

Dirk war dadurch völlig aus der Fassung geraten und hatte sie sinnloserweise zu trösten versucht. Er sei sicher, sagte er, daß ihr Mann zu gegebener Zeit zurückkehren werde, daß alles wieder gut würde und daß auch alles andere wieder gut würde und so weiter. Die Frau sagte, ihrer Meinung nach sei das nicht sehr wahrscheinlich, denn der Weltrekord im Überleben in der Nordsee liege um einiges unter einer Stunde, und da innerhalb von zwei Wochen von ihrem Mann keine Spur gefunden worden sei, komme es ihr schrullig vor, sich was anderes vorzustellen, als daß er mausetot sei, und sie versuche, sich an den Gedanken zu gewöhnen, vielen herzlichen Dank. Sie sagte das ziemlich scharf.

Dirk hatte an dem Punkt die Kontrolle über sich verloren und zu stammeln begonnen.

Er sagte, daß aus ihren Handlinien zweifelsfrei hervorgehe, daß die große Geldsumme, die auf sie zukomme, kein Trost sei für den Verlust ihres lieben, lieben Gatten, daß es ihr aber doch zumindest Mut machen könne, wenn sie wisse, daß er zu dem großen Irgendwas im Himmel aufgebrochen sei, daß er auf den allerflockigsten weißen Wolken schwebe und sehr hübsch mit seinen neuen Flügeln aussehe, und daß es ihm schrecklich leid tue, daß er solch grauenhaften Quatsch rede, aber sie habe ihn ziemlich überrumpelt. Ob sie vielleicht etwas Tee oder Wodka oder Suppe möge?

Die Frau zögerte. Sie sagte, sie sei nur zufällig in das Zelt gekommen, sie habe nach den Toiletten gesucht, und was das für eine Geschichte mit dem Geld sei?

»Völliger Quatsch«, hatte Dirk erklärt. Er hatte große Schwierigkeiten, weil er weiter im Falsett sprechen mußte. »Ich habe sie mir einfach nur so ausgedacht«, sagte er. »Bitte, gestatten Sie mir, Ihnen mein tiefstes Bedauern darüber auszusprechen, daß ich Sie so taktlos in Ihrem persönlichen Kummer belästigt habe. Ich begleite Sie jetzt zu, äh, oder vielmehr, ich führe Sie zu der, also, die ich nur unter diesen Umständen als Toilette bezeichnen kann, und sie befindet sich gleich vor dem Zelt auf der linken Seite.«

Dirk hatte diese Begegnung sehr deprimiert, er stellte aber ein paar Tage darauf zu seinem großen Entsetzen fest, daß die unglückliche Frau am nächsten Morgen erfahren hatte, daß sie bei den Premium Bonds 250 000 Pfund gewonnen hatte. Er verbrachte an dem Abend mehrere Stunden auf dem Dach seines Hauses, schüttelte die Faust zu dem dunklen Himmel empor und schrie: »Aufhören!«, bis sich ein Nachbar bei der Polizei beschwerte, daß er nicht schlafen könne. Die Polizei war in einem Streifenwagen mit heulender Sirene vorbeigekommen und hatte auch noch den Rest der Nachbarn wach gemacht.

Heute, an diesem Morgen, saß Dirk in seiner Küche und starrte niedergeschlagen auf seinen Kühlschrank. Die trotzige Überschwenglichkeit, auf die er sich normalerweise verließ, daß sie ihn durch den Tag beförderte, war durch die Geschichte mit dem Kühlschrank gleich in den allerersten Augenblicken aus ihm rausgeprügelt worden. Seine Willenskraft saß darin eingesperrt, eingeschlossen durch ein einziges Haar.

Was er brauche, dachte er, sei ein Mandant. Bitte, lieber Gott, dachte er, wenn es einen Gott gibt, irgendeinen Gott, bring mir einen Mandanten. Nur einen einfachen Mandanten, je einfacher, desto besser. Vertrauensselig und reich. Jemanden wie den Burschen von gestern. Er trommelte mit den Fingern auf den Tisch.

Das Problem war, daß, je vertrauensseliger ein Mandant war, desto mehr geriet Dirk am Ende mit seinem eigenen besseren Ich in Konflikt, das sich beständig aufbäumte und ihn in den unpassendsten Augenblicken in Verlegenheit brachte. Dirk drohte öfter, sein besseres Ich zu Boden zu schleudern und sich ihm auf die Luftröhre zu knien, aber gewöhnlich gelang es seinem besseren Ich, die Oberhand über ihn zu gewinnen, indem es sich als schlechtes Gewissen und Selbstekel verkleidete, und in dieser Maske konnte es ihn ohne weiteres aus dem Ring werfen.

Vertrauensselig und reich. Gerade so, daß er ein paar, vielleicht auch nur eine einzige von den dringenderen und aufsehenerregenderen Rechnungen bezahlen konnte. Er zündete sich eine Zigarette an. Der Rauch ringelte sich im Morgenlicht nach oben und heftete sich an die Decke.

Wie dieser Bursche gestern.

Er zögerte.

Der Bursche gestern . . .

Die Welt hielt den Atem an.

Sanft und leise dämmerte ihm, daß irgend etwas irgendwo entsetzlich war. Etwas war schrecklich falsch.

Schweigend hing eine Katastrophe um ihn herum in der Luft und wartete, daß er sie bemerkte. Ihm zitterten die Knie.

Was er brauche, hatte er eben gedacht, sei ein Mandant. Er hatte das aus reiner Gewohnheit gedacht. Es war das, was er zu dieser Morgenstunde immer dachte. Was er vergessen hatte, war, daß er einen hatte.

Er blickte gehetzt auf seine Uhr. Fast halb zwölf. Er schüttelte den Kopf, um das leise Klingeln zwischen seinen Ohren zum Schweigen zu bringen, dann machte er einen hysterischen Satz nach seinem Hut und seinem großen Ledermantel, die hinter der Tür hingen.

Fünfzehn Sekunden später verließ er das Haus, mit fünf Stunden Verspätung, aber im Eilschritt.

Kapitel 4

Eine oder zwei Minuten später blieb Dirk einen Moment stehen, um sich die beste Strategie zurechtzulegen. Statt mit fünf Stunden Verspätung und erhitzt anzukommen, wäre es viel besser, wenn er mit einer Verspätung von fünf Stunden und ein paar Minuten zusätzlich einträfe, aber sich glänzend in der Hand hätte.

»Gott gebe, daß ich nicht zu früh komme!« wäre ein guter Eröffnungssatz, wenn er hereingefegt käme, aber es mußte auch mit einem guten Satz nachgestoßen werden, und er war nicht sicher, wie der lauten sollte.

Vielleicht würde er Zeit sparen, wenn er seinen Wagen holen

ginge, aber dann war es wiederum überhaupt nicht weit, und er hatte eine ungeheure Neigung, sich zu verirren, wenn er Auto fuhr. Das lag vor allem an seiner »Zen«-Navigationsmethode, die einfach darin bestand, sich irgendeinen Wagen auszusuchen, der aussah, als wisse er, wohin er führe, und ihm zu folgen. Was dabei rauskam, war öfter überraschend als erfolgreich, aber er war der Meinung, es sei die Sache wert, schon wegen der wenigen Male, wo es beides war.

Außerdem war er ganz und gar nicht sicher, ob sein Wagen heil war.

Es war ein älterer Jaguar aus der sehr speziellen Zeit in der Firmengeschichte, als dort Autos gebaut wurden, die öfter zur Reparatur als zum Tanken mußten und zwischen Ausfahrten häufig monatelang Ruhe brauchten. Er war jedoch sicher, jetzt, wo er darüber nachdachte, daß in dem Wagen kein Tröpfchen Benzin war, und außerdem hatte er weder Geld noch gültiges Plastik, womit er hätte tanken können.

Er gab diesen Gedankengang als völlig nutzlos auf.

Er machte halt, um eine Zeitung zu kaufen, während er sich alles durch den Kopf gehen ließ. Die Uhr in dem Zeitungsladen zeigte elf Uhr fünfunddreißig. Verdammt, verdammt, verdammt. Er spielte mit dem Gedanken, den Fall einfach aufzugeben. Einfach wegzugehen und die Sache zu vergessen. Ein bißchen Mittag zu essen. Die ganze Geschichte war auf jeden Fall mit Schwierigkeiten gespickt. Oder besser gesagt, sie war mit einer ganz besonderen Schwierigkeit gespickt, nämlich der, kein albernes Gesicht dabei zu machen. Das Ganze war völliger und barer Unsinn. Der Mandant war zweifellos bekloppt, und Dirk hätte nicht daran gedacht, den Fall zu übernehmen, wenn's da nicht einen sehr triftigen Grund gegeben hätte.

Dreihundert Pfund pro Tag plus Spesen.

Der Mandant hatte dem einfach so zugestimmt. Und als Dirk mit seiner üblichen Rede angefangen hatte, daß seine Methoden, da sie nun mal mit der grundsätzlichen Verflechtung von allem mit allem zu tun hätten, oft Kosten nach sich zögen, die für das ungebildete Auge mit der zu behandelnden Sache irgendwie nicht ganz in Beziehung stünden, da hatte der Mandant die Sache mit einer Handbewegung abgetan. Dirk gefiel das an einem Mandanten.

Das einzige, worauf der Mandant mitten in diesem ganzen beinahe übermenschlichen Anfall von Vernunft bestanden hatte, war, daß Dirk kommen müsse, absolut da sein müsse, müsse, müsse, bereit, funktionierend und hellwach, unfehlbar, ohne auch nur das kleinste Fünkchen einer Andeutung von Versäumnis, und zwar am Morgen um halb sieben. Unbedingt.

Also, er würde einfach auch hierin Vernunft annehmen müssen. Halb sieben war zweifellos eine absurde Zeit, und er, der Mandant, hatte es offenbar nicht ernst gemeint. Ein zivilisiertes zwischen halb sieben und zwölf Uhr mittags war fast sicher das, was er gemeint hatte, und wenn er deswegen grob werden sollte, hätte Dirk keine andere Wahl, als ihm ein paar ernsthafte statistische Zahlen zu nennen. Niemand wurde vor dem Mittagessen ermordet. Wirklich niemand. Die Leute waren dazu nicht fähig. Man brauchte ein gutes Mittagessen, um den Blutzucker- und Blutgierspiegel hochzuschrauben. Dirk konnte das mit Zahlen belegen.

Wußte er, Anstey (sein Mandant hieß Anstey, ein merkwürdiger, leidenschaftlicher Mann von Mitte dreißig, mit starren Augen, einem schmalen, gelben Schlips und einem von den großen Häusern in der Lupton Road; er hatte Dirk eigentlich nicht sehr gefallen und den Eindruck gemacht, er sehe aus, als versuche er einen Fisch zu verschlucken), wußte er, daß 67 Prozent aller bekannten Mörder, die eine bestimmte Vorliebe an den Tag legten, Leber mit Speck zu Mittag aßen? Und daß weitere 22 Prozent zwischen einer Krabben-Biryani und einem Omelett zweifelnd hin und her gerissen wurden? Damit war man auf einen Schlag 89 Prozent an Bedrohung los, und wenn man erst einmal die Salatesser und die Puter- und Schinkensandwichmampfer abgerechnet und begonnen hatte, einen Blick auf die Anzahl der Leute zu werfen, die so eine Tat ohne jedes Mittagessen ins Auge fassen würden, dann befand man sich bereits tief im Bereich des Unbedeutenden und näherte sich dem Phantastischen.

Nach halb drei, aber näher an drei Uhr, mußte man anfangen, wachsam zu sein. Ernsthaft. Auch an guten Tagen. Auch wenn man keine Morddrohungen von seltsamen, riesigen Männern mit grünen Augen erhielt, mußte man nach der Mittagszeit wie ein Habicht auf die Leute aufpassen. Die wirklich gefährliche Zeit war die nach vier Uhr, wenn die Straßen sich mit marodierenden Verleger- und Agentenrudeln zu füllen begannen, die, durch Fettucine und Kir um den Verstand gebracht, nach Taxis bellten. Das waren die Zeiten, in denen das Innerste des Menschen auf die Probe gestellt wurde. Aber morgens um halb sieben? Vergessen Sie's. Und Dirk hatte es vergessen.

Durch seinen Vorsatz gestärkt, trat Dirk aus dem Zeitungsladen in die beißende Luft der Straße hinaus und schritt davon.

»Ach, ich hoffe doch, Sie werden die Zeitung bezahlen wollen, nicht wahr, Mr. Dirk, Sir?« sagte der Zeitungshändler, der freundlich hinter ihm hergetrottet kam.

»Ach, Bates«, sagte Dirk hochnäsig, »Sie und Ihre Hoffnungen. Immer hoffen Sie dies und hoffen Sie jenes. Darf ich Ihnen zu mehr Gelassenheit raten? Ein Leben, das mit Hoffnungen überfrachtet ist, ist ein schweres Leben. Seine Früchte sind Sorgen und Enttäuschungen. Lernen Sie eins zu sein mit den Freuden des Augenblicks.«

»Ich glaube, die da kostet zwanzig Pence, Sir«, sagte Bates seelenruhig.

»Ich sage Ihnen, was ich tun werde, Bates, nur weil Sie's sind. Haben Sie denn was zu Schreiben bei sich? Ein simpler Kugelschreiber würde genügen.«

Bates zog einen aus einer Innentasche und gab ihn Dirk, der

die Ecke von der Zeitung abriß, auf die der Preis gedruckt war, und »IOU« darüber kritzelte. Er reichte den Papierschnipsel dem Zeitungshändler.

»Soll ich den dann zu den anderen tun, Sir?«

»Tun Sie ihn dorthin, wo er Ihnen die größte Freude bereitet, lieber Bates, ich möchte, daß Sie ihn an keinen geringeren Ort tun. Und nun, mein Lieber, leben Sie wohl.«

»Ich hoffe, Sie werden mir auch meinen Kugelschreiber wiedergeben wollen, Mr. Dirk.«

»Wenn die Zeiten für so eine Transaktion geeignet sind, mein lieber Bates«, sagte Dirk, »können Sie sich drauf verlassen. Im Augenblick erfordern ihn höhere Zwecke. Freude, Bates, große Freude. Bates, bitte lassen Sie ihn los.«

Nach einem letzten lustlosen Ruck zuckte der kleine Mann die Schultern und trottete zurück zu seinem Laden.

»Ich hoffe, ich sehe Sie dann später, Mr. Dirk«, rief er ohne jede Begeisterung über die Schulter zurück.

Dirk schickte dem sich entfernenden Rücken des Mannes eine huldvolle Verbeugung hinterher, dann eilte er weiter, während er die Zeitung auf der Horoskopseite aufschlug.

»Praktisch alles, wozu Sie sich heute entscheiden, wird verkehrt sein«, lautete es schonungslos.

Stöhnend klappte Dirk die Zeitung zu. Auch nicht eine Sekunde lang gestattete er sich den Gedanken, daß große kreiselnde Felsklumpen, Lichtjahre entfernt, etwas über seinen Tag wußten, was er nicht wußte. Es traf sich nur zufällig, daß »Der Große Zaganza« ein alter Freund von ihm war, der wußte, wann Dirk Geburtstag hatte, und ihn mit seiner Kolumne immer absichtlich hochnahm. Die Auflage des Blattes war um fast ein Zwölftel gesunken, seitdem er das Horoskop übernommen hatte, und nur Dirk und Der Große Zaganza wußten, warum.

Er eilte weiter, während er sich rasch durch den Rest der Zeitung blätterte. Wie üblich stand nichts Interessantes darin. Jede Menge über die Suche nach Janice Smith, die vermißte Bodenstewardeß in Heathrow, und darüber, wie sie bloß einfach so hatte verschwinden können. Sie brachten das letzte Foto von ihr, das sie mit Zöpfen auf einer Schaukel zeigte, sechs Jahre alt. Ihr Vater, ein gewisser Jim Pearce, wurde mit den Worten zitiert, es habe recht große Ähnlichkeit, nur sei sie inzwischen viel größer und normalerweise schärfer. Abgebildet. Ungeduldig klemmte Dirk sich die Zeitung unter den Arm und schritt forsch aus, während seine Gedanken bei einem viel interessanteren Thema verweilten.

Dreihundert Pfund pro Tag. Plus Spesen.

Er fragte sich, wie lange er vernünftigerweise hoffen konnte, Mr. Anstey in seinem sonderbaren Wahn zu bestärken, daß er jeden Augenblick von einem über zwei Meter großen, struppigen Wesen mit riesigen grünen Augen und Hörnern ermordet werde, das ihm ständig mit etwas drohend winke: einem in irgendeiner unverständlichen Sprache abgefaßten und mit einem Blutspritzer signierten Vertrag, dazu mit einer Art Sense. Das andere bemerkenswerte Kennzeichen dieses Wesens war, daß niemand anderer als sein Mandant es hatte sehen können, was Mr. Anstey als optische Täuschung abtat.

Drei Tage? Vier? Dirk meinte nicht, daß er imstande wäre, mit ehrlichem Gesicht eine ganze Woche herauszuschinden, aber sowas wie einen Tausender hatte er für seine Bemühungen bereits im Auge. Und er würde einen neuen Kühlschrank auf die Liste nebensächlicher, aber nicht wegzudiskutierender Ausgaben setzen. Das wäre keine üble Sache. Sich den alten Kühlschrank vom Halse zu schaffen, gehörte zweifellos zur grundsätzlichen Verflechtung von allem mit allem.

Bei dem Gedanken, einfach jemanden kommen und das Ding abkarren zu lassen, begann er zu pfeifen, bog in die Lupton Road ein und war erstaunt über all die Polizeiwagen, die dort standen. Und über den Krankenwagen. Es gefiel ihm nicht, daß sie dort standen. Es kam ihm nicht richtig vor. Es saß in seinem Gehirn nicht bequem neben der Aussicht auf einen neuen Kühlschrank.

Kapitel 5

Dirk kannte die Lupton Road. Das war eine breite, von Bäumen gesäumte Angelegenheit mit großen, spätviktorianischen Häusern, die hoch und entschlossen dastanden und Polizeiautos verabscheuten. Das heißt, sie verabscheuten sie, wenn sie zahlreich aufkreuzten und ihre Lichter blinkten. Die Bewohner der Lupton Road sahen gern einen netten, gut ausgestatteten, einzelnen Polizeiwagen, der fröhlich und robust die Straße rauf und runter patrouillierte – er sorgte ja auch dafür, daß die Grundstückspreise fröhlich und robust blieben. Aber in dem Moment, wo die Lichter anfingen, in diesem die Fingerknöchel bleichenden Blau zu blinken, warfen sie ihre Blässe nicht nur auf die sauber verfugten Backsteine, über die sie hinwegblinkten, sondern auch auf die Werte selbst, die diese Backsteine repräsentierten.

Ängstliche Gesichter spähten hinter den Scheiben benachbarter Fenster hervor und wurden von den blauen Blitzen erleuchtet.

Drei waren da, drei Polizeiwagen, die in der Straße derart schief abgestellt waren, daß es über bloßes Parken hinausging. Es sandte ein überdeutliches Signal in die Welt hinaus, daß jetzt das Gesetz die Dinge hier in die Hand nahm und daß jeder, der nur normale, anständige und fröhliche Dinge in der Lupton Road zu erledigen habe, sich einfach verpissen könne.

Dirk eilte die Straße hinunter, und der Schweiß piekte ihn unter seinem schweren Ledermantel. Ein Polizeiwachtmeister erhob sich mit ausgebreiteten Armen vor ihm und spielte Schranke, aber Dirk fegte ihn mit einem Wortschwall beiseite, den der Wachtmeister mit einer Erwiderung aus dem Stegreif nicht entkräften konnte. Dirk eilte weiter auf das Haus zu.

An der Tür hielt ihn ein zweiter Polizist auf, und Dirk wollte ihm gerade mit einem geschickten kleinen Dreh im Handgelenk, den er an Abenden, wenn sonst nicht viel los war, stundenlang vor dem Spiegel geübt hatte, eine verfallene Marks-and-Spencer-Kreditkarte vor die Nase halten, als der Beamte plötzlich sagte: »He, heißen Sie nicht Gently?«

Dirk blinzelte ihn argwöhnisch an. Er stieß ein leises Grunzen aus, das je nach Umständen »ja« oder »nein« bedeuten konnte.

»Weil der Chef nach Ihnen gesucht hat.«

»Ach, wirklich?« fragte Dirk.

»Ich habe Sie nach seiner Beschreibung wiedererkannt«, sagte der Beamte und sah ihn mit einem leichten Grinsen von oben bis unten an.

»Tatsächlich«, fuhr der Beamte fort, »hat er Ihren Namen auf eine Art genannt, die manch anderer höchst beleidigend finden könnte. Er hat sogar Big Bob den Finder in einem Wagen losgeschickt, um Sie zu finden. Daß er Sie nicht gefunden hat, sehe ich daran, daß Sie einigermaßen wohl aussehen. Viele Leute, die von Big Bob dem Finder gefunden werden, sind hinterher ein bißchen wacklig auf den Beinen. Gerade noch imstande, uns bei unseren Nachforschungen behilflich zu sein, aber das ist auch schon ungefähr alles. Sie gehen am besten rein. Besser Sie als ich«, setzte er gelassen hinzu.

Dirk warf einen Blick auf das Haus. Die ungestrichenen Läden aus Kiefernholz waren an allen Fenstern geschlossen. Obwohl das Haus in jeder anderen Hinsicht sehr gepflegt und zu reinlichem, unmißverständlichem Wohlstand aufgeputzt erschien, verbreiteten die geschlossenen Fensterläden einen Hauch plötzlicher Verödung.

Komischerweise drang offenbar Musik aus dem Keller, oder vielmehr nur eine einzelne, zusammenhanglose kurze Phrase einer stampfenden Musik, die immer von neuem wiederholt wurde. Es hörte sich an, als hänge die Nadel in der Plattenrille fest, und Dirk fragte sich, warum niemand den Plattenspieler abgeschaltet oder wenigstens der Nadel einen Schubs gegeben hatte, damit die Platte weiterspielte. Der Song erschien Dirk sehr vage vertraut, und er nahm an, daß er ihn möglicherweise vor kurzem im Radio gehört hatte, obwohl er ihn nicht recht unterbringen konnte. Das Stück Text lautete ungefähr:

»Heb sie nicht auf, nicht auf, nicht a-
Heb sie nicht auf, nicht auf, nicht a-
Heb sie nicht auf, nicht auf, nicht a-« und so weiter.

»Wollen Sie sich bitte in den Keller begeben«, sagte der Beamte teilnahmslos, als sei das das Letzte, was jemand, der alle Tassen im Schrank hat, wollen würde.

Dirk nickte ihm kurz zu und eilte die Treppe zur Haustür hinauf, die leicht angelehnt war. Er schüttelte den Kopf und straffte die Schultern, um sein Gehirn an weiterem Flattern zu hindern.

Er trat ein.

Die Diele zeugte von einem Wohlstand, der sich über einen Stil gebreitet hatte, der ursprünglich mal durch studentisches Leben geprägt gewesen war. Der Fußboden bestand aus abgezogenen, dick versiegelten Dielen, und an den weißen Wänden hingen griechische Teppiche, aber teure griechische Teppiche. Dirk war bereit zu wetten (wenn auch wahrscheinlich nicht dafür zu zahlen), daß eine gründliche Durchsuchung des Hauses, außer wer weiß welch anderen dunklen Geheimnissen, fünfhundert British-Telecom-Aktien und eine Sammlung von Dylan-Alben an den Tag befördern würde, komplett bis hin zu *Blood on the Tracks*.

Ein Polizist stand in der Diele. Er sah entsetzlich jung aus, hatte sich ganz leicht gegen die Wand zurückgelehnt, starrte auf den Boden und hielt seinen Helm gegen den Magen gepreßt. Sein Gesicht war blaß und glänzte. Er sah Dirk geistesabwesend an und nickte leicht in Richtung der nach unten führenden Treppe.

Die Treppe herauf erscholl die ständig wiederholte Phrase:

»Heb sie nicht auf, nicht auf, nicht a-

Heb sie nicht auf, nicht auf, nicht a-«

Dirk bebte vor Zorn, der in ihm herumkollerte und nach was suchte, das er verhauen oder erdrosseln könnte. Er wünschte, er könnte leidenschaftlich dementieren, daß irgendwas daran seine Schuld sei, aber solange ihm das niemand ernstlich versicherte, konnte er es nicht.

»Wie lange sind Sie schon hier?« fragte er kurz angebunden.

Der junge Polizist mußte sich zusammennehmen, um zu antworten.

»Wir sind vor ungefähr 'ner halben Stunde angekommen«, erwiderte er mit dumpfer Stimme. »Wahnsinnsmorgen. Dieses Herumgehetze.«

»Erzählen Sie mir nichts von Herumgehetze«, sagte Dirk ohne jeden Sinn. Er hetzte die Treppen hinunter.

»Heb sie nicht auf, nicht auf, nicht a-

Heb sie nicht auf, nicht auf, nicht a-«

Unten befand sich ein schmaler Korridor. Die größte Tür, die davon abging, war eingetreten und hing an ihren Angeln. Sie öffnete sich in ein großes Doppelzimmer. Dirk wollte gerade hineingehen, als eine Gestalt herauskam und ihm den Weg verstellte.

»Ich sehe es ungern, daß Sie mit diesem Fall zu tun haben«, sagte die Gestalt. »Ich sehe es außerordentlich ungern. Sagen Sie mir, was Sie damit zu tun haben, damit ich genau weiß, warum ich es so ungern sehe.«

Dirk sah erstaunt in das schlaue, schmale Gesicht.

»Gilks?« fragte er.

»Stehen Sie nicht rum mit einem Gesicht wie ein verdutzter Wieheißternoch, was sind das für Dinger, die keine Seehunde sind? Viel schlimmer als Seehunde. Große, schwabbelige Dinger. Dugongs. Stehen Sie nicht rum mit einem Gesicht wie ein verdutzter Dugong. Warum hat dieser . . . « Gilks zeigte in das Zimmer hinter sich. »Warum hat dieser . . . Mann da drin

Ihren Namen und Ihre Telefonnummer auf einem Umschlag voller Geld?«

»Wiev . . .«, begann Dirk. »Wie, vielleicht gestatten Sie mir die Frage, kommt es, daß Sie hier sind, Gilks? Was tun Sie hier, so weit weg von den Fens? Erstaunt, daß es Ihnen hier feucht genug ist.«

»Dreihundert Pfund«, sagte Gilks. »Warum?«

»Vielleicht gestatten Sie mir, mit meinem Mandanten zu reden«, sagte Dirk.

»Ihr Mandant, eh?« sagte Gilks grimmig. »Ja. In Ordnung. Warum reden Sie nicht mit ihm? Es würde mich interessieren, was Sie ihm zu sagen haben.« Er trat steif zurück und winkte Dirk in das Zimmer.

Dirk sammelte seine Gedanken und betrat den Raum in einer beherrschten Ruhe, die nur ein kleines bißchen länger als eine Sekunde währte.

Der größte Teil seines Mandanten saß still in einem bequemen Sessel vor der Stereoanlage. Der Sessel war in optimaler Hörposition aufgestellt – etwa zweimal so weit von den Lautsprechern entfernt, wie der Abstand zwischen ihnen betrug, was im allgemeinen als ideal für den Stereoeindruck gilt.

Er schien im allgemeinen lässig und entspannt, hatte die Beine übergeschlagen und eine halb geleerte Tasse Kaffee auf einem kleinen Tischchen neben sich. Betrüblicherweise jedoch saß sein Kopf säuberlich mitten auf der Schallplatte, die sich auf dem Plattenteller drehte, wobei der Tonarm sich an seinen Hals schmiegte und ständig in dieselbe Rille zurückgelenkt wurde. Während der Kopf sich drehte, schien er ungefähr alle 1,8 Sekunden Dirk einen vorwurfsvollen Blick zuzuwerfen, als wolle er sagen: »Da siehst du, was geschieht, wenn du nicht pünktlich kommst, wie ich dich gebeten habe«, dann schwenkte er herum zur Wand, herum, herum und wieder nach vorn mit noch größerem Vorwurf im Gesicht.

»Heb sie nicht auf, nicht auf, nicht a-
Heb sie nicht auf, nicht auf, nicht a-«

Der Raum um Dirk herum schwankte ein wenig, und er streckte die Hand zur Wand aus, um ihn zu beruhigen.

»War es eine bestimme Aufgabe, die Sie für Ihren Mandanten übernehmen sollten?« fragte Gilks sehr ruhig hinter ihm.

»Ach, äh, nur eine kleine Angelegenheit«, sagte Dirk schwach. »Nichts, was mit dem Ganzen hier etwas zu tun hat. Nein, er, äh, erwähnte überhaupt nichts von irgend sowas. Tja, hören Sie, da ich sehe, daß Sie beschäftigt sind, nehme ich wohl am besten einfach mein Honorar und verschwinde. Sie sagen, er hat es für mich bereitgelegt?«

Nach diesen Worten setzte Dirk sich schwer auf einen kleinen Wiener Cafehausstuhl, der hinter ihm stand und unter ihm zusammenbrach.

Gilks hievte ihn wieder auf die Füße und lehnte ihn gegen die Wand. Er verließ kurz das Zimmer, dann kehrte er mit einem kleinen Krug Wasser und einem Glas auf einem Tablett zurück. Er goß etwas Wasser in das Glas, brachte es Dirk und schüttete es ihm ins Gesicht.

»Besser?«

»Nein«, prustete Dirk, »können Sie nicht wenigstens die Platte abschalten?«

»Das ist Aufgabe der Spurensicherung. Darf nichts berühren, ehe die Schlaumeier nicht hier gewesen sind. Vielleicht sind sie das jetzt endlich. Gehn Sie raus in den Patio und schnappen Sie etwas Luft. Ketten Sie sich ans Geländer und berappeln Sie sich 'n bißchen, ich bin selber mit der Zeit knapp dran. Und versuchen Sie, weniger grün auszusehen, ja? Das ist nicht Ihre Farbe.«

»Heb sie nicht auf, nicht auf, nicht a-
Heb sie nicht auf, nicht auf, nicht a-«

Gilks drehte sich müde und verdrossen um und wollte eben hinausgehen und die Treppe hochsteigen, um die Neuangekommenen zu begrüßen, deren Stimmen man oben im Erdgeschoß hörte, als er zögerte und einige Sekunden den

Kopf betrachtete, der sich geduldig auf seinem schweren Teller drehte.

»Wissen Sie«, sagte er schließlich, »diese angeberischen, protzigen Selbstmorde machen mich wirklich schwach. Sie tun's nur, um einen zu ärgern.«

»*Selbstmord?*« fragte Dirk.

Gilks drehte den Kopf und sah ihn an.

»Fenster mit anderthalb Zentimeter dicken Eisenstäben gesichert«, sagte er. »Tür von innen verschlossen, und der Schlüssel steckt im Schloß. Möbel gegen die Innenseite der Tür gestapelt. Terrassentüren zum Patio mit Einsteckschlössern verschlossen. Keine Anzeichen von einem unterirdischen Gang. Wenn es Mord war, dann muß der Mörder beim Rausgehen 'ne Pause eingelegt und verdammt feine Glaserarbeiten verrichtet haben. Abgesehen davon ist der ganze Kitt alt und überstrichen.

Nein. Niemand hat diesen Raum verlassen, und niemand außer uns hat sich mit Gewalt Eingang verschafft, und ich bin ziemlich sicher, daß wir's nicht gewesen sind.

Ich habe keine Zeit, um an der Sache lange rumzubasteln. Offenkundig Selbstmord, und nur verübt, um schwierig zu sein. Ich hätte fast Lust, den Toten wegen Vergeudung polizeilicher Arbeitszeit zu verhaften. Wissen Sie was?« sagte er und sah auf seine Uhr. »Ich gebe Ihnen zehn Minuten. Wenn Ihnen dazu, wie er's gemacht hat, eine plausible Erklärung einfällt, die ich in meinen Bericht setzen kann, dann dürfen Sie das Beweisstück in dem Umschlag behalten, minus 20 Prozent Entschädigung für mich für den ganzen Gefühlsverschleiß, worunter fällt, daß ich Ihnen keine ins Maul gehauen habe.«

Dirk überlegte einen Augenblick, ob er die Besuche erwähnen sollte oder nicht, die sein Mandant von einem seltsamen, gewalttätigen, grünäugigen, mit Fellen bekleideten Riesen erhalten zu haben behauptete, der regelmäßig aus dem Nichts aufgetaucht war und irgendwas von wegen Verträgen und Schuldverschreibungen gebellt und mit einer drei Fuß langen

Sense mit einem funkelnden Sensenblatt herumgefuchtelt hatte, beschloß jedoch nach reiflicher Überlegung: nein.

»Heb sie nicht auf, nicht auf, nicht a-
Heb sie nicht auf, nicht auf, nicht a-«

Er kochte endlich vor Wut auf sich. Er war nicht imstande gewesen, über den Tod seines Mandanten so recht auf sich wütend zu sein, weil diese Last zu riesig und grauenhaft war, um sie zu ertragen. Aber jetzt hatte ihn Gilks gedemütigt und er war zu verunsichert und aufgescheucht gewesen, um sich zu wehren, und so konnte er darüber wütend auf sich sein.

Er wandte sich brüsk von seinem Peiniger ab und begab sich in den Patio hinaus, um mit seinem Gewüte allein zu sein.

Der Patio war ein kleiner, gepflasterter, nach Westen hinausgehender Innenhof an der Hausrückseite, der weitgehend ohne Licht war, abgeschnitten durch die hohe Rückwand des Hauses und die hohe Mauer irgendeines Fabrikgebäudes, das sich hinten anschloß. In der Mitte stand, aus wer weiß welch nachvollziehbarem Grunde, eine steinerne Sonnenuhr. Wenn überhaupt etwas Licht auf die Sonennuhr gefallen wäre, hätte man gesehen, daß es ganz kurz vor zwölf MGZ war. Außerdem ließen sich Vögel darauf nieder. Ein paar Pflanzen schmollten in Töpfen.

Dirk stopfte sich eine Zigarette in den Mund und verbrannte wütend ein ganzes Stück von deren Ende.

»Heb sie nicht auf, nicht auf, nicht a-
Heb sie nicht auf, nicht auf, nicht a-«, keifte es immer noch aus dem Inneren des Hauses.

Schnurgerade Gartenmauern trennten den Patio auf jeder Seite von den Gärten der Nachbarhäuser. Der auf der linken Seite hatte dieselbe Größe wie dieser, der auf der rechten dehnte sich ein bißchen weiter aus, weil er aus der Tatsache Nutzen zog, daß das Fabrikgebäude mit der dazwischenliegenden Gartenmauer bündig abschloß. Über allem lag ein Hauch von Wohlgepflegtheit. Nichts Großartiges, nichts Aufsehenerregendes, nur das Gefühl, daß alles gut und der Unterhalt der Häuser kein Problem war. Vor allem das Haus rechts sah aus, als wären seine Ziegel erst vor ganz kurzer Zeit neu verfugt und die Fenster frisch gestrichen worden.

Dirk holte tief Luft und blickte einen Augenblick hoch in das, was man vom Himmel sehen konnte, was grau und dunstig war. Ein einzelner dunkler Fleck kreiste unter den Wolken. Dirk besah sich das eine Zeitlang, froh, daß er seine Gedanken auf etwas anderes richten konnte als auf das Schreckensbild in dem Zimmer, das er eben verlassen hatte. Er wurde vage des Kommens und Gehens drinnen gewahr, bekam mit, daß ein gewisser Aufwand an Bandmaßarbeiten betrieben wurde, hatte das Gefühl, daß Fotos gemacht wurden und Abgetrennter-Kopf-Beseitigungsaktivitäten stattfanden.

»Heb sie nicht auf, nicht auf, nicht a-
Heb sie nicht auf, nicht auf, nicht a-
Heb sie ni-«

Jemand hatte ihn endlich aufgehoben, das bohrende Dakapo war endlich zum Schweigen gebracht, und nun schwebte der ferne, sanfte Klang eines Fernsehers friedlich in der Mittagsluft.

Aber Dirk hatte jede Menge Schwierigkeiten, das alles in sich aufzunehmen. Viel bewußter war ihm, daß er eine Reihe mächtiger, betäubender Schläge im Kopf verspürte, nämlich die Schuldgefühle, die ihn überfielen. Es war nicht das normale Hintergrundgeräusch von Schuldgefühlen, das sich einfach einstellt, wenn man so weit ins zwanzigste Jahrhundert hineingelebt hat, und mit dem Dirk normalerweise ganz gut zurecht kam. Es war das wirklich niederschmetternde Gefühl, daß »diese bestimmte schreckliche Angelegenheit bestimmt und schrecklicherweise mein Fehler ist«. Alle normalen geistigen Schachzüge halfen ihm nicht, diesem gewaltigen Pendel zu entkommen. *Bumm* kam es zurück, *zisch, bumm,* immer und immer wieder, *bumm, bumm, bumm.*

Er versuchte sich an alle Einzelheiten dessen zu erinnern, was sein verstorbener Mandant *(bumm, bumm)* zu ihm *(bumm)* gesagt hatte *(bumm, bumm)*, aber es war *(bumm)* praktisch unmöglich *(bumm)* bei dem ganzen Gebummere *(bumm)*. Der Mann hatte gesagt *(bumm)*, daß (Dirk holte tief Atem) *(bumm)* er verfolgt werde *(bumm)* von *(bumm)* einem hünenhaften, pelzigen, grünäugigen und mit einer Sense bewaffneten Ungeheuer.

Bumm!

Dirk hatte darüber insgeheim gelächelt.

Zisch, bumm, zisch, bumm, zisch, bumm!

Und gedacht: »Was für ein dummer Mensch!«

Zisch, zisch, zisch, zisch, bumm!

Eine Sense *(bumm)* und ein Vertrag *(bumm)*.

Er hatte nicht gewußt oder auch nur die leiseste Ahnung gehabt, worum es in dem Vertrag ging.

»Natürlich«, hatte Dirk gedacht *(bumm)*.

Aber er hatte das vage Gefühl, daß es etwas mit einer Kartoffel zu tun hatte. Es hing eine ziemlich komplizierte Geschichte dran *(zisch, zisch, zisch)*.

Dirk hatte an dieser Stelle ernsthaft genickt *(bumm)* und ein beruhigendes Häkchen *(bumm)* auf einen Notizblock gemacht, den er immer auf seinem Schreibtisch liegen hatte *(bumm)*, ausdrücklich zu dem Zweck, beruhigende Häkchen drauf zu machen *(bumm, bumm, bumm)*. Er hatte sich in dem Moment was darauf eingebildet, daß es ihm gelungen war, den Eindruck zu vermitteln, daß er ein Häkchen in ein kleines Kästchen gesetzt hatte, das mit »Kartoffeln« markiert war.

Bumm, bumm, bumm, bumm!

Mr. Anstey hatte gesagt, er würde das mit den Kartoffeln näher erklären, wenn Dirk käme, um seinen Auftrag auszuführen.

Und Dirk hatte versprochen *(bumm)*, leichthin *(bumm)*, beiläufig *(bumm)*, mit einer lässigen Handbewegung *(bumm,*

bumm, bumm), morgens um halb sieben da zu sein *(bumm)*, weil der Vertrag *(bumm)* um sieben fällig wurde.

Dirk erinnerte sich, daß er noch ein Häkchen in ein imaginäres »Kartoffelvertrag wird morgens um sieben Uhr fällig«-Kästchen gesetzt hatte. (*Bu* . . .)

Er wurde mit dem ganzen Gebummere nicht mehr fertig. Er konnte nicht sich die Schuld daran geben, was passiert war. Naja, das konnte er schon. Natürlich konnte er das. Er tat es. Es war tatsächlich seine Schuld *(bumm)*. Der springende Punkt war nur, er konnte sich nicht immer weiter die Schuld an dem geben, was passiert war, und einen klaren Gedanken fassen, was er einfach würde tun müssen. Er würde diese gräßliche Geschichte *(bumm)* bis ins letzte aufklären müssen, und wenn er dazu imstande sein wollte, mußte er sich irgendwie von diesem Gebummere *(bumm)* befreien.

Eine gewaltige Wut spülte über ihn hinweg, als er seine Zwangslage und die verwickelte Situation seines Lebens überdachte. Er haßte diesen geleckten Patio. Er haßte diesen ganzen Sonnenuhrenkram und alle diese säuberlich gestrichenen Fenster, alle diese gepflegten Dächer. Er hätte lieber alles auf die Anstreicher geschoben als auf sich, auf die abstoßend sauberen Pflastersteine im Patio, auf die schier geschmacklose Scheußlichkeit der adrett neu verfugten Ziegel.

»Entschuldigen Sie . . .«

»Was?« Er fuhr herum, überrascht durch dieses störende Eindringen einer leisen, höflichen Stimme in sein ganz persönliche Gewüte.

»Haben Sie was zu tun mit . . .?« Die Frau deutete die ganze Unerfreulichlichkeit und Untergeschossigkeit und die schreckliche Art von Polizeilichkeit der Geschehnisse in ihrem Nachbarhaus mit einer kleinen schwebenden Bewegung ihres Handgelenks an. Ihr Handgelenk trug ein rotes Armband, das zu ihrem Brillengestell paßte. Sie blickte über die Gartenmauer des Hauses zur Rechten mit dem Ausdruck einer leicht besorgten Abscheu.

Dirk starrte sie sprachlos an. Sie sah aus wie etwa vierzignochwas und adrett und hatte etwas unmittelbar und unverkennbar Reklamehaftes an sich.

Sie stieß einen bekümmerten Seufzer aus.

»Ich weiß, es ist wahrscheinlich alles sehr schrecklich und so weiter«, sagte sie, »aber meinen Sie, es dauert noch lange? Wir haben die Polizei nur gerufen, weil das Getöse dieser scheußlichen Platte uns auf die Palme gebracht hat. Es ist alles ein bißchen . . .«

Sie warf ihm einen stumm flehenden Blick zu, und Dirk kam zu dem Schluß, daß alles ihre Schuld sein könnte. Sie könnte, soweit es ihn betraf, die Schuld an allem übernehmen, während er das Problem löste. Sie verdiente es, schon allein dafür, daß sie so ein Armband trug.

Ohne ein Wort drehte er ihr den Rücken zu und trug seine Wut ins Haus zurück, wo sie rasch zu etwas Hartem und Wirkungsvollem gefror.

»Gilks!« sagte er. »Ihre klugscheißerhafte Selbstmordtheorie. Sie gefällt mir. Sie kommt mir entgegen. Und ich glaube, ich weiß, wie der gerissene Dreckskerl die Sache zustande gebracht hat. Bringen Sie mir einen Federhalter. Bringen Sie mir Papier.«

Er setzte sich schwungvoll an den Bauerntisch aus Kirschenholz, der die Mitte des hinteren Teils des Raumes einnahm, und skizzierte flink eine Übersicht der Ereignisse, an denen eine Reihe von Haushalts- oder Küchengeräten, eine pendelnde, schwere Deckenlampe und einige sehr genaue Zeitberechnungen beteiligt waren, und wies auf die entscheidende Tatsache hin, daß der Plattenteller aus Japan stammte.

»Das sollte Ihre Spurenheinis bei Laune halten«, sagte Dirk aufgeräumt zu Gilks. Die Spurenheinis warfen einen Blick darauf, nahmen die wichtigsten Punkte zur Kenntnis und mochten sie. Sie waren simpel, unglaubwürdig und genau von der Sorte, die einen Coroner, der dieselbe Art Ferien in Marbella liebte wie sie auch, sicher begeistern würde.

»Es sei denn«, sagte Dirk beiläufig, »Sie sind an der Idee interessiert, daß der Tote mit einer übernatürlichen Macht eine Art Teufelsvertrag geschlossen hatte, dessen Einlösung jetzt gefordert wurde.«

Die Spurenheinis sahen sich an und schüttelten ihre Köpfe. Sie teilten sehr zwingend das Gefühl mit, daß der Morgen sich hinschleppte und daß diese Art Gerede einen Fall nur unnötig komplizierte, den sie ansonsten noch vor dem Mittagessen durchaus erledigt haben konnten.

Dirk zuckte befriedigt die Schultern, zählte sich seinen Anteil an dem Beweismittel ab und trat mit einem letzten Nicken in Richtung der versammelten Polizeimacht den Rückweg nach oben an.

Als er in der Diele war, bemerkte er plötzlich, daß die leisen Töne des Tagesfernsehens, die er draußen im Garten vernommen hatte, zuvor durch den unablässigen Lärm der in ihrer Rille festsitzenden Platte überdeckt worden waren.

Zu seinem Erstaunen hörte er jetzt, daß sie irgendwoher von oben aus dem Haus herunterdrangen. Mit einem schnellen, prüfenden Blick, der ihm sagte, daß er nicht beobachtet wurde, trat er auf die unterste Stufe der Treppe, die zu den oberen Stockwerken des Hauses führte, und schaute überrascht nach oben.

Kapitel 6

Die Treppe war mit einem geschmackvoll-nüchternen mattenartigen Zeug ausgelegt. Dirk stieg geräuschlos hinauf, vorbei an ein paar geschmackvoll vertrockneten hohen Dingern in einem Topf, der auf dem ersten Treppenabsatz stand, und sah in die Zimmer im ersten Stock. Auch sie waren geschmackvoll und vertrocknet.

Das größere der beiden Schlafzimmer war das einzige, das

irgendwelche Anzeichen gegenwärtiger Benutzung verriet. Es war sichtlich so gestaltet, daß die Morgensonne auf raffiniert arrangierten Blumen und Kissen spielen konnte, die mit sowas Ähnlichem wie Heu gefüllt waren, aber man hatte das Gefühl, daß alte Socken und gebrauchte Rasierklingen inzwischen so allmählich das Regiment über das Zimmer an sich zu reißen begannen. Man spürte in dem Zimmer entschieden die Abwesenheit alles Weiblichen – dieselbe Abwesenheit, die ein fehlendes Bild auf einer Wand hinterläßt. Man empfand eine gewisse Nervosität und Traurigkeit und die Notwendigkeit, daß bestimmte Dinge unter dem Bett weggefegt werden müßten.

Im Badezimmer, das davon abging, hing eine Goldene Schallplatte an der Wand gegenüber dem Waschbecken, und zwar für den Umsatz von fünfhunderttausend Exemplaren einer Schallplatte mit dem Titel *Hot Potato* von einer Band namens »Faustkampf und Der Dritte Autistische Kuckuck«. Dirk erinnerte sich vage, in einer Sonntagszeitung einen Teil eines Interviews mit dem Leader der Band gelesen zu haben (sie hatte nur zwei Mitglieder, und einer von ihnen war der Leader). Er war über ihren Namen befragt worden und hatte geantwortet, darüber gebe es eine interessante Geschichte, obwohl sich dann herausstellte, daß sie das nicht war. »Der Name kann alles bedeuten, was man will«, hatte er mit einem Achselzucken vom Sofa im Büro seines Managers irgendwo in der Gegend der Oxford Street hinzugefügt.

Dirk fiel ein, daß er sich vorgestellt hatte, der Journalist nicke höflich und schreibe das auf. Ein scheußlicher Klumpen hatte sich in Dirks Magen zusammengeballt, den er kurz darauf mit Gin wieder aufgeweicht hatte.

»*Hot Potato* . . .«, dachte Dirk. Während er sich noch die Goldene Schallplatte in ihrem roten Rahmen betrachtete, kam ihm plötzlich der Gedanke, daß die Platte, auf die der Kopf des toten Mr. Anstey gestellt worden war, offensichtlich diese war. Hot Potato. Heb sie nicht auf.

Was konnte das bedeuten?

Alles, was man will, dachte Dirk widerstrebend.

Die andere Sache, an die er sich jetzt aus dem Interview erinnerte, war, daß Pain (der Leader von »Faustkampf und Der Dritte Autistische Kuckuck« hieß Pain) behauptete, den Text habe er mehr oder weniger wörtlich nach einer Unterhaltung niedergeschrieben, die er oder jemand anderer in einem Café oder einer Sauna oder einem Flugzeug oder sowas Ähnlichem mitgehört hatte. Dirk überlegte, was wohl die Urheber der Unterhaltung dächten, wenn sie ihre Worte unter den Begleitumständen wiederhörten, unter denen er sie soeben gehört hatte.

Er sah sich das Etikett in der Mitte der Goldenen Schallplatte näher an. Oben drüber stand schlicht: »ARRGH!«, während unter dem eigentlichen Titel die Namen der Textautoren genannt wurden – »Paignton, Mulville, Anstey.«

Mulville war wahrscheinlich das Mitglied von »Faustkampf und Der Dritte Autistische Kuckuck«, das nicht der Leader war. Und Geoff Ansteys Nennung als eines der Autoren einer sich ziemlich gut verkaufenden Single war möglicherweise das, womit er das Haus bezahlt hatte. Als Anstey gesagt hatte, der Vertrag habe etwas mit einer Kartoffel zu tun, hatte er angenommen, daß Dirk wisse, daß er *Potato* meinte. Und er, Dirk, hatte ebenso mühelos angenommen, daß Anstey ein Vollidiot sei. Es war sehr einfach anzunehmen, daß jemand, der von grünäugigen Monstern mit Sensen erzählte, auch ein Vollidiot war, wenn er über Kartoffeln redete.

Dirk seufzte tief beunruhigt in sich hinein. Er hatte was dagegen, wie ordentlich die Trophäe an der Wand hing, und korrigierte das ein bißchen, so daß sie in einer etwas menschlicheren und unordentlicheren Schrägneigung hing. Als er das tat, fiel ein Umschlag hinter dem Rahmen hervor und flatterte auf den Boden. Dirk versuchte erfolglos, ihn zu fangen. Mit einem unsportlichen Grunzer bückte er sich und hob ihn auf.

Es war ein ziemlich großer, cremefarbener Umschlag aus dickem, festem Papier, der an einem Ende nachlässig aufgeschlitzt und mit Klebeband wieder zugeklebt worden war. Ja, es sah so aus, als sei er viele Male geöffnet und mit immer neuen Schichten Klebeband wieder verschlossen worden, ein Eindruck, der durch die vielen Namen bestätigt wurde, an die der Umschlag mittlerweile adressiert worden war – jeder war der Reihe nach durchgestrichen und durch einen anderen ersetzt worden.

Der letzte Name war der von Geoff Anstey. Jedenfalls nahm Dirk an, es sei der letzte, weil es der einzige war, der nicht durchgestrichen war, und zwar mit Nachdruck durchgestrichen. Dirk besah sich ein paar der anderen Namen genauer, um sie eventuell zu entziffern.

Bei ein paar Namen, die er so etwa erkennen konnte, rührte sich was in seinem Gedächtnis, aber er mußte den Umschlag sehr viel genauer untersuchen. Er hatte schon immer vorgehabt, sich ein Vergrößerungsglas zu kaufen, seit er Detektiv geworden war, aber er war nie dazu gekommen. Er besaß auch kein Federmesser, und so beschloß er widerstrebend, daß es das Klügste sei, den Umschlag für den Augenblick in einer der geheimeren Tiefen seines Mantels zu versenken und ihn sich später in aller Ruhe genau anzusehen.

Er guckte rasch hinter den Rahmen der Goldenen Schallplatte, um nachzusehen, ob noch weitere Sächelchen zutage kämen, wurde aber enttäuscht, und so verließ er das Badezimmer und nahm die Erkundung des Hauses wieder auf.

Das zweite Schlafzimmer war ordentlich und ausdruckslos. Unbenutzt. Seine Hauptbestandteile waren ein Bett aus Kiefernholz, ein Federbett und eine alte, verschrammte Kommode, die dadurch aufgefrischt worden war, daß man sie in ein Säurebad getaucht hatte. Dirk zog die Tür hinter sich zu und stieg die kleine, wacklige, weiß gestrichene Treppe weiter zum Dachboden hinauf, von wo man in einem Fernseher Bugs Bunny toben hörte.

Am Ende der Treppe befand sich ein winziger Treppenabsatz, der auf der einen Seite in ein Badezimmer führte, das so klein war, daß man es am besten benutzte, wenn man draußen stehen blieb und den jeweiligen Körperteil, den man gerade waschen wollte, hineinsteckte. Die Tür wurde durch einen grünen Gummischlauch am Zufallen gehindert, der sich vom Kaltwasserhahn des Waschbeckens aus dem Badezimmer, über den Treppenabsatz und in den einzigen anderen Raum hier im obersten Teil des Hauses schlängelte.

Es war ein Bodenraum mit einem stark geneigten Dach, der nur wenige Stellen bot, an denen ein Mensch von höchstens annähernd durchschnittlicher Größe stehen konnte.

Dirk stand gebückt in der Tür und überblickte das Innere, unsicher, was ihn darin erwarten mochte. Es herrschte ein allgemeines Chaos in dem Zimmer. Die Vorhänge waren zugezogen, und nur wenig Licht drang an ihnen vorbei in den Raum, der im übrigen nur durch das flackernde Leuchten eines Zeichentrickkaninchens erhellt wurde. Ein ungemachtes Bett mit dumpfigen, zerknüllten Laken war unter eine besonders niedrige Ecke der Zimmerdecke geschoben worden. Ein Teil der Wände und die fast senkrechten Flächen der Decke waren mit plump aus Zeitschriften ausgeschnittenen Fotos bedeckt.

Hinter den Ausschnitten schien kein gemeinsames Thema oder Anliegen zu stecken. Neben ein paar Fotos von protzigen deutschen Autos und der komischen Büstenhalterreklame sah man auch das völlig zerrissene Foto eines Obstkuchens, einen Teil einer Lebensversicherungswerbung und andere zufällige Fetzen, die den Eindruck vermittelten, daß sie mit einer dumpfen und sturen Gleichgültigkeit gegenüber jeder Bedeutung, die jedes von ihnen haben oder hervorrufen könnte, ausgesucht und angeordnet waren.

Der Gummischlauch ringelte sich über den Boden und führte um einen ältlichen Sessel herum, der vor den Fernseher geschoben war.

Das Kaninchen tobte herum. Das Leuchten seines Getobes spielte auf den abgenutzten Kanten des Sessels. Bugs kämpfte mit den Hebeln eines Flugzeugs, das abstürzte. Plötzlich sah er einen Knopf, an dem »Autopilot« stand, und drückte drauf. Eine Tür öffnete sich, und ein Roboterpilot kam heraus, warf einen Blick auf die Situation und sprang mit dem Fallschirm ab. Das Flugzeug sauste weiter auf die Erde zu, aber glücklicherweise ging ihm, kurz bevor es den Boden erreichte, der Treibstoff aus, und so wurde das Kaninchen gerettet.

Dirk konnte auch die Oberseite eines Kopfes sehen.

Die Haare auf diesem Kopf waren dunkel, verfilzt und fettig. Dirk betrachtete ihn einen langen, unbehaglichen Moment lang, ehe er langsam in den Raum trat, um nachzusehen, womit der Kopf, wenn überhaupt, verbunden war. Seine Erleichterung, als er beim Herumgehen um den Sessel feststellte, daß er immerhin auf einem lebenden Körper saß, wurde ein wenig beeinträchtigt durch den Anblick des lebenden Körpers, mit dem er verbunden war.

In den Sessel gefläzt lag ein Junge.

Er war vermutlich etwa dreizehn oder vierzehn, und obgleich er in keiner irgendwie körperlichen Art und Weise krank wirkte, war er ganz ohne Zweifel kein gesunder Mensch. Die Haare lagen platt auf dem Kopf, der Kopf lag platt zwischen den Schultern, und er lag in dem Sessel so schlaff und verknautscht, als wäre er aus einem vorbeifahrenden Zug dort hingeworfen worden. Er trug lediglich eine billige Lederjacke und einen Schlafsack.

Dirk starrte ihn an.

Wer war das? Wieso sah ein Junge hier fern in einem Hause, in dem eben erst jemand geköpft worden war? Wußte er, was passiert war? Wußte Gilks von ihm? Hatte sich Gilks auch nur die Mühe gemacht, hier raufzukommen? Es waren schließlich mehrere Treppen für einen beschäftigen Polizeibeamten mit einem kniffligen Selbstmord am Hals.

Nachdem Dirk etwa zwanzig Sekunden dagestanden hatte,

kletterten die Augen des Jungen zu ihm hoch, unterließen es vollkommen, ihn auch nur irgendwie zur Kenntnis zu nehmen, wanderten wieder nach unten und betrachteten erneut das Kaninchen.

Dirk war es nicht gewohnt, einen derart geringfügigen Eindruck auf jemanden zu machen. Er überprüfte, ob er wirklich seinen riesigen Ledermantel trug und seinen absurden roten Hut aufhatte und ob er von dem Licht in der Tür angemessen und dramatisch umspielt wurde.

Er kam sich von einer Sekunde zur anderen klein und häßlich vor und sagte: »Äh ...«, um sich vorzustellen, errang aber nicht die Aufmerksamkeit des Jungen. Ihm gefiel das nicht. Der Knilch sah absichtlich und böswillig vor seinen Augen fern. Er zog die Stirn kraus. Dirk kam es so vor, als baue sich in dem Zimmer sowas wie ein Dampfdruck auf, in dem ganzen Zimmer war etwas Zischendes in der Luft, auf das er keine Antwort hatte. Es nahm an Stärke zu und endete dann plötzlich mit einem jähen Knack, der Dirk zusammenfahren ließ.

Der Junge rollte sich wie eine langsame, fette Schlange aus, beugte sich über die abgekehrte Armlehne des Sessels und traf ein paar komplizierte, unsichtbare Vorbereitungen, zu denen zweifellos, wie Dirk jetzt bemerkte, ein elektrischer Wasserkessel gehörte. Als er seine frühere Fläzhaltung wieder einnahm, geschah das mit dem Zusatz, daß er einen Plastiktopf in der Hand hielt, aus dem er sich gummiartige Fäden irgendeines dampfenden Zeugs in den Mund gabelte.

Das Kaninchen kam mit seinen Angelegenheiten zum Ende und machte einem höhnisch lachenden Komiker Platz, der von den Zuschauern wollte, daß sie eine bestimmte Biermarke kauften, und das aufgrund von nichts Besserem als seiner schwerlich selbstlosen Behauptung.

Dirk hatte das Gefühl, es sei an der Zeit, eine etwas größere Wirkung auf die Vorgänge auszuüben, als es ihm bisher gelungen war. Er trat direkt in die Blickrichtung des Jungen.

»He, Kleiner«, sagte Dirk in einem Ton, von dem er hoffte, daß er bestimmt, doch freundlich, und in gar keiner Weise überheblich oder affektiert oder taktlos klang, »ich muß unbedingt wissen, wer –«

In diesem Moment wurde er durch den Anblick dessen abgelenkt, was er aus der neuen Position sah, auf der er jetzt stand. Auf der anderen Seite des Sessels befanden sich ein großer, halbvoller Großhandelskarton mit 3-Minuten-Nudeln, ein großer, halbvoller Großhandelskarton mit Mars-Riegeln, eine zur Hälfte abgetragene Pyramide aus Limonadendosen und das Ende des Gummischlauchs. Der Gummischlauch endete in einem Zapfhahn aus Plastik und wurde offensichtlich zum Nachfüllen des Wasserkessels benutzt.

Dirk hatte den Jungen einfach fragen wollen, wer er sei, aber aus diesem Blickwinkel war die Familienähnlichkeit unverkennbar. Er war ohne Zweifel der Sohn des kürzlich geköpften Geoffrey Anstey. Vielleicht war dieses Verhalten nur seine Art, auf den Schock zu reagieren. Oder vielleicht wußte er wirklich nicht, was passiert war. Oder er war vielleicht . . .

Dirk mochte kaum drüber nachdenken.

Außerdem fand er es schwierig, einen klaren Gedanken zu fassen, während der Fernseher ihn im Namen eines Zahnpastaherstellers zutiefst über einige Dinge zu beunruhigen versuchte, die möglicherweise in seinem Munde vor sich gingen.

»Okay«, sagte er, »ich möchte dich nicht stören in einer Situation, die für dich schwierig und bedrückend sein muß, aber ich muß vor allem erst einmal wissen, ob dir klar ist, daß das eine schwierige und bedrückende Situation für dich ist.«

Nichts.

Na schön, dachte Dirk, wird Zeit für ein bißchen vernünftige Härte. Er lehnte sich gegen die Wand zurück, steckte die Hände in die Taschen, als wolle er sagen: Okay, wenn du's so haben willst, starrte ein paar Sekunden schlecht gelaunt zu Boden, dann hob er den Kopf mit einem Ruck und bohrte dem Jungen einen harten Blick genau zwischen die Augen.

»Ich muß dir leider sagen, Kleiner«, sagte er knapp, »dein Vater ist tot.«

Das hätte funktionieren können, wenn nicht im selben Moment ein sehr populärer und erfolgreicher Werbespot begonnen hätte. Für Dirk schien es sich um ein besonders erstaunliches Exemplar der Gattung zu handeln.

Die Eröffnungssequenz zeigte den Engel Luzifer, wie er aus dem Himmel in den Abgrund der Hölle geschleudert wurde, wo er auf einem brennenden See liegen blieb, bis ein Dämon vorbeikam und ihm eine Dose eines sprudelnden Softdrinks namens *sHades* reichte. Luzifer nahm sie und probierte. Er pichelte gierig die ganze Dose leer, wandte sich dann zur Kamera, rückte sich eine Porsche-Sonnenbrille auf die Nase, sagte: »Jetzt wird's erst *richtig* heiß!« und legte sich zurück in die Glut der brennenden Kohlen, die um ihn herum aufgeschichtet waren.

An dem Punkt sagte eine unglaublich tiefe, brummige amerikanische Stimme, die sich anhörte, als wäre sie selber aus den Tiefen der Hölle oder zumindest aus einem Saufclub in einem Keller in Soho hervorgekrochen, wohin sie so schnell wie möglich zurückkehren wollte, um sich für den nächsten Off-Kommentar in Form zu marinieren: »*sHades*. Das Getränk aus der Hölle . . .«, während die Dose sich ein bißchen drehte, um das Anfangs-»*s*« zu verdecken und somit das Wort »Hades« zu bilden.

Der theologische Sinn des Ganzen schien ein bißchen konfus, überlegte Dirk, aber was war ein winziges Tröpfchen Falschinformation in so einem reißenden Strom?

Luzifer grimassierte daraufhin wieder in die Kamera und sagte: »Dieses Zeug ist echt mein *Fall* . . .«, und nur für den Fall, daß all die Ereignisse den Zuschauer total unbeeindruckt gelassen haben sollten, wurde die erste Einstellung, in der

Luzifer aus dem Himmel geworfen wurde, kurz wiederholt, um nochmal das Wort »Fall« zu unterstreichen.

Die Aufmerksamkeit des Jungen war davon vollkommen gefesselt.

Dirk ging zwischen dem Jungen und der Mattscheibe in die Hocke.

»Hör mir zu«, begann er.

Der Junge reckte den Hals, um an Dirk vorbei auf den Bildschirm zu sehen. Er mußte seine Körperteile in dem Sessel völlig umsortieren, um das zu können und weiter 3-Minuten-Nudeln in sich reinzuspachteln.

»Hör zu«, drang Dirk von neuem auf ihn ein.

Dirk hatte das Gefühl, er komme allmählich ernstlich in Gefahr, in der Situation die Oberhand zu verlieren. Es war nicht nur so, daß die Aufmerksamkeit des Jungen auf den Fernseher gerichtet war, sondern es schien nichts anderes für ihn auch nur irgendeine Bedeutung oder selbständige Existenz zu besitzen. Dirk war lediglich ein nichssagender Gegenstand, der ihm das Fernsehbild verdeckte. Der Junge schien ihm nicht böse zu sein, er wollte nur an ihm vorbeisehen.

»Hör zu, können wir das Ding mal für 'n Moment abdrehen?« sagte Dirk und versuchte, sich nicht gereizt anzuhören.

Der Junge reagierte nicht. Vielleicht eine kleine Verspannung der Schultern, vielleicht ein Achselzucken. Dirk drehte sich um und wußte nicht, welchen Knopf er drücken sollte, um den Fernseher auszumachen. Das ganze Bedienungsfeld schien dem einzigen Zweck zu dienen, das Ding laufen zu lassen – es gab keinen einzigen Knopf, an dem »ein« oder »aus« stand. Deshalb zog Dirk einfach das Kabel aus der Steckdose in der Wand und drehte sich wieder zu dem Jungen um, der ihm das Nasenbein brach.

Dirk fühlte, wie von dem schrecklichen Stoß der Stirn des Jungen seine Nasenscheidewand knirschte, während sie beide heftig rückwärts gegen den Apparat kippten, aber das Geräusch des brechenden Knochens und der Lärm seines eigenen Schmerzensschreis, als der Knochen brach, wurden vollkommen überdeckt von dem heulenden Wutgeschrei, das aus der Kehle des Jungen drang. Dirk fuchtelte hilflos mit den Armen, um sich vor dem wütenden Ansturm zu schützen, aber der Junge war über ihm, bohrte ihm den Ellbogen ins Auge, und die Knie trommelten erst gegen seinen Brustkasten, dann gegen sein Kinn und schließlich gegen Dirks bereits schwer mitgenommene Nase, während er über ihn wegkroch, um den Stecker des Fernsehers wieder in die Dose zu stöpseln. Danach lehnte er sich bequem in seinen Sessel zurück und beobachtete mit übellaunigem, unstetem Blick, wie das Fernsehbild zurückkehrte.

»Sie könnten wenigstens bis zu den Nachrichten gewartet haben«, sagte er mit dumpfer Stimme.

Dirk glotzte ihn an. Er hockte am Boden, hielt behutsam seine blutende Nase in den Händen und starrte auf das widerlich gleichgültige Wesen.

»Whhfff . . . fffnnn . . . nnggh!« protestierte er, und dann gab er sich erst einmal geschlagen, während er seine Nase auf Schäden untersuchte.

Da war ganz deutlich etwas Wabbeliges, das ihm abscheulich zwischen den Fingern herumglipschte, und das Ganze schien plötzlich eine schrecklich fremde Form zu haben. Er fischte ein Taschentuch aus seiner Tasche und hielt es sich gegen das Gesicht. Das Blut drang glatt hindurch. Er kam taumelnd auf die Beine, wischte nicht vorhandene Hilfsangebote beiseite und stampfte aus dem Raum in das winzige Badezimmer. Dort riß er den Gummischlauch wütend von dem Wasserhahn, fand ein Handtuch, ließ kaltes Wasser darauf laufen und hielt es sich ein, zwei Minuten vors Gesicht, bis der Blutstrom allmählich zu einem Tröpfeln verebbte und schließlich versiegte. Er starrte sich in dem Spiegel an. Seine Nase neigte sich eindeutig in einem etwas kecken Winkel zur Seite. Er versuchte sie mutig zurechtzubiegen, aber nicht mutig genug. Sie tat scheußlich weh, und so beschränkte er sich darauf, sie noch ein bißchen mit dem nassen Handtuch zu betupfen und leise zu fluchen.

Dann blieb er da noch einige Sekunden stehen, lehnte sich gegen das Waschbecken, atmete heftig und übte, grimmig »Na schön!« in den Spiegel zu sagen. Es kam als »Nang föhn!« raus und ließ jede wahre Autorität vermissen. Als er sich genügend gestärkt fühlte, das heißt wenigstens soweit gestärkt, wie er das in unmittelbarer Zukunft zu fühlen erwarten konnte, drehte er sich um und stakste grimmig zurück in die Höhle des Raubtiers.

Das Raubtier saß seelenruhig da und nahm die Vorankündigung von irgendeiner der aufregenden und anregenden Spielshows in sich auf, die der Abend für den furchtlosen Zuschauer bereithielt, und blickte nicht hoch, als Dirk zurückkam.

Dirk ging entschlossen hinüber zum Fenster und zog die Vorhänge mit einem Ruck zurück in der vagen Hoffnung, das Raubtier könnte, dem Tageslicht ausgesetzt, kreischend in sich zusammenschrumpfen, aber außer daß es die Nase kraus zog, zeigte es keine Reaktionen. Ein dunkler Schatten flatterte kurz über das Fenster, aber aus seinem Blickwinkel konnte Dirk nicht sehen, woher er rührte.

Er drehte sich um und faßte das Jungen-Raubtier ins Auge. Die Mittagsnachrichten begannen eben im Fernsehen, und der Junge schien irgendwie etwas zugänglicher, ein bißchen empfänglicher für die Welt außerhalb des flimmernden bunten Rechtecks. Er sah mit einem mürrischen, müden Blick zu Dirk hoch.

»Waswollnsennüberhaupt?« fragte er.

»Ing hang dang glang, was ing wing«, sagte Dirk, böse, doch hoffnungslos, »ing winn . . . ham onger ing hoppte . . . ing keng das Gesinkt!«

Dirks Aufmerksamkeit hatte sich plötzlich dem Fernsehapparat zugewandt, wo ein etwas neueres Foto des vermißten Mädchens vom Flugabfertigungsschalter gezeigt wurde.

»Wasmachnsennhier?« fragte der Junge.

»Jjchhhhh!« sagte Dirk und ließ sich auf die Armlehne des Sessels nieder, während er aufmerksam nach dem Gesicht auf der Mattscheibe spähte. Das Foto war vor ungefähr einem Jahr aufgenommen worden, bevor das Mädchen was vom Lippenstift als Firmenideologie gewußt hatte. Sie hatte krauses Haar und sah ungepflegt und ausgenützt aus.

»Wersindsie? Wasissnnlos?« beharrte der Junge.

»Hör zu, hangs Mau«, schnauzte Dirk, »ing versung, mir das angßusehng!«

Der Nachrichtensprecher sagte, die Polizei gebe zu, verwirrt zu sein über die Tatsache, daß sie am Ort des Geschehens keine Spur von Janice Smith gefunden habe. Die Polizei erkläre, es gebe nur eine begrenzte Anzahl von Malen, die man dieselben Gebäude absuchen könne, und sie appelliere an jeden, der einen Hinweis zu ihrem Verbleib geben könne, sich zu melden.

»Gassis meide Senkredäring! Gassis Miss Pearth!« rief Dirk voller Erstaunen.

Den Jungen interessierte Dirks ehemalige Sekretärin nicht und er gab es auf, Dirks Aufmerksamkeit auf sich zu lenken. Er schlängelte sich aus dem Schlafsack und schlurfte ins Badezimmer.

Dirk saß da und starrte auf den Fernseher, verdutzt, daß er nicht eher bemerkt hatte, wer das vermißte Mädchen war. Dennoch gab es keinen Grund, warum er das hätte tun sollen, fand er. Durch Heirat hatte sich ihr Name geändert, und es war das erstemal, daß sie ein Foto zeigten, auf dem sie tatsächlich zu erkennen war. Bis jetzt hatte er sich für den sonderbaren Vorfall auf dem Flughafen nicht richtig interessiert, aber jetzt erforderte er seine ganze Aufmerksamkeit.

Die Explosion wurde nun offiziell als »Akt höherer Gewalt« bezeichnet.

Was heißt hier höhere Gewalt, fragte sich Dirk, vielleicht ein Gott? Und warum?

Was für ein Gott würde schon am Terminal Zwei des Flughafens Heathrow herumlungern, um den 15-Uhr-37-Flug nach Oslo zu kriegen?

Nach der jämmerlichen Abgeschlafftheit der vergangenen paar Wochen hatte er jetzt eine ganze Menge Dinge, die seine Aufmerksamkeit in Anspruch nahmen. Einige Augenblicke lang zog er tief in Gedanken die Stirn kraus und bemerkte kaum, daß der Raubtier-Junge zurückgeschlichen kam und sich gerade rechtzeitig zur eben beginnenden Fernsehwerbung wieder in seinen Schlafsack kuschelte. Der erste Spot zeigte, wie ein ganz normaler Brühwürfel den natürlichen Mittelpunkt eines normalen, glücklichen Familienlebens bilden kann.

Dirk sprang auf, aber im selben Moment, als er damit beginnen wollte, dem Jungen wieder Fragen zu stellen, verließ ihn der Mut, als er ihn ansah. Das Raubtier war weit weg, versunken in seiner dunklen, flimmernden Höhle, und Dirk spürte keine Neigung, ihn in diesem Moment noch mal zu stören.

Er beschränkte sich darauf, das völlig ungerührte Kind anzubrüllen, daß er wiederkomme, und hastete schwerfällig die Treppe hinunter, während sein riesiger Ledermantel wild hinter ihm herflatterte.

In der Diele begegnete er wieder dem verhaßten Gilks.

»Was ist Ihnen denn zugestoßen?« fragte der Polizist scharf, als er Dirks übel zugerichtete, geschwollene Nase sah.

»Gur was Die mir gedang ham«, sagte Dirk harmlos. »Ing hang ming etwang gekabbelt.«

Gilks wollte wissen, was er gemacht habe, und Dirk erklärte ihm freundlicherweise, daß sich oben ein Zeuge befinde, der einige interessante Informationen zu bieten habe. Er schlug vor, daß Gilks hochginge und sich mit ihm unterhalte, daß es aber das beste sei, wenn er vorher den Fernseher ausschalte.

Gilks nickte kurz. Er begann die Treppe hinaufzusteigen, aber Dirk hielt ihn auf.

»Kongt Ihng irngwas bergwürding vor an dieseng Gaus?« fragte er.

»Was haben Sie gesagt?« fragte Dirks irritiert.

»Irngwas Bergwürdings«, sagte Dirk.

»Etwas *was*?«

»Bergwürding!« beharrte Dirk.

»Merkwürdig?«

»Genau, bergwürding.«

Gilks zuckte die Achseln. »Zum Beispiel?« fragte er.

»Es scheing vollkong seenglos zu seing.«

»Vollkommen was?«

»Seenglos!« Er versuchte es noch mal. »Seelenlos! Ing deng, das ist sehr ingtressang!«

Und damit lüftete er höflich den Hut und eilte aus dem Haus und die Straße hinunter, wo ein Adler vom Himmel auf ihn herabstieß und ihn um ein Haar dazu gebracht hätte, unter einen in Richtung Süden fahrenden 73er-Bus zu fallen.

Die nächsten zwanzig Minuten drang gräßliches Geschrei und Gebrüll aus dem obersten Geschoß des Hauses in der Lupton Road, was bei den Nachbarn für reichlich nervöse Spannung sorgte. Der Krankenwagen brachte die oberen und unteren Überreste von Mr. Anstey sowie einen Polizisten mit blutendem Gesicht weg. Danach herrschte für kurze Zeit Ruhe.

Dann hielt ein anderer Polizeiwagen vor dem Haus. Eine Menge Kommentare von der Sorte »Bob ist da« waren aus dem Haus zu hören, als ein extrem großer und stämmiger Polizist sich aus dem Wagen hievte und die Treppe hinaufhastete. Einige Minuten und sehr viel mehr Geschrei und Gebrüll später tauchte er wieder auf, ebenfalls das Gesicht in den Händen, und fuhr ungeheuer wütend weg, wobei er die Reifen heftig und unnützerweise quietschen ließ.

Zwanzig Minuten später erschien ein Kombi, aus dem wieder ein Polizist stieg, der einen winzigen Taschenfernseher in der Hand hatte. Er betrat das Haus und tauchte kurze Zeit später wieder auf, einen lammfrommen dreizehnjährigen Jungen an der Hand, der mit seinem neuen Spielzeug sehr zufrieden war.

Als alle Polizisten bis auf den Streifenwagen abgerückt waren, der vor dem Haus geparkt blieb, um es zu bewachen, kam eine hünenhafte, pelzige, grünäugige Gestalt aus ihrem Versteck hinter einem der Moleküle in dem großen Kellerraum hervor.

Sie lehnte ihre Sense gegen einen der Lautsprecher, tauchte einen langen, schwieligen Finger in die fast geronnene Pfütze Blut, die sich auf dem Teller des Plattenspielers gesammelt hatte, schmierte den Finger über die Unterseite eines dicken, vergilbenden Bogens Papier, verschwand dann in einem dunklen und verborgenen Jenseits, wobei sie eine seltsame und bösartige Melodie pfiff, und kehrte nur kurz zurück, um sich ihre Sense zu holen.

Kapitel 7

Ein bißchen früher am selben Morgen lag in wohltuender Entfernung von all diesen Ereignissen und in wohltuender Entfernung von einem wohlproportionierten Fenster, durch das kühles Vormittagslicht strömte, ein ziemlich alter, einäugiger Mann in einem weißen Bett. Eine Zeitung lag wie ein halb zusammengeklapptes Zelt auf dem Fußboden, wohin sie vor zwei Minuten geschleudert worden war, und zwar nach der Uhr auf dem Nachttisch um kurz nach zehn.

Das Zimmer war nicht groß, aber in einem extrem sachlichen und guten Geschmack möbliert, als wäre es ein Zimmer in einem teuren Privatsanatorium oder -hospital, was es auch exakt war – das Woodshead Hospital, das auf seinem eigenen kleinen, aber gepflegten Grundstück am Rande eines kleinen, aber gepflegten Dorfes in den Cotswolds lag.

Der Mann war wach, aber nicht froh darüber.

Seine Haut war sehr dünn und alt, wie fein gespanntes, durchscheinendes Pergament, zart gefleckt. Seine feingliedrig-zerbrechlichen Hände lagen leicht gekrümmt auf den reinen, weißen Leinentüchern und zitterten ganz leise.

Sein Name wurde abwechselnd mit Mr. Odwin, Wodin oder Odin angegeben. Er war – ist – ein Gott, und außerdem war er der am wenigsten liebe Gott, dem man begegnen konnte, ein mürrischer Gott. Sein eines Auge funkelte.

Er war mürrisch wegen des Artikels, den er in der Zeitung gelesen hatte, daß nämlich ein anderer Gott auf den Putz gehauen und den Leuten auf die Nerven gegangen war. So stand das natürlich nicht in der Zeitung. Es stand da nicht: »Gott haut auf den Putz und geht im Flughafen anderen Leuten auf die Nerven«, der Artikel schilderte nur die folgende Verwüstung und war außerstande, irgendwelche sinnvollen Schlüsse daraus zu ziehen.

Der Artikel war in jeder Hinsicht äußerst unbefriedigend gewesen: wegen seiner verblüffenden Ergebnislosigkeit, seiner Zusammenhanglosigkeit und des irritierenden (vom Standpunkt der Zeitung aus) Fehlens irgendeines anständigen und handfesten Blutbads. An dem fehlenden Blutbad hing natürlich ein Geheimnis, aber eine Zeitung zog ein ordentliches Blutbad allemal einem schnöden Geheimnis vor.

Odin jedoch hatte nicht diese Schwierigkeit zu erkennen, was los war. Über die Berichte stand »Thor« kreuz und quer in Buchstaben geschrieben, die viel zu groß waren, als daß sie jemand anderer als ein Gott sehen konnte. Er hatte seine Morgenzeitung gereizt beiseite geworfen und versuchte jetzt, sich auf seine Entspannungsübungen zu konzentrieren, um sich von alledem nicht allzu sehr beunruhigen zu lassen. Diese Übungen umfaßten das Einatmen auf eine bestimmte Weise und das Ausatmen auf eine bestimmte andere Weise und waren gut für seinen Blutdruck und so weiter. Es war nicht so, daß er etwa im Sterben lag oder so was – ha! –, aber es gab keinen Zweifel, daß er in seinem Alter – ha! – es vorzog, sich nicht aufzuregen und sehr auf sich zu achten.

Am liebsten von allem mochte er den Schlaf.

Schlafen war für ihn eine sehr wichtige Tätigkeit. Er schlief gern über längere Epochen, große Zeitspannen. Bloß in der Nacht zu schlafen, hieß die Sache nicht ernst nehmen. Er genoß einen guten Nachtschlaf und hätte um alles in der Welt keinen einzigen missen mögen, aber er war für ihn etwas, das an die wahre Sache auch nicht halb rankam. Wenn's ging, schlief er gern vormittags um halb zwölf weiter, und falls sich das direkt an ein nettes, gemütliches Lange-im-Bett-bleiben anschloß, desto besser. Ein kleines, leichtes Frühstück und ein rascher Ausflug ins Bad, während sein Bett mit frischer Wäsche bezogen wurde, das war eigentlich alles an Aktivität, was er unternehmen mochte, und er achtete darauf, daß dadurch nicht die Schläfrigkeit aus ihm herausgeschrillt und so sein Nachmittagsnickerchen gestört wurde. Manchmal konnte er eine ganze Woche schlafend verbringen, das sah er als ein gesundes Schläfchen an. Er hatte auch das ganze Jahr 1986 verschlafen und es nicht vermißt.

Aber zu seiner tiefen Verärgerung wußte er, daß er sich in Kürze erheben und einer heiligen und ärgerlichen Pflicht nachkommen mußte. Heilig, weil sie göttlich war oder zumindest mit Göttern zu tun hatte, und ärgerlich wegen des bestimmten Gottes, um den sie sich drehte.

Heimlich zupfte er von weitem an den Vorhängen, wofür er nichts als seinen göttlichen Willen brauchte. Er seufzte heftig. Er mußte unbedingt nachdenken, und, was schlimmer war, es war Zeit für seine Morgenvisite im Bad.

Er klingelte nach dem Pfleger.

Der Pfleger in seinem gut gebügelten, losen, grünen Kittel kam augenblicklich angelaufen, wünschte fröhlich einen guten Morgen, eilte geschäftig hin und her und suchte Hausschuhe und Morgenrock zusammen. Er half Odin aus dem Bett, was ein bißchen so war, als rolle man eine ausgestopfte

Krähe aus ihrem Kasten, und führte ihn langsam zum Badezimmer. Odin ging steif, als hänge sein Kopf zwischen zwei mit gestreiftem Viyella und weißem Frottee behängten Stelzen. Der Pfleger kannte Odin als Mr. Odwin und hatte keine Ahnung, daß er ein Gott war, eine Tatsache, über die Odin nicht ungern Stillschweigen bewahrte und von der er sich wünschte, auch Thor respektiere sie.

Thor war der Gott des Donners und benahm sich, offen gesagt, genauso. Das war unpassend. Er war offenbar nicht bereit oder nicht fähig oder vielleicht einfach zu dämlich, um das zu verstehen oder gelten zu lassen . . . Odin bremste sich. Er fühlte, daß er innerlich zu toben begann. Er würde ruhig darüber nachdenken müssen, was mit Thor als nächstes zu geschehen habe, und er war zu dem richtigen Ort unterwegs, um richtig drüber nachzudenken.

Kaum hatte Odin mit seinem würdevollen Gehumpel die Badezimmertür erreicht, eilten zwei Schwestern in das Zimmer, zogen das Bett ab und machten es mit ungeheurer Präzision neu, strichen das frische Leinen glatt, zogen es stramm, schlugen es um und steckten es fest. Eine der Schwestern, sichtlich die ältere, war drall und matronenhaft, und die jüngere war dunkler und glich im großen und ganzen mehr einem Vogel. Die Zeitung wurde aufgehoben und ordentlich zusammengefaltet, die Blumen und das unberührte Obst durch neue Blumen und frisches Obst ersetzt, das, wie jedes einzelne Stück Obst vorher, unberührt bleiben würde.

Als nach kurzer Zeit die Morgenwaschungen des alten Gottes beendet waren und die Badezimmertür wieder aufging, war das Zimmer verwandelt. Die tatsächlichen Veränderungen waren natürlich minimal, aber die Wirkung war die einer subtilen, doch magischen Verwandlung in etwas Kühles und Frisches. Odin nickte stumm befriedigt, als er es erblickte. Er tat ein bißchen so, als prüfe er eingehend das Bett, wie ein Monarch, der eine Reihe Soldaten inspiziert.

»Ist es gut festgesteckt?« fragte er mit seiner alten, wisperigen Stimme.

»Es ist sehr sorgfältig festgesteckt, Mr. Odwin«, sagte die ältere Schwester unterwürfig lächelnd.

»Ist es sauber umgeschlagen?« Natürlich war es das. Das Ganze war nur ein Ritual.

»Wirklich ganz sauber umgeschlagen, Mr. Odwin«, sagte die Schwester, »ich habe das Umschlagen der Bettücher selbst beaufsichtigt.«

»Das freut mich, Schwester Bailey, freut mich sehr«, sagte Odwin. »Sie haben einen guten Blick für einen sauber umgelegten Kniff. Es peinigt mich der Gedanke, was ich ohne Sie tun soll.«

»Na, ich habe ja nicht vor, woanders hinzugehen, Mr. Odwin«, erwiderte Schwester Bailey und strömte glückverheißende Beruhigung aus.

»Aber sie bleiben nicht ewig, Schwester Bailey«, sagte Odin. Das war eine Bemerkung, die Schwester Bailey jedesmal, wenn sie sie hörte, wegen ihrer spürbar extremen Gefühllosigkeit verwirrte.

»Sicher, aber keiner von uns bleibt ewig, Mr. Odwin«, sagte sie freundlich, während sie und die andere Schwester die schwierige Aufgabe lösten, Odin wieder ins Bett zu heben, ohne seine Würde zu verletzen.

»Sie sind Irin, nicht wahr, Schwester Bailey?« fragte er, als er vollkommen versorgt war.

»Ja, das stimmt, Mr. Odwin.«

»Kannte mal 'n Iren. Finn irgendwas. Erzählte mir 'ne Menge Stuß, den ich gar nicht wissen mußte. Hat mir nie was über Linnen erzählt. Trotzdem weiß ich jetzt Bescheid.«

Er nickte kurz bei dieser Erinnerung, legte den Kopf steif auf das prall gefüllte Kissen zurück und strich mit dem Rücken seiner zart gefleckten Hand über das zurückgeschlagene Leintuch. Er war ganz einfach in das Linnen verliebt. Sauberes, leicht gestärktes, irisches Linnen, gebügelt, gefaltet, festgesteckt – schon die Worte waren geradezu eine Wunschlitanei für ihn. Seit Jahrhunderten hatte ihn nichts derart verfolgt oder bewegt wie jetzt das Linnen. Er konnte um alles auf der Welt nicht begreifen, wie er sich jemals um was anderes hatte kümmern können.

Linnen.

Und Schlaf. Schlaf und Linnen. Schlaf im Linnen. Schlaf.

Schwester Bailey betrachtete ihn mit einer Art Besitzerstolz. Sie wußte nicht, daß er ein Gott war, vielmehr dachte sie, er sei wahrscheinlich ein alter Filmproduzent oder Nazi-Kriegsverbrecher. Fraglos hatte er einen Akzent, den sie nicht ganz unterbringen konnte, und seine unbekümmerte Höflichkeit, sein natürlicher Egoismus und die Besessenheit, was persönliche Hygiene anging, zeugten von einer Vergangenheit, die von Greueln angefüllt war.

Wenn man sie hätte dorthin bringen können, wo sie ihren wortkargen Patienten auf dem Thron sehen konnte, den kriegerischen Vater der kriegerischen Götter von Asgard, wäre sie nicht erstaunt gewesen. Na ja, das stimmt nicht ganz. Sie wäre vor Schreck völlig von den Socken gewesen. Aber sie hätte zumindest erkannt, daß es mit den Eigenschaften, die sie an ihm wahrnahm, total übereinstimmte, sobald sie sich mal von dem Schock der Erkenntnis erholt hätte, daß praktisch alles, woran zu glauben die menschliche Rasse jemals beschlossen hatte, wahr blieb. Oder vielmehr, daß es noch sehr lange wahr blieb, nachdem die menschliche Rasse es als Wahrheit nicht mehr besonders nötig hatte.

Odin entließ seine medizinischen Betreuer mit einer Handbewegung, nachdem er zuvor darum gebeten hatte, nach seinem persönlichen Assistenten zu suchen und ihn noch einmal zu ihm zu schicken.

Das ließ Schwester Bailey ihre Lippen ein ganz klein wenig zusammenkneifen. Sie mochte Mr. Odwins persönlichen Assistenten, sein Faktotum, seinen Diener, als was man ihn auch bezeichnen wollte, nicht. Sein Blick war feindselig, er ließ sie zusammenzucken, und sie hatte den starken Verdacht, daß er ihren Schwestern während ihrer Teepausen unaussprechliche Anträge machte.

Er hatte etwas, was man, wie Schwester Bailey argwöhnte, unter einem olivfarbenen Teint verstand, insofern als er ungeheuer dicht davor war, grün zu sein. Schwester Bailey war überzeugt, daß das absolut nicht in Ordnung war.

Sie war natürlich die letzte, die einen Menschen nach seiner Hautfarbe beurteilt hätte – oder wenn nicht die absolut letzte, so hatte sie es zumindest vor nicht längerer Zeit als gestern nachmittag getan, als ein afrikanischer Diplomat eingeliefert wurde, dem ein paar Gallensteine entfernt werden sollten, und sie hatte augenblicklich eine Abneigung gegen ihn gefaßt. Sie mochte ihn nicht. Sie konnte nicht genau sagen, was es war, was sie an ihm nicht mochte, weil sie Krankenschwester war und kein Taxifahrer, und ihre persönlichen Gefühle würde sie keinen Moment lang sichtbar werden lassen. Sie war viel zu professionell, viel zu gut in ihrem Beruf und behandelte jeden mit mehr oder weniger der gleichen rationellen und munteren Höflichkeit, sogar, dachte sie – und eine eisige Kälte legte sich in diesem Moment auf sie – sogar Mr. Lump.

»Mr. Lump« war der Name von Mr. Odwins persönlichem Assistenten. Daran konnte sie nichts ändern. Es war nicht ihre Aufgabe, Mr. Odwins persönliche Anordnungen zu kritisieren. Aber wenn es ihre Angelegenheit gewesen wäre, was es nicht war, dann hätte sie es außerordentlich lieber gesehen, und zwar nicht nur ihretwegen, sondern auch um Mr. Odwins persönlichen Wohlergehens willen, was das Wichtigste war, wenn er hätte jemanden einstellen können, bei dem sie nicht jedesmal absolut alle Zustände gekriegt hätte, das war alles.

Sie dachte nicht mehr drüber nach, sondern machte sich einfach nach ihm auf die Suche. Sie hatte, als sie diesen Morgen zum Dienst kam, mit Erleichterung festgestellt, daß Mr. Lump in der Nacht zuvor das Gelände verlassen hatte, aber dann hatte sie ihn mit dem Gefühl lebhafter Enttäuschung vor ungefähr einer Stunde wieder zurückkommen sehen.

Sie fand ihn genau dort, wo er nicht zu vermuten war. Er hockte auf einem der Stühle im Besucherwarteraum und trug etwas, was einem besudelten und abgelegten Arztkittel, der ihm viel zu groß war, grauenhaft ähnlich sah. Nicht nur das, er spielte eine piepsig unmusikalische Melodie auf einer Art Pfeife, die er sich aus einer großen Einwegspritze gebastelt hatte, die er absolut nicht hätte haben dürfen.

Er blickte mit seinen raschen, grünen Augen zu ihr hoch, grinste und tutete und quiekte einfach weiter, nur bedeutend lauter.

Schwester Bailey ging im Geiste alle die Dinge durch, die zu sagen völlig zwecklos war, sei es über den Kittel oder die Spritze oder über ihn im Besucherwartezimmer, wo er den Besuchern Angst machte oder zumindest alle Anstalten dazu traf. Sie wußte, sie würde weder die Miene verletzter Unschuld ertragen können, mit der er antworten würde, noch die absurde Sinnlosigkeit seiner Antworten. Ihre einzige Möglichkeit war, alles schlicht zu übersehen und ihn einfach so schnell wie möglich aus dem Zimmer zu befördern und aus dem Weg zu räumen.

»Mr. Odwin möchte sie sprechen«, sagte sie. Sie versuchte, etwas von dem normalen federnden Rhythmus in ihre Stimme zu pressen, aber es wollte einfach nicht gehen. Sie wünschte sich, seine Augen würden aufhören, so herumzutanzen. Abgesehen davon, daß sie es sowohl vom medizinischen als auch vom ästhetischen Standpunkt aus höchst störend fand, sie fühlte sich, ob sie es wollte oder nicht, durch den Eindruck gekränkt, daß es in dem Zimmer mindestens siebenunddreißig Dinge gab, die interessanter waren als sie.

Er sah sie auf diese verwirrende Art ein paar Sekunden lang an, dann murmelte er, es gebe keinen Frieden für die Gottlosen, nicht einmal für die äußerst Gottlosen, drückte sich an Schwester Bailey vorbei und rannte davon, den Korridor hinunter, um von seinem Herrn und Meister Instruktionen entgegenzunehmen, schnell, ehe sein Herr und Meister wieder schlief.

Kapitel 8

Gegen Ende des Morgens hatte Kate das Krankenhaus auf eigenen Wunsch verlassen. Es gab in diesem Zusammenhang anfangs ein paar Schwierigkeiten, weil erst die Stationsschwester und dann der Arzt, dem Kates Fall anvertraut war, unnachgiebig der Meinung waren, sie sei nicht in dem Zustand, das Krankenhaus zu verlassen. Sie sei eben erst aus einem kleineren Koma erwacht und brauche Pflege, sie brauche –

»Pizza –«, beharrte Kate.

– Ruhe, sie brauche –

»– mein eigenes Zuhause und frische Luft. Die Luft hier drin ist *grauenhaft*. Sie riecht wie ein Staubsauger unterm Arm.«

– weitere Behandlung und sollte bestimmt noch einen Tag oder so unter Beobachtung bleiben, bis man überzeugt sei, daß sie sich völlig erholt habe.

Zum Schluß waren die Leute vom Krankenhaus völlig unnachgiebig. Im Laufe des Morgens verlangte und bekam Kate ein Telefon und startete den Versuch, sich eine Pizza zu bestellen, die an ihre Station geliefert werden sollte. Sie telefonierte mit allen am wenigsten hilfsbereiten Pizzerien herum, die sie in London kannte, bombardierte sie mit beschwörenden Worten, machte dann einige geräuschvoll vergebliche Versuche, einen Motorradkurier aufzutreiben, der im West End herumfahren und versuchen sollte, ihr einen American Hot mit einer Liste zusätzlicher Pfefferschoten und Pilze und Käsesorten zu besorgen, die sich einzuprägen auch nur den Versuch zu unternehmen der Leiter des Kurierdienstes sich weigerte, und nach ungefähr einer Stunde dieses Verhaltens fielen die Einwände dagegen, daß Kate das Krankenhaus auf eigenen Wunsch verließ, nach und nach ab wie Blütenblätter von einer Herbstrose.

Und so stand sie kurz nach Mittag auf einer düsteren Westlondoner Straße und fühlte sich schwach und wacklig, aber unter eigener Obhut. Sie hatte die leeren, zerfetzten Überreste ihres Kleidersackes bei sich, auf die sie partout nicht hatte verzichten wollen, außerdem einen kleinen Papierschnipsel in ihrer Handtasche, auf den ein einzelner Name gekritzelt war.

Sie hielt ein Taxi an und saß den größten Teil der Fahrt zu ihrer Wohnung in Primrose Hill mit geschlossenen Augen auf dem Rücksitz. Sie stieg die Treppe hinauf und betrat ihre Wohnung im obersten Stockwerk. Auf ihrem Anrufbeantworter fand sie zehn Mitteilungen vor, die sie einfach löschte, ohne sie sich anzuhören.

Sie riß das Fenster in ihrem Schlafzimmer auf und lehnte sich einen Moment lang in dem ziemlich gefährlichen und schwierigen Winkel hinaus, aus dem sie einen kleinen Zipfel des Parks sehen konnte. Es war ein kleiner Eckzipfel, auf dem lediglich zwei Platanen standen. Die Rückwände einiger dazwischenliegender Häuser rahmten ihn ein, oder besser gesagt, scheiterten knapp, ihn total zu verdecken und machten ihn für Kate zu etwas ganz Persönlichem und Privatem in einer Weise, wie es eine grandiose Aussicht nicht gewesen wäre.

Einmal war sie zu dieser Ecke des Parks gegangen und auf der unsichtbaren Grenzlinie entlanggewandert, die den für sie sichtbaren Teil markierte, und dabei hatte sie fast das Gefühl gehabt, dies sei ihr eigenes Reich. Sie hatte sogar die Platanen beinahe wie eine stolze Besitzerin getätschelt und sich dann unter sie gesetzt und der Sonne zugesehen, die über London unterging – über seiner entsetzlich verschandelten Skyline und seinen Pizzerien, die nicht frei Haus lieferten –, und war wieder weggegangen mit der tiefen Empfindung von irgendwas, sie wußte allerdings nicht genau, von was. Trotzdem, hatte sie sich gesagt, sollte sie heutzutage dankbar dafür sein, überhaupt noch etwas tief empfinden zu können, ganz egal, wie verschwommen es war.

Sie hievte sich aus dem Fenster wieder nach drinnen, ließ es trotz der Kälte der Außenluft weit offen, tappte weiter in das kleine Badezimmer und ließ sich ein Bad ein. Die Wanne war eine von der weit ausladenden edwardianischen Sorte, die eine erstaunlich unangemessene Menge des vorhandenen Raums in Anspruch nahm und den größten Teil des Restes mit beige gestrichenen Rohren füllte. Die Hähne brodelten. Sobald der Raum genügend mit Dampf gefüllt war, um warm zu sein, zog Kate sich aus und öffnete den großen Badezimmerschrank.

Angesichts des schieren Überflusses an Dingen, die man ins Bad tun kann, spürte sie eine leichte Verlegenheit, aber aus irgendeinem Grund war sie außerstande, an irgendeiner Drogerie oder Kräuterhandlung vorbeizugehen, ohne hineinzugehen und sich von irgendeiner Flasche mit Glasstöpsel und irgendwas Blauem oder Grünem oder Orangenem und Öligem verführen zu lassen, das angeblich das natürliche Gleichgewicht irgendeiner unbestimmten Substanz wiederherstellte, von der sie nicht einmal wußte, daß sie sich angeblich in ihren Poren befand.

Sie zögerte und versuchte, sich zu entscheiden.

Etwas Rosafarbenes? Etwas mit extra viel Vitamin B? Vitamin B12? B13? Schon allein die Menge der Sachen mit verschiedenen Sorten Vitamin B drin brachte einen in Entscheidungsschwierigkeiten. Es gab sowohl Puder als auch Öle, Tuben mit Gel, sogar Päckchen mit irgendwelchen scharf riechenden Samen, die auf irgendeine geheimnisvolle Weise für irgendwelche obskuren Teile von einem gut sein sollten.

Wie wäre es mit ein paar von den grünen Kristallen? Eines Tages, hatte sie sich vor langer Zeit mal gesagt, werde sie sich nicht mehr mit dem Versuch abrackern, zu einer Entscheidung zu kommen, sondern einfach ein bißchen von allem reintun. Wenn sie es wirklich nötig habe. Sie war eigentlich der Meinung, heute sei dieser Tag, und in einem plötzlichen Freudentaumel begann sie, einen Tropfen oder zwei von allem, was in dem Schrank war, in das brodelnde Wasser zu tun, bis es ein Durcheinander aus sich vermischenden und verwaschenen Farben bildete und sich fast klebrig anfühlte.

Sie drehte die Hähne zu, ging einen Augenblick an ihre Handtasche, kam dann zurück und ließ sich langsam in die Wanne sinken, wo sie mit geschlossenen Augen und langsam atmend volle drei Minuten liegen blieb, ehe sie endlich ihre Aufmerksamkeit auf den Papierschnipsel richtete, den sie aus dem Krankenhaus mitgebracht hatte.

Es stand ein einziges Wort darauf, und das war ein Wort, das sie einer merkwürdig widerspenstigen Krankenschwester aus der Nase gezogen hatte, die ihr am Morgen die Temperatur gemessen hatte.

Kate hatte sie nach dem riesigen Mann gefragt. Dem riesigen Mann, dem sie im Flughafen begegnet war und dessen Leichnam sie in den frühen Nachtstunden in dem nahegelegenen kleinen Krankenzimmer gesehen hatte.

»Oh nein«, hatte die Schwester gesagt, »er war nicht tot. Er lag nur in einer Art Koma.«

Ob sie ihn sehen könne, hatte Kate gefragt. Wie er heiße.

Sie hatte ganz beiläufig zu fragen versucht, sozusagen *en passant*, was ein schwieriges Kunststück war mit einem Thermometer im Mund, und sie war sich absolut nicht sicher, ob es ihr gelungen war. Die Schwester hatte geantwortet, das könne sie wirklich nicht sagen, sie dürfe eigentlich nicht über andere Patienten reden. Und der Mann sei sowieso nicht mehr da, er sei woanders hingebracht worden. Man habe einen Krankenwagen geschickt, um ihn abzuholen und irgendwoanders hinzubringen.

Das hatte Kate ziemlich überrascht.

Wo hatten sie ihn hingebracht? Wie hieß dieser Ort? Aber die Schwester hatte nicht mehr viel sagen wollen und war eine oder zwei Sekunden darauf von der Oberschwester weggerufen worden. Das einzige Wort, das die Schwester gesagt hatte, war das, das Kate dann auf den Papierschnipsel gekritzelt hatte, den sie jetzt betrachtete.

Das Wort lautete »Woodshead«.

Jetzt, wo sie ausgeruhter war, hatte sie das Gefühl, daß ihr der Name irgendwie bekannt vorkam, aber sie konnte sich nicht erinnern, wo sie ihn schon mal gehört hatte.

In dem Moment, als es ihr wieder einfiel, konnte sie nicht länger in der Badewanne bleiben, sondern kletterte heraus und eilte schnurstracks ans Telefon, wobei sie nur kurz innehielt, um sich den ganzen Kleister vom Körper zu duschen.

Kapitel 9

Der riesige Mann erwachte und versuchte aufzublicken, konnte jedoch kaum den Kopf heben. Er versuchte, sich aufzusetzen, aber das konnte er auch nicht. Er hatte das Gefühl, er sei mit einem Superkleber an den Fußboden geleimt worden, und entdeckte ein paar Sekunden später den äußerst verblüffenden Grund dafür.

Er warf den Kopf mit einem Ruck nach oben, wobei er sich dicke, blonde Haarbüschel ausriß, die schmerzhaft am Boden kleben blieben, und sah sich um. Er befand sich in so was wie einem verlassenen Lagerhaus, wahrscheinlich in einer oberen Etage, nach dem winterlichen Himmel zu urteilen, den er an den rußigen, zerschlagenen Fenstern vorbeikriechen sah.

Die Decken waren hoch und mit Spinnweben zugehängt, die von Spinnen stammten, die es anscheinend nicht interessierte, daß der größte Teil dessen, was sie fingen, abbröckelnder Putz und Staub war. Die Decken wurden von Stützen getragen, die aus senkrechten Stahlträgern bestanden, an denen der schmutzige, alte cremefarbene Anstrich Blasen schlug und abblätterte, und diese wiederum standen auf einem Fußboden aus abgenutzten, alten Eichendielen, an denen er offenbar festgeklebt worden war. In einem plumpen Oval, das sich ein, zwei Fuß rund um seinen nackten Körper erstreckte, glänzte der Boden dunkel und bösartig. Dünne, die Nasenlöcher reinigende Rauchwölkchen stiegen daraus auf. Er konnte es nicht glauben. Er brüllte vor Wut, versuchte, sich zu winden und zu schütteln, aber er zerrte nur schmerzhaft an seiner Haut, wo sie an den Eichendielen festsaß.

Dahinter mußte der Alte stecken.

Mit einem Donnerschlag, der die Dielen bersten und ihm die Ohren singen ließ, schleuderte er den Kopf heftig zurück gegen den Fußboden. Wieder brüllte er und fand ein bißchen wütende Befriedigung darin, daß er so viel hoffnungslosen und idiotischen Krach machte, wie er nur konnte. Er brüllte, bis die Stahlpfeiler sangen und die zerbrochenen Fensterscheibenreste in noch kleinere Splitter zerbarsten. Als er danach den Kopf zornig von einer Seite zur anderen warf, erblickte er plötzlich seinen Schmiedehammer, der ein paar Fuß von ihm entfernt an der Wand lehnte, wuchtete ihn mit nur einem Wort hoch in die Luft und ließ ihn in dem großen Raum herumsausen und dröhnend gegen jeden Pfeiler donnern, bis das ganze Gebäude widerhallte wie ein wahnsinniger Gong.

Noch ein Wort, und der Hammer flog zu ihm zurück, verfehlte seinen Kopf um eine Handbreit, schlug glatt durch den Fußboden und zermalmte das Holz und den Verputz darunter.

In dem dunkleren Raum darunter machte der Hammer eine schnelle Drehung und schwenkte in einer langsamen, schwerfälligen Kurve herum, während um ihn Mörtelstücke herabfielen und auf den Betonboden prasselten. Dann nahm er erneut gewaltige Fahrt auf und fetzte nach oben durch die Decke, wobei er eine Masse erschreckter Späne mitriß, als er eine Handbreit von den Fußsohlen des riesigen Mannes entfernt eine zweite eichene Fußbodendiele durchschlug.

Er stieg hoch in die Luft, hing da einen Moment, als hätte er plötzlich sein Gewicht verloren, und dann schlug er, wobei er mit einem geschickten Ruck den kurzen Griff nach oben über seinen Hammerkopf bewegte, wieder hart durch den Boden nach unten – dann wieder nach oben, dann wieder nach unten, und so hämmerte er in einem splitterndem Kreis Löcher rings um seinen Herrn, bis mit einem langen, schweren Stöhnen der ganze ovale Ausschnitt des durchbohrten Bodens nachgab und kreiselnd nach unten stürzte. Er krachte auf den Beton, während ein Regen aus Mörtelschutt niederging, aus dem wenig später schwankend der riesige Mann auftauchte und hustend in der staubigen Luft herumwedelte. Sein Rücken, die Arme und Beine waren noch immer mit großen, splitterigen Stücken des Eichenfußbodens bedeckt, aber wenigstens konnte er sich bewegen. Er stemmte die Handflächen gegen die Wand und hustete heftig etwas von dem Staub aus seinen Lungen.

Als er sich umdrehte, kam sein Hammer aus der Luft auf ihn zugetanzt, wich dann plötzlich seinem Zugriff aus, rutschte fröhlich über den Boden davon, wobei er mit seinem dicken Kopf Funken aus dem Beton schlug, richtete sich auf und lehnte sich in einem flotten Winkel gegen einen Pfeiler in der Nähe.

Vor ihm traten die Umrisse eines großen Coca-Cola-Automaten aus der sich setzenden Staubwolke. Er betrachtete ihn mit dem tiefsten Argwohn und Verdruß. Der Automat stand da mit einer Art glasigem, verständnislosem Blick, und auf der Frontseite klebte ein Zettel von seinem Vater, auf dem stand, egal, was er gerade tue, er solle damit aufhören. Er war unterschrieben mit »Du-weißt-schon-wer«, aber das war ausgestrichen und erst durch das Wort »Odin« und dann, in größeren Buchstaben, durch »Dein Vater« ersetzt worden. Odin unterließ es nie, seine Meinung über den geistigen Zustand seines Sohnes unmißverständlich kundzutun. Der riesige Mann riß den Zettel ab und starrte wütend darauf. Ein Postskript setzte geheimnisvoll hinzu: »Denk an Wales. Das alles willst du doch nicht etwa nochmal durchmachen.« Er knüllte den Zettel zusammen und warf ihn aus dem nächstbesten Fenster, von wo der Wind ihn in die Höhe und davontrug. Einen Moment lang glaubte er, ein seltsames Quieken zu hören, aber das war wahrscheinlich nur das Zischen des Windes, der zwischen den verlassenen Gebäuden in der Nähe hindurchpfiff.

Er drehte sich um, trat ans Fenster und starrte eingeschnappt und aggressiv hinaus. An den Fußboden geklebt. In seinem Alter. Was zum Teufel sollte das bedeuten? »Halte den Kopf unten«, vermutete er. »Wenn du ihn nicht unten behältst, werde ich ihn dir runterdrücken.« Genau das bedeutete es. »Bleib am Boden.«

Jetzt erinnerte er sich, daß der Alte in der Zeit mit all den Unannehmlichkeiten wegen des Phantom-Jägers genau das zu ihm gesagt hatte. »Warum kannst du nicht einfach mal fest am Boden bleiben?« hatte er gesagt. Er konnte sich vorstellen, daß der Alte in seiner bescheuerten gutmütigen Tücke es für sehr komisch hielt, wenn er die Warnung so wörtlich erteilte.

Wut begann drohend in ihm zu rumoren, aber er unterdrückte sie heftig. Sehr beunruhigende Dinge ereigneten sich neuerdings, wenn er wütend wurde, und er hatte das ungute Gefühl, als er sich zu dem Coca-Cola-Automaten umdrehte, daß sich gerade eben wieder eins von diesen sehr beunruhigenden Dingen ereignet haben mußte. Er starrte auf den Automaten und ärgerte sich.

Ihm war übel.

Ihm war in letzter Zeit häufig übel, und er fand es unmöglich, all dem nachzukommen, was von seinen göttlichen Pflichten noch übrig war, wenn er das Gefühl hatte, er leide an einer Art leichten Dauergrippe. Er hatte Kopfschmerzen, Schwindelanfälle, Schuldgefühle und alle möglichen Krankheiten, die so oft in der Fernsehreklame gebracht wurden. Er hatte sogar jedesmal fürchterliche Blackouts, wenn ihn die große Wut packte.

Früher hatte er immer so einen riesigen Spaß gehabt, wenn er wütend wurde. Gewaltige Ausbrüche unglaublicher Wut hatten ihn durchs Leben geschleudert. Er war sich riesenhaft vorgekommen. Er hatte sich voller Kraft und Licht und Energie gefühlt. Und er war auch immer mit so wundervollen Sachen konfrontiert worden, über die er wütend werden konnte – ungeheure Provokationen und Verrätereien: Leute, die den Atlantischen Ozean in seinem Helm versteckten, Kontinente auf ihn fallen ließen oder sich betranken und so taten, als wären sie Bäume. Sachen, über die man wirklich Wut kriegen und auf was einschlagen konnte. Mit einem Wort, er hatte sich als Donnergott prächtig gefühlt. Und nun litt er plötzlich unter Kopfschmerzen, nervösen Spannungszuständen, obskuren Ängsten und Schuldgefühlen. Das waren neue Erfahrungen für einen Gott, und weiß Gott keine erfreulichen.

»Du siehst saukomisch aus!«

Die Stimme kreischte los und wirkte auf Thor wie Fingernägel, die über eine hinten in seinem Gehirn abgestellte Tafel kratzen. Es war eine gemeine Stimme, eine gehässige, höhnische Stimme, eine Stimme wie ein billiges weißes Nylonhemd, kurz, eine Stimme, die Thor nicht mochte. Er reagierte selbst im günstigsten Falle sehr schlecht darauf und war besonders verärgert, weil er sie hören mußte, während er nackt mitten in einem verlassenen Lagerhaus stand und an seinem Rücken immer noch große Teile eines Eichenfußbodens klebten.

Er fuhr wütend herum. Er wünschte, er könnte sich gelassen und mit niederschmetternder Würde umdrehen, aber keine von diesen Taktiken klappte jemals bei dieser Kreatur, und da er, Thor, sich am Ende sowieso gedemütigt und lächerlich vorkommen würde, ganz egal, welche Haltung er einnahm, konnte er genausogut auch eine wählen, in der er sich wohlfühlte.

»Hader Lump!« brüllte er, riß seinen Hammer mit einem

Ruck hoch und schleuderte ihn mit ungeheurer, phantastischer Kraft auf das kleine Wesen, das selbstgefällig im Schatten auf einem kleinen Schutthaufen hockte und sich ein bißchen vorbeugte.

Hader Lump fing den Hammer und legte ihn säuberlich auf den Stapel von Thors Kleidern neben sich. Er grinste und gestattete es einem verirrten Sonnenstrahl, auf einem seiner Zähne zu glitzern. Solche Sachen geschehen nicht zufällig. Hader Lump hatte, als Thor noch bewußtlos war, einige Zeit damit zugebracht, genau auszuknobeln, wie lange es dauern werde, bis er zu sich komme, um dann den Schutthaufen mit Fleiß exakt an diese Stelle zu schaffen, die Höhe zu kontrollieren und dann den genauen Winkel zu berechnen, in dem er sich nach vorn lehnen mußte. In seiner Eigenschaft als Provokateur betrachtete er sich als Profi.

»Hast du mir das angetan?« brüllte Thor. »Hast du –«

Thor suchte nach einer Möglichkeit, »mich am Fußboden festgeklebt« zu sagen, ohne daß es wie »mich am Fußboden festgeklebt« klang, aber schließlich wurde die Pause zu lang, und er mußte aufgeben.

» – mich am Fußboden festgeklebt?« fragte er endlich. Er wünschte, er hätte keine so dämliche Frage gestellt.

»Wage es nicht zu antworten!« setzte er wütend hinzu und wünschte, er hätte auch das nicht gesagt. Er stampfte mit dem Fuß auf und erschütterte ein bißchen die Fundamente des Gebäudes, um seinen Standpunkt klarzumachen. Er war nicht sicher, was sein Standpunkt war, aber er hatte das Gefühl, daß er klargemacht werden mußte. Etwas Staub ließ sich sanft um ihn nieder.

Hader Lump beobachtete ihn mit seinen tanzenden, funkelnden Augen.

»Ich führe nur die Anweisungen aus, die mir dein Vater erteilt hat«, sagte er in grotesk parodierter Unterwürfigkeit.

»Mir scheint«, sagte Thor, »daß die Anweisungen, die mein Vater erteilt, seit du in seine Dienste getreten bist, sehr merkwürdig sind. Ich denke, du hast so was wie einen schlechten Einfluß auf ihn. Ich weiß nicht, was das für ein schlechter Einfluß ist, aber ein Einfluß ist es zweifellos, und er ist zweifellos . . .« Synonyme fehlten ihm ». . . schlecht«, endete er.

Hader Lump reagierte wie ein Leguan, bei dem sich gerade jemand wegen des Weins beklagt hat.

»Ich?« protestierte er. »Wie kann ich denn Einfluß auf deinen Vater haben? Odin ist der höchste der Götter Asgards, und ich bin in allem sein treuer Diener. Wenn Odin sagt: ›Tu das‹, tue ich es. Wenn Odin sagt: ›Geh dorthin‹, gehe ich dorthin. Wenn Odin sagt: ›Geh und hole meinen dicken, dummen Sohn aus dem Krankenhaus, ehe er noch mehr Unsinn macht, und dann, ich weiß nicht, klebe ihn am Fußboden fest oder so was‹, mache ich genau, was er verlangt. Ich bin bloß der ergebenste aller Funktionäre. Ganz gleich, wie klein oder niedrig die Aufgabe ist, ich bin dazu da, Odins Befehl auszuführen.«

Thor war kein genügend scharfer Beobachter der menschlichen Natur, beziehungsweise in diesem Falle der göttlichen oder Koboldsnatur, um beweisen zu können, daß das nun tatsächlich ein sehr mächtiger Einfluß auf jemanden war, besonders auf einen fehlbaren und verhätschelten alten Gott. Er wußte nur, daß es völlig falsch war.

»Also dann«, schrie er, »überbringe meinem Vater, Odin, die folgende Botschaft. Sage ihm, daß ich, Thor, der Gott des Donners, ihn zu sehen wünsche. Aber nicht in seinem verdammten Krankenhaus! Ich will nicht herumsitzen und Illustrierte lesen und auf Obst starren, während ihm sein Bett neu bezogen wird! Sage ihm, daß Thor, der Gott des Donners, Odin, den Vater der Götter von Asgard, heute abend zur Klagestunde in den Hallen von Asgard aufsuchen wird!«

»Schon wieder?« sagte Hader Lump mit einem schlauen Blick zur Seite auf den Coca-Cola-Automaten.

»Äh, ja«, sagte Thor. »Ja!« wiederholte er aufgebracht. »Schon wieder!«

Hader Lump ließ einen kleinen Seufzer hören, wie ihn jemand, der sich damit abfindet, daß er den Befehl eines reizbaren Simpels ausführen muß, von sich geben könnte, und sagte: »Na gut, ich sag's ihm. Ich glaube nicht, daß er sehr erfreut sein wird.«

»Das geht dich gar nichts an, ob er erfreut ist oder nicht!« schrie Thor und versetzte die Fundamente des Hauses erneut in Unruhe. »Das ist eine Sache zwischen meinem Vater und mir! Du magst dich ja vielleicht für sehr klug halten, Hader Lump, und denkst vielleicht, ich bin nicht –«

Hader Lump zog eine Augenbraue hoch. Er war auf diesen Augenblick gefaßt gewesen. Er schwieg und ließ nur den verirrten Sonnenstrahl in seinen tanzenden Augen glimmen. Es war ein Schweigen tiefster Beredsamkeit.

»Ich weiß vielleicht nicht, was du im Schilde führst, Hader Lump, ich weiß vielleicht vieles nicht, aber eins bestimmt. Ich weiß, daß ich Thor bin, der Gott des Donners, und daß ich mich von einem Kobold nicht zum Narren machen lasse!«

»Na«, sagte Hader Lump mit einem leichten Grinsen, »wenn du zwei Dinge weißt, wirst du hoffentlich auch zweimal so klug sein. Vergiß nicht, dir deine Sachen anzuziehen, ehe du rausgehst.« Er machte eine gleichgültige Handbewegung zu dem Kleiderhaufen neben sich und verschwand.

Kapitel 10

Das Ärgerliche an solchen Läden, in denen Dinge wie Vergrößerungsgläser und Federmesser verkauft werden, ist, daß sie auch dazu neigen, alle möglichen anderen faszinierenden Dinge zu enthalten, wie zum Beispiel die ganz außerordentliche Erfindung, mit der Dirk nach einiger Zeit wieder herauskam, nachdem er hoffnungslos außerstande gewesen war, sich zwischen dem Messer mit eingebautem Philips-Schraubenzieher, Zahnstocher und Kugelschreiber und dem mit 13-zähniger Knorpelsäge und geschweißten Nieten zu entscheiden.

Die Vergrößerungsgläser hatten ihn für kurze Zeit in ihren Bann geschlagen, besonders das 25-Dioptrien-Modell mit dem vakuumgalvanisierten, goldbeschichteten Glas mit hohem Brechungsindex, in die Fassung integriertem Stiel und kehlungsloser Siegeldichtung, aber dann hatte Dirk zufällig ein kleines elektronisches I Ging erspäht und war verloren.

Er hatte von der Existenz so eines Dinges nie zuvor auch nur etwas geahnt. Und von der totalen Unkenntnis von etwas zur totalen Gier danach zu gelangen, und dann das Ding tatsächlich zu besitzen, und das alles innerhalb von ungefähr vierzig Sekunden, das war für Dirk fast so etwas wie eine Offenbarung.

Das elektronische I Ging war schlecht gemacht. Es war höchstwahrscheinlich in einem, egal welchem, von den südostasiatischen Ländern hergestellt worden, das maschinell aufrüstete, um Südkorea das anzutun, was Südkorea täglich Japan antat. Die Klebetechnik war in diesem Land allerdings offenbar nicht soweit fortgeschritten, daß irgendwas erfolgreich damit zusammengehalten werden konnte. Die Rückseite hatte sich bereits etwas gelöst und mußte mit Klebeband befestigt werden.

Es sah einem normalen Taschenrechner ziemlich ähnlich, nur daß die LCD-Anzeige ein bißchen größer als sonst war, um den abgekürzten Urteilen von König Wen über jedes der vierundsechzig Hexagramme sowie den Kommentaren seines Sohnes, des Herzogs von Chou, über jede einzelne Zeile jedes Hexagramms Platz zu bieten. Es war ungewöhnlich, diese Texte über die Anzeige eines Taschenrechners wandern zu sehen, vor allem, weil sie aus dem Chinesischen über den Umweg des Japanischen übersetzt worden waren und sich auf dieser Reise offenbar vieler Abenteuer hatten erfreuen dürfen.

Das Gerät funktionierte auch als ganz normaler Taschenrechner, aber nur in begrenztem Umfang. Es kam mit jeder

Rechenaufgabe zu Rande, die als Ergebnis irgendwas bis hinauf zur »4« erwarten ließ.

»1 + 1« schaffte es (»2«), und »1 + 2« (»3«) und »2 + 2« (»4«) oder »tan 74« (»3,4874145«), aber alles, was über »4« war, nannte es lediglich »Ein Hauch von Gelb«. Dirk war nicht sicher, ob das ein Programmierfehler oder aber eine Erkenntnis war, die seine Denkfähigkeiten überstieg, doch er war sowieso auf das Ding versessen, jedenfalls genug, um dafür 20 Pfund in bar hinzublättern.

»Vielen Dank, mein Herr«, sagte der Ladenbesitzer. »Es ist ein hübsches Ding, das da. Ich denke, Sie werden damit zufrieden sein.«

»Bing ing schong«, sagte Dirk.

»Freut mich zu hören, Sir«, antwortete der Ladenbesitzer. »Wissen Sie, daß Sie sich die Nase gebrochen haben?«

Dirk, der sich gerade bei seinem neuen Eigentum einzuschmeicheln versuchte, blickte auf.

»Jang«, sagte er unwirsch, »natüngling weiß ing dang.«

Der Mann nickte befriedigt.

»Es wissen halt viele meiner Kunden nicht immer über solche Dinge Bescheid«, erklärte er.

Dirk dankte ihm kurz und eilte mit seiner Neuerwerbung nach draußen. Wenige Minuten später nahm er an einem kleinen Ecktisch in einem Café in Islington Platz, bestellte sich einen kleinen, aber unglaublich starken Kaffee und versuchte, sich über seinen Tag klarzuwerden. Eine kurze Überlegung sagte ihm, daß er fast sicher auch ein kleines, aber unglaublich starkes Bier nötig haben werde, und er versuchte, es seiner Bestellung noch hinzuzufügen.

»Ei wa?« fragte der Kellner. Sein Haar war sehr schwarz und voller Brillantine. Er war groß, unglaublich sportiv und viel zu cool, um Gästen zuzuhören oder Konsonanten auszusprechen.

Dirk wiederholte seine Bestellung, aber da er gegen die Musikanlage in dem Café eine gebrochene Nase und den unüberwindlich coolen Kellner anzukämpfen hatte, fand er es schließlich einfacher, die Bestellung mit einem Bleistiftstummel auf eine Papierserviette zu schreiben. Der Kellner guckte sich das beleidigt an und verschwand.

Dirk tauschte ein freundliches Nicken mit dem Mädchen, das am Nachbartisch saß, ab und zu in einem Buch las und diesen Dialog teilnahmsvoll beobachtet hatte. Dann machte er sich daran, die Erwerbungen dieses Morgens vor sich auf den Tisch zu legen – die Zeitung, das elektronische I Ging und den Umschlag, den er hinter der Goldenen Schallplatte an Geoffrey Ansteys Badezimmerwand hervorgeholt hatte. Danach brachte er eine oder zwei Minuten damit zu, mit einem Taschentuch seine Nase zu betupfen und vorsichtig daran herumzudrücken, um zu sehen, wie weh das tat, was sich als ganz beträchtlich herausstellte. Er seufzte und steckte das Taschentuch wieder ein.

Wenige Sekunden später kam der Kellner mit einem Kräuteromelett und einem einzelnen Stangenbrötchen. Dirk erklärte, daß er das nicht bestellt habe. Der Kellner zuckte die Achseln und sagte, das sei nicht sein Fehler.

Dirk hatte keine Ahnung, was er dazu sagen sollte, und sagte das. Er hatte immer noch große Schwierigkeiten mit dem Sprechen. Der Kellner fragte Dirk, ob er wisse, daß er sich die Nase gebrochen habe, und Dirk sagte, jang, fing Dang, das wisse er. Der Kellner sagte, sein Freund Neil habe sich mal die Nase gebrochen, und Dirk sagte, er hompfe, es schmengste wing ding Hönge, was die Unterhaltung zu einem Ende zu führen schien. Der Kellner nahm das Omelett und verschwand, nachdem er geschworen hatte, nie mehr wiederzukommen.

Als das Mädchen am Nebentisch einen Moment wegsah, beugte sich Dirk hinüber und nahm sich ihren Kaffee. Er wußte, daß er das mit absoluter Sicherheit tun konnte, weil sie einfach nicht würde glauben können, daß so etwas passierte. Er saß da, trank in kleinen Schlucken den lauwarmen Kaffee und ließ die Gedanken über den Tag zurückwandern.

Er wußte, ehe er das I Ging, selbst ein elektronisches, um

Rat fragte, sollte er versuchen, seine Gedanken zu sammeln und sich setzen zu lassen.

Das war ein hartes Stück Arbeit.

So sehr er auch versuchte, den Kopf freizubekommen und ruhig und konzentriert nachzudenken – er war außerstande, Geoffrey Ansteys Kopf anzuhalten, der sich unentwegt in seinen Gedanken drehte. Er kreiste auf eine irgendwie mißfällige Art und Weise, als zeige er mit einem anklagenden Finger auf Dirk. Die Tatsache, daß er keinen anklagenden Finger hatte, mit dem er zeigen konnte, diente lediglich dazu, den Standpunkt, den er darlegen wollte, desto unerbittlicher klarzumachen.

Dirk kniff die Augen zusammen und versuchte, sich statt dessen auf das Problem der auf so mysteriöse Weise verschwundenen Miss Pearce zu konzentrieren, bekam die Sache aber nicht recht in den Griff. Als sie bei ihm gearbeitet hatte, war sie öfter mal auf mysteriöse Weise zwei, drei Tage lang verschwunden, aber damals hatten die Zeitungen keinerlei Gewese darüber gemacht. Zugegeben, damals war auch nichts um sie herum explodiert, wenigstens nicht, daß er was davon wüßte. Sie hatte auch nie was ausdrücklich Explosives von sich gegeben.

Immer wenn er an ihr Gesicht dachte, das er zuletzt im Fernseher in Geoffrey Ansteys Haus gesehen hatte, neigten seine Gedanken augenblicklich dazu, sich zu dem Kopf hinabzubegeben, der drei Etagen tiefer sich rastlos dreiunddreißigeindrittelmal pro Minute drehte. Das war der ruhigen und beschaulichen Stimmung, die er suchte, nicht zuträglich. Auch nicht die furchtbar laute Musik aus der Musikberieselung des Cafés.

Er seufzte und starrte auf das elektronische I Ging.

Wenn er seine Gedanken in eine Art Ordnung bringen wollte, war eine chronologische Ordnung so gut wie jede andere. Er beschloß, mit seinen Gedanken zum Beginn des Tages zurückzukehren, ehe eines dieser schrecklichen Dinge passiert war, oder zumindest, ehe er davon erfahren hatte.

Zuerst war da die Sache mit dem Kühlschrank.

Er hatte den Eindruck, daß, verglichen mit allem anderen, das Problem, was man mit dem Kühlschrank tun solle, inzwischen auf handliche Maße geschrumpft war. Es rief noch immer schmerzhafte Angst- und Schuldgefühle hervor, aber das, dachte er, sei ein Problem, dem er mit relativer Ruhe entgegensehen könne.

Das kleine Gebrauchsanweisungsheftchen schlug vor, er solle sich einfach »seelenvoll« auf die Frage konzentrieren, die ihn »bedränge«, sie niederschreiben, darüber nachdenken und die Stille genießen, und wenn er dann innere Harmonie und Heiterkeit erreicht habe, solle er den roten Knopf drücken.

Es gab keinen roten Knopf, aber es gab einen blauen Knopf, an dem »Rot« stand, und Dirk nahm an, das sei derjenige welche.

Er konzentrierte sich eine Weile auf die Frage, dann suchte er in seinen Taschen nach einem Stück Papier, konnte aber keines finden. Schließlich schrieb er seine Frage: »Soll ich einen neuen Kühlschrank kaufen?« auf eine Ecke seiner Papierserviette. Aber dann kam er zu der Ansicht, wenn er warten würde, bis er innere Harmonie und Heiterkeit erreicht habe, könnte er den ganzen Nachmittag da sitzen, und so machte er gleich weiter und drückte schon mal auf den blauen Knopf, der mit »Rot« bezeichnet war. Ein Symbol erschien in einer Ecke der Anzeige, ein Hexagramm, das folgendermaßen aussah:

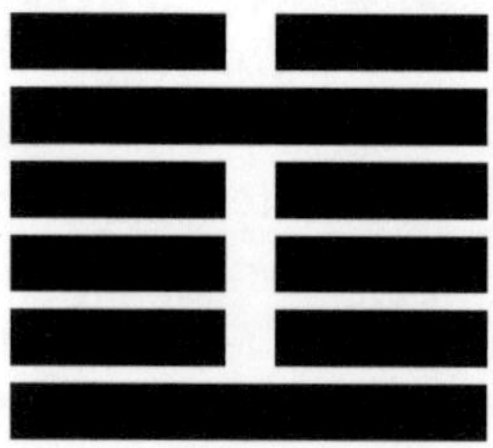

3 : DSCHUN

Das elektronische I Ging ließ dann diesen Text über seine winzige LCD-Anzeige rollen:

»DAS URTEIL VON KÖNIG WEN:
Dschun Bedeutet Schwierigkeiten Am Anfang, Wie Ein Grashalm, Der Hervorsprießend Auf Stein Stößt. Die Zeit Ist Voller Unregelmäßigkeiten Und Unklarheiten: Der Edle Wird Seine Maßnahmen Danach Ausrichten Wie Beim Ordnen Der Fäden Von Kette Und Schuß. Beharrliche Korrektheit Bringt Am Ende Erfolg. Erste Schritte Sollten Nur Mit Vorsicht Getan Werden. Die Einsetzung Von Lehnsherren Wird Nutzen Bringen.
ZEILE 6 ÄNDERT SICH:
DER KOMMENTAR DES HERZOGS VON CHOU:
Pferde Und Wagen Müssen Weichen.
Ströme Blutiger Tränen Werden Fließen.«

Dirk dachte einen Augenblick darüber nach, und dann kam er zu dem Schluß, daß das alles in allem ein Votum für die Anschaffung eines neuen Kühlschranks zu sein schien, was durch einen phantastischen Zufall genau die Entscheidung war, die er selber bevorzugte.

Ein Münztelefon hing in einer der dunklen Ecken, in denen die Kellner, aufeinander sauer, herumhingen. Dirk wand sich durch sie hindurch, während er überlegte, an wen sie ihn erinnerten, und schließlich meinte, daß es die kleine Gruppe nackter Männer war, die hinter der heiligen Familie auf Michelangelos gleichnamigem Bild herumsteht, und das aus keinem einleuchtenderen Grund, als dem, daß Michelangelo sie ziemlich gern hatte.

Er rief einen seiner Bekannten an, der Nobby Paxton hieß, jedenfalls behauptete er das, und auf der dunkleren Seite des Hausgeräte-Einzelhandels arbeitete. Dirk kam sofort zur Sache.

»Dobby, ing braung eing Gühlschrang.«

»Dirk, ich habe einen für den Moment aufgehoben, wo du mich danach fragen würdest.«

Dirk fand das sehr unwahrscheinlich.

»Aber ing möngte eing gung Gühlschrang, Dobby.«

»Es ist der beste, den's gibt, Dirk. Japanisch. Mikroprozessorgeregelt.«

»Was song deng eing Minkroprozessor ing eing Gühlschrang, Dobby?«

»Sich kühl halten, Dirk. Ich laß ihn von den Jungs gleich mal zu dir rüberbringen. Ich muß ihn ziemlich dringend aus dem Haus wegkriegen, aus Gründen, mit denen ich dich nicht behelligen will.«

»Dange, Doddy«, sagte Dirk. »Das Progblem ing, ing bing im Aungbling ning zu Hause.«

»Sich Zugang zu Häusern während der Abwesenheit ihrer Besitzer zu verschaffen, ist nur eine aus der reichen Auswahl der Fertigkeiten, mit denen meine Jungs gesegnet sind. Aber laß es mich wissen, wenn du feststellst, daß hinterher was fehlt.«

»Mang ing gern, Dobby. Aber hör mal, weng deing Jungs Lust hang, was abzufang, wär ing froh, weng sie mir meing alten Gühlschrang abfang köng. Der mung ungbeding weggeworfen weng.«

»Ich sorge dafür, daß das geschieht, Dirk. Es stehen ja jetzt normalerweise immer ein, zwei Müllcontainer bei dir in der Straße. Tja, meinst du, du wirst alles bezahlen, oder soll ich dir gleich von vornherein in die Kniescheiben schießen lassen und damit allen Beteiligten Zeit und Ärger ersparen?«

Es war Dirk nie hundertprozentig klar, wann genau Nobby scherzte, und er war nicht scharf darauf, die Probe aufs Exempel zu machen. Er versicherte ihm, daß er bezahlen werde, wenn er ihn das nächstemal sehe.

»Dann sehe ich dich sehr bald, Dirk«, sagte Nobby. »Übrigens, weißt du, daß du dich ganz so anhörst, als wenn dir jemand die Nase gebrochen hätte?«

Es entstand eine Pause.

»Bist du noch da, Dirk?« fragte Nobby.

»Ja«, sagte Dirk. »Ing hang bloß einer Platte zugehört.«

»Hot Potato!« brüllte die Stereoanlage im Café.

»Heb sie nicht auf, nicht auf, nicht auf,
Schnell, gib sie weiter, weiter, weiter.«

»Ich sagte, weißt du, daß du dich ganz so anhörst, als hätte dir jemand die Nase gebrochen?« wiederholte Nobby.

Dirk sagte, das wisse er, dankte Nobby, daß er ihn darauf hingewiesen habe, sagte Aufwiedersehen, blieb einen Moment gedankenverloren stehen, machte noch rasch zwei Anrufe, dann schlängelte er sich zurück durch den Haufen der Kellnerdenkmäler und stellte fest, daß das Mädchen, dessen Kaffee er sich angeeignet hatte, an seinem Tisch Platz genommen hatte.

»Hallo«, sagte sie hintergründig.

Dirk war so freundlich wie nur möglich.

Er verbeugte sich höflich, lüftete den Hut, weil ihm das einen Moment Zeit gab, sich zu fangen, und erbat ihre Erlaubnis, Platz nehmen zu dürfen.

»Nur zu«, sagte sie, »es ist ja Ihr Tisch.« Sie machte eine großmütige Handbewegung.

Sie war klein, ihr Haar war adrett und dunkel, sie war ungefähr Mitte zwanzig und blickte spöttisch auf die halb leere Tasse Kaffee in der Mitte des Tisches.

Dirk setzte sich ihr gegenüber und beugte sich mit Verschwörermiene vor. »Ing dehnge ang«, sagte er leise, »Sie wollen wing, wo Ihr Kaffee geblieng ing.«

»Können Sie wetten«, sagte das Mädchen.

»Ing gang schleng für Sie, verstehng Sie?«

»Tatsächlich?«

»Bestimmt. Koffeing. Cholengthering ing der Ming.«

»Aha, Sie haben dabei also nur an meine Gesundheit gedacht.«

»Ing hang an vieles gedangt«, sagte Dirk affektiert.

»Sie sahen mich am Nebentisch sitzen und dachten: ›Da sitzt ein hübsches Mädchen, das sich seine Gesundheit ruiniert. Ich werde sie vor sich selber schützen.‹«

»Kurz ung gnapp.«

»Wissen Sie, daß Sie sich Ihre Nase gebrochen haben?«

»Ja, natürling weiß ing dang«, sagte Dirk aufgebracht. »Jeder stengt –«

»Vor wie langer Zeit haben Sie sie sich gebrochen?« fragte das Mädchen.

»Sie ing mir gebrong wong«, sagte Dirk, »ungefähr vor zwangzig Minguten.«

»Hab ich mir gedacht«, sagte das Mädchen. »Machen Sie mal 'n Moment die Augen zu.«

Dirk sah sie mißtrauisch an.

»Warung?«

»Ist in Ordnung«, sagte sie mit einem Lächeln, »ich tu Ihnen schon nicht weh. Machen Sie sie zu.«

Mit einem verwirrten Stirnrunzeln schloß Dirk nur einen Moment die Augen. In diesem Moment streckte das Mädchen die Hand aus, packte ihn fest bei der Nase und drehte heftig daran. Dirk explodierte fast vor Schmerzen und schrie so laut, daß er um ein Haar die Aufmerksamkeit eines Kellners auf sich gezogen hätte.

»Sie ange Hengse!« schrie er und wankte wütend von dem Tisch weg, während er sich das Gesicht hielt. »Sie zweimang verdangte Hengse!«

»Ach, seien Sie still und setzen Sie sich«, sagte sie. »Na schön, es war gelogen, daß es nicht weh tun würde, aber wenigstens sollte sie jetzt gerade sein, was Ihnen später viel Ärgeres erspart. Sie sollten gleich mal bei einem Krankenhaus vorbeigehen und sich die Sache schienen und verbinden lassen. Ich bin Krankenschwester, ich weiß, was ich tue. Oder zumindest denke ich das. Lassen Sie mal 'n Blick auf sich werfen.«

Keuchend und stotternd setzte Dirk sich wieder hin, die Hände schützend um seine Nase gelegt. Nach einigen Augenblicken begann er sie wieder vorsichtig anzustupsen, und dann ließ er das Mädchen sie sich ansehen.

Sie sagte: »Ich heiße übrigens Sally Mills. Normalerweise versuche ich mich ordnungsgemäß vorzustellen, ehe es zu

Intimitäten kommt, aber manchmal«, seufzte sie, »ist dafür einfach keine Zeit.«

Dirk strich mit den Fingern an beiden Seiten seiner Nase entlang.

»Ing denge, sie ing granger«, sagte Dirk schließlich.

»Gerader«, sagte Sally. »Sagen Sie mal richtig ›gerader‹. Und Sie werden sich gleich besser fühlen.«

»Gerader«, sagte Dirk. »Ja. Ing versteh, was Sie meiden.«

»Was?«

»Ich verstehe, was Sie meiden.«

»Gut«, sagte sie mit einem Seufzer der Erleichterung, »freut mich, daß es geklappt hat. In meinem Horoskop heute früh stand, daß praktisch alles, was ich heute entscheiden würde, falsch wäre.«

»Ja, aber Sie glauben diesen ganzen Quatsch doch wohl nicht«, sagte Dirk spitz.

»Nein«, sagte Sally.

»Besonders nicht den vom ›Großen Zaganza‹.«

»Ach, haben Sie das auch gelesen, ja?«

»Nein. Das heißt, naja, nicht aus demselben Grund.«

»Mein Grund war, daß ein Patient mich bat, ihm heute morgen sein Horoskop vorzulesen, kurz bevor er starb. Wie war Ihres?«

»Äh, sehr kompliziert.«

»Verstehe«, sagte Sally skeptisch. »Und was ist das?«

»Das ist ein Taschenrechner«, sagte Dirk. »Tja, hören Sie, ich möchte Sie nicht aufhalten. Ich schulde Ihnen Dank, mein liebes Fräulein, für Ihre zarten Dienste und dafür, daß Sie mir Ihren Kaffee überlassen haben, aber ach! der Tag schleppt sich dahin, und ich bin sicher, Sie haben sich noch einem gewaltigen Stundenplan voller schwerer Körperverletzungen zu widmen.«

»Überhaupt nicht. Ich bin heute morgen um neun aus dem Nachtdienst gekommen, und jetzt habe ich den ganzen Tag nichts weiter zu tun, als mich wachzuhalten, damit ich heute abend normal schlafen kann. Ich habe nichts Besseres zu tun, als in Cafés rumzusitzen und mit fremden Leuten zu reden. Sie aber sollten sehen, daß Sie so bald wie möglich zu einer Unfallstation kommen. Sobald Sie meinen Kaffee bezahlt haben, natürlich.«

Sie lehnte sich zu dem Tisch hinüber, an dem sie vorher gesessen hatte, und nahm die Rechnung, die neben ihrem Teller lag. Sie sah sie sich an und schüttelte mißbilligend den Kopf.

»Fünf Tassen Kaffee leider. Es war eine lange Nacht auf der Station. Alles mögliche Kommen und Gehen mitten drin. Ein Patient im Koma, der in den frühen Morgenstunden in eine Privatklinik überführt wurde. Gott weiß, warum das zu dieser nächtlichen Stunde passieren mußte. Macht bloß unnötigen Ärger. An ihrer Stelle würde ich das zweite Croissant nicht bezahlen. Ich hab's zwar bestellt, aber es ist nicht gebracht worden.«

Sie schob die Rechnung zu Dirk hinüber, der sie mit einem widerstrebenden Seufzer entgegennahm.

»Unverschämt«, sagte er, »betrügerisch und unverschämt. Und unter diesen Umständen 15 Prozent Bedienung aufzuschlagen, grenzt an Hohn. Ich wette, die bringen mir nicht mal ein Messer.«

Er drehte sich um und versuchte ohne jede reelle Hoffnung auf Erfolg, irgendeinen aus der Gänseschar der Kellner herbeizurufen, die im Hintergrund zwischen den Zuckerdosen herumlümmelten.

Sally Mills nahm ihre und Dirks Rechnungen und versuchte sie auf Dirks Taschenrechner zu addieren.

»Die Summe beträgt offenbar ›Ein Hauch von Gelb‹«, sagte sie.

»Danke, das nehme ich besser an mich«, sagte Dirk, als er sich verärgert umdrehte, ihr das elektronische I Ging abnahm und es sich in die Tasche steckte. Dann nahm er sein glückloses Winken hinüber zum Kellnertableau wieder auf.

»Wofür brauchen Sie denn überhaupt ein Messer?« fragte Sally.

»Um das hier aufzumachen«, sagte Dirk und wedelte ihr mit dem großen, dick mit Klebeband verklebten Umschlag vor der Nase herum.

»Ich hole Ihnen eins«, sagte sie. Ein junger Mann, der allein an einem Tisch in der Nähe saß, sah in dem Moment gerade weg, und Sally beugte sich rasch hinüber und schnappte sich sein Messer.

»Vielen Dank«, sagte Dirk und streckte die Hand aus, um das Messer entgegenzunehmen.

Sie hielt es von ihm weg.

»Was ist denn in dem Umschlag?« fragte sie.

»Sie sind eine äußerst neugierige und anmaßende junge Dame«, rief Dirk.

»Und Sie«, sagte Sally Mills, »sind sehr merkwürdig.«

»Nur«, erwiderte Dirk, »so merkwürdig, wie ich sein muß.«

»Hm«, machte Sally. »Was ist in dem Umschlag?« Das Messer wollte sie ihm immer noch nicht geben.

»Der Umschlag ist nicht Ihrer«, erklärte Dirk, »und der Inhalt geht Sie nichts an.«

»Er sieht aber sehr interessant aus. Was ist drin?«

»Tja, ich weiß es doch erst, wenn ich ihn aufgemacht habe!«

Sie sah ihn mißtrauisch an, dann riß sie ihm den Umschlag weg.

»Ich bestehe darauf, daß Sie –«, forderte Dirk unvollständig.

»Wie heißen Sie eigentlich?« fragte Sally.

»Mein Name ist Gently. Dirk Gently.«

»Und nicht Geoffrey Anstey oder einer von diesen anderen Namen, die durchgestrichen sind?« Sie zog kurz die Stirn kraus, als sie die Namen betrachtete.

»Nein«, sagte Dirk. »Bestimmt nicht.«

»Wollen Sie damit sagen, daß Ihnen der Umschlag nicht gehört?«

»Ich – das heißt –«

»Aha! Sie sind also auch äußerst ... was war es noch?«

»Neugierig und anmaßend. Das leugne ich nicht. Aber ich bin Privatdetektiv. Ich werde dafür bezahlt, neugierig und anmaßend zu sein. Nicht so oft und reichlich, wie ich das wünschte, aber ich bin dennoch auf beruflicher Basis neugierig und anmaßend.«

»Wie traurig. Ich finde, es macht viel mehr Spaß, aus Liebhaberei neugierig und anmaßend zu sein. Sie sind also ein Profi, und ich bloß ein Amateur nach den olympischen Normen. Sie sehen gar nicht wie ein Privatdetektiv aus.«

»Kein Privatdetektiv sieht wie ein Privatdetektiv aus. Das ist eine der ersten Regeln in der Arbeit des Privatdetektivs.«

»Aber wenn kein Privatdetektiv wie ein Privatdetektiv aussieht, wie weiß dann ein Privatdetektiv, wie er nicht aussehen darf? Mir scheint, da liegt ein Problem.«

»Ja, aber keins, das mich nachts am Schlaf hindert«, sagte Dirk aufgebracht. »Jedenfalls bin ich nicht wie andere Privatdetektive. Meine Methoden sind holistisch und, in einer ganz eigenen Bedeutung des Wortes, chaotisch. Ich arbeite, indem ich die grundsätzliche Verflechtung von allem mit allem untersuche.«

Sally Mills sah ihn völlig verständnislos an.

»Jedes Teilchen im Universum«, fuhr Dirk fort, der sich für sein Thema erwärmte und ein bißchen zu glotzen begann, »hat Einfluß auf jedes andere Teilchen, egal wie schwach oder unmerklich. Alles hängt mit allem zusammen. Das Flattern der Flügel eines Schmetterlings in China kann den Weg eines atlantischen Hurrikans beeinflussen. Wenn ich dieses Tischbein hier auf eine Weise befragen könnte, die einen Sinn für mich oder für das Tischbein ergäbe, dann könnte es mir Antwort auf jede Frage über das Universum geben. Ich könnte jedem beliebigen, vollkommen zufällig ausgewählten Menschen jede willkürliche Frage stellen, die mir gerade in den Sinn käme, und seine Antwort oder Nichtantwort würde sich irgendwie auf das Problem beziehen, für das ich eine Lösung suche. Es kommt nur darauf an, daß man weiß, wie man sie deutet. Sogar Sie, der ich völlig zufällig begegnet bin, wissen wahrscheinlich Dinge, die entscheidend für meine Nachforschungen sind, wenn ich nur wüßte, was ich Sie fragen soll, aber das weiß ich nicht, und wenn ich mir nur Gedanken darüber machen könnte, aber das kann ich nicht.«

Er machte eine Pause, dann sagte er: »Geben Sie mir jetzt bitte den Umschlag und das Messer?«

»Sie hören sich an, als hängt jemandes Leben davon ab.«

Dirk senkte für einen kurzen Moment den Blick.

»Ich denke, jemandes Leben hat tatsächlich davon abgehangen«, sagte er. Er sagte es so, daß für kurze Zeit eine Wolke über sie hinwegzuziehen schien.

Sally Mills gab nach und reichte Dirk den Umschlag und das Messer. Ein elektrischer Funke schien von ihr auszugehen.

Das Messer war zu stumpf, und das Klebeband zu dick. Dirk mühte sich einige Augenblicke damit herum, aber er konnte es einfach nicht durchschneiden. Er lehnte sich auf seinem Stuhl zurück und fühlte sich müde und gereizt.

Er sagte: »Ich gehe mal fragen, ob sie irgendwas Schärferes haben«, und erhob sich, den Umschlag fest in der Hand.

»Sie sollten gehen und sich Ihre Nase in Ordnung bringen lassen«, sagte Sally Mills ruhig.

»Danke«, sagte Dirk und verbeugte sich ganz leicht vor ihr.

Er nahm die Rechnungen und machte sich zu einem Besuch der Kellnerausstellung auf den Weg, die im Hintergrund des Cafés aufgebaut war. Er stieß auf eine gewisse Kühle, als er keine Neigung zeigte, die vorgeschriebenen 15 Prozent Bedienungszuschlag durch irgendein freiwilliges zusätzliches Zeichen seiner persönlichen Wertschätzung aufzustocken, und erhielt als Auskunft nein, das sei der einzige Messertyp, den sie hätten, und mehr gebe es dazu nicht zu sagen.

Dirk dankte und ging durch das Café zurück.

Auf seinem Platz saß der junge Mann, dem Sally Mills das Messer geklaut hatte, und redete mit ihr. Er nickte ihr zu, aber sie war ganz in die Unterhaltung mit ihrem neuen Freund vertieft und bemerkte es nicht.

»... im Koma«, sagte sie gerade, »der in den frühen Morgenstunden in ein Privatkrankenhaus überführt wurde. Gott weiß, warum es zu dieser nächtlichen Stunde passieren mußte. Macht nur unnötigen Ärger. Entschuldigen Sie, wenn ich einfach so quassele, aber der Patient hatte einen eigenen Coca-Cola-Automaten und einen Schmiedehammer bei sich, und solche Dinge sind zwar in einem Privatkrankenhaus ganz in der Ordnung, aber in einem unterbesetzten Staatlichen Gesundheitsdienst macht mich das einfach müde, und ich rede zuviel, wenn ich müde bin. Wenn ich plötzlich bewußtlos umfalle, würden Sie mich das wissen lassen?«

Dirk ging weiter, und da sah er, daß Sally Mills das Buch, in dem sie gelesen hatte, auf ihrem Tisch hatte liegen lassen, und etwas daran fesselte seine Aufmerksamkeit.

Es war ein großformatiges Buch mit dem Titel *Renn wie der Teufel*. Es war wirklich extrem großformatig und ein bißchen eselohrig und sah eher wie ein Blätterteiggebilde als wie ein Buch aus. Die untere Hälfte des Einbands zeigte die übliche Frau-im-Cocktailkleid-gerahmt-vom-Visier-einer-Pistole, während die ganze obere Hälfte in erhabener Silberschrift vom Namen des Verfassers, Howard Bell, eingenommen wurde.

Dirk kam im Augenblick nicht ganz dahinter, was an dem Buch seinen Blick auf sich gezogen hatte, aber er wußte, daß ein Detail des Einbands irgendwo in seinem Innern eine Saite angerührt hatte. Er warf einen vorsichtigen Blick nach dem Mädchen, dessen Kaffee er sich stibitzt und dessen fünf Kaffees und zwei Croissants, eins davon nicht geliefert und nicht gegessen, er anschließend bezahlt hatte. Sie sah gerade nicht hin, und so stibitzte er auch ihr Buch und steckte es in seinen Ledermantel.

Er trat hinaus auf die Straße, wo ein vorbeifliegender Adler auf ihn herabstieß und ihn fast einem Fahrradfahrer vors Rad getrieben hätte, der fluchte und ihn von der moralischen Höhe herab verwünschte, die offenbar nur Fahrradfahrer einzunehmen in der Lage sind.

Kapitel 11

In das gepflegte Grundstück, das genau am Rande eines gepflegten Dorfes an der Grenze der gepflegten Cotswolds lag, bog ein alles andere als gepflegter Wagen ein.

Es war ein verbeulter, gelber Citroën 2CV, der einen achtsamen Besitzer, aber auch drei selbstmörderisch rücksichtslose gehabt hatte. Er tuckerte die Auffahrt auf eine widerstrebende Art hinauf, als verlange er vom Leben nichts weiter, als daß man ihn auf einer der angrenzenden Weiden in einen behaglichen Graben kippe und ihm gestatte, es sich dort in geziemender Hemmungslosigkeit bequem zu machen, anstatt daß man vom ihm verlangte, sich diese ganze lange, mit Kies bestreute Auffahrt hinaufzuquälen, die sich wieder hinabzuquälen man zweifellos bald von ihm verlangen werde, zu welchem denkbaren Zweck, das lag außerhalb seines Vorstellungsvermögens.

Er hielt vor dem eleganten steinernen Eingang zum Hauptgebäude und begann dann langsam wieder rückwärts zu rollen, bis der Besitzer die Handbremse zog, was dem Wagen eine Art ersticktes »Iek« entlockte.

Eine Tür klappte auf und wackelte gefährlich an dem einzigen noch vorhandenen Scharnier, und dann tauchten aus dem Wagen ein Paar Beine auf, die Filmkomponisten nicht sehen können, ohne sofort über die ganze Geschichte ein rauchiges Saxophonsolo legen zu müssen, und das aus Gründen, die niemand außer Filmkomponisten jemals hat begreifen können. In diesem speziellen Fall jedoch wäre das Saxophon durch die Nachbarschaft des Kazoos übertönt worden, das derselbe Filmkomponist fast sicher über die ganze Fahrt des alten Vehikels gelegt hätte.

Die Eigentümerin der Beine folgte ihnen auf die übliche Weise, schloß vorsichtig die Wagentür und begab sich in das Gebäude.

Der Wagen blieb davor geparkt.

Nach ein paar Minuten kam ein Portier heraus und besah ihn sich, setzte eine mißbilligende Miene auf, dann ging er, weil er nichts Positiveres zu tun hatte, wieder hinein.

Kurze Zeit später wurde Kate in das Arbeitszimmer von Mr. Ralph Standish geführt, der Chefpsychologe und einer der Direktoren des Woodshead Hospitals war und eben ein Telefongespräch beendete.

»Ja, es stimmt«, sagte er, »daß manchmal ungewöhnlich intelligente und sensible Kinder dumm wirken können. Aber, Mrs. Benson, auch dumme Kinder können manchmal dumm erscheinen. Ich denke, das ist etwas, was Sie vielleicht berücksichtigen sollten. Ich weiß, es ist sehr mühsam, ja. Guten Tag, Mrs. Benson.«

Er legte das Telefon in eine Schreibtischschublade und sammelte für ein paar Sekunden seine Gedanken, ehe er aufblickte.

»Das ist alles sehr kurzfristig, Miss, äh, Schechter«, sagte er schließlich zu ihr.

Das heißt, eigentlich hatte er: »Das ist alles sehr kurzfristig, Miss, äh –« gesagt, dann hatte er eine Pause gemacht und in eine andere von seinen Schreibtischschubladen geguckt, ehe er »Schechter« sagte.

Es erschien Kate sehr sonderbar, daß man die Namen seiner Besucher in einer Schublade liegen hatte, aber auf der anderen Seite mochte er es offensichtlich nicht, wenn sich Sachen auf seinem edlen, aber schmucklosen Schwarzeschenschreibtisch häuften, denn es lag absolut nichts darauf. Er war vollkommen leer, wie auch alle anderen Flächen in seinem Arbeitszimmer. Es stand nichts auf dem kleinen, geschmackvollen Kaffeetisch aus Stahl und Glas, der im rechten Winkel zwischen zwei Barcelona-Sesseln stand. Es lag nichts auf den zwei teuer wirkenden Aktenschränken, die im Hintergrund des Zimmers standen.

Es gab keine Bücherregale – falls es irgendwelche Bücher gab, waren sie wahrscheinlich hinter den weißen Türen der großen, weißen Einbauschränke versteckt –, und obwohl ein schlichter, schwarzer Bilderrahmen an der Wand hing, handelte es sich dabei vermutlich nur um eine vorübergehende Verirrung, denn es war kein Bild darin.

Kate blickte sich amüsiert um.

»Haben Sie denn gar nichts an Zierrat hier drin, Mr. Standish?« fragte sie.

»Natürlich habe ich Zierrat«, sagte er und zog eine andere Schublade auf. Daraus holte er eine kleine Porzellanfigur eines mit einem Wollknäuel spielenden Kätzchens hervor und stellte sie steif vor sich auf den Schreibtisch.

»Als Psychologe bin ich mir bewußt, welche bedeutende Rolle der Zierrat als Nahrung des menschlichen Geistes spielt«, erklärte er.

Er stellte das Porzellankätzchen wieder in die Schublade, die er mit einem weichen Klicken ins Schloß gleiten ließ.

»Also.«

Er legte die gefalteten Hände vor sich auf den Schreibtisch und sah Kate fragend an.

»Es ist sehr nett von Ihnen, daß Sie mich so kurzfristig empfangen, Mr. Standish –«

»Ja, ja, das haben wir so abgemacht.«

»– aber ich bin sicher, Sie wissen, wie Pressetermine aussehen.«

»Ich weiß zumindest so viel, wie ich überhaupt nur Wert darauf legen würde, über Zeitungen zu wissen, Miss, äh –«

Wieder zog er seine Schublade auf.

»Miss Schechter, aber –«

»Also, das ist zum Teil der Grund, weshalb ich mich an

Sie gewandt habe«, log Kate charmant. »Ich weiß, daß Sie hier unter einiger, nun ja, unglücklicher Publizität zu leiden hatten, und dachte mir, sie würden vielleicht die Gelegenheit begrüßen, über einige der erhellenderen Seiten der Arbeit am Woodshead Hospital zu sprechen.« Sie lächelte sehr nett.

»Nur weil Sie zu mir kommen mit der wärmsten Empfehlung meines sehr guten Freundes und Kollegen, Mr., äh –«

»Franklin, Alan Franklin«, soufflierte Kate, um dem Psychologen die Mühe zu ersparen, wieder seine Schublade öffnen zu müssen. Alan Franklin war ein Therapeut, bei dem Kate nach dem Tod ihres Mannes, Luke, ein paar Sitzungen gehabt hatte. Er hatte sie gewarnt, daß Standish, wenngleich hervorragend, auch sehr eigentümlich sei, selbst nach den hohen, ihm von seinem Beruf gesetzten Normen.

»Franklin«, fuhr Standish fort, »habe ich mich bereit erklärt, Sie zu empfangen. Ich möchte sie dringend warnen, falls ich als Ergebnis dieses Interviews irgendeine Wiederauflage dieser ›Etwas Ekelhaftes in Woodshead‹-Lüge in der Zeitung finden sollte, werde ich, werde ich –«

»›– solche Dinge tun –
Was, weiß ich selbst noch nicht; doch soll'n sie werden
Der Schrecken dieser Welt‹«, sagte Kate strahlend.

Standish kniff die Augen zusammen.

»*Lear*, 2. Akt, 4. Szene«, sagte er. »Aber Sie werden vermutlich noch herausfinden, daß es ›die Schrecken‹ und nicht ›der Schrecken‹ heißt.«

»Wissen Sie was? Ich glaube, Sie haben recht«, antwortete Kate.

Danke, Alan, dachte sie. Sie lächelte Standish an, der in geschmeichelter Überlegenheit erschlaffte. Es war doch seltsam, überlegte Kate, daß Leute, die einen ständig piesacken mußten, am leichtesten aufs Kreuz zu legen waren.

»Also, was genau möchten Sie wissen, Miss Schechter?«

»Nehmen wir an«, sagte Kate, »daß ich nichts weiß.«

Standish lächelte, als wolle er damit zu verstehen geben, daß ihm keine Annahme größeres Vergnügen machen könne.

»Sehr schön«, sagte er. »Woodshead ist eine Forschungsklinik. Wir sind auf die Pflege und Untersuchung von Patienten mit ungewöhnlichen oder früher unbekannten Leiden, vorwiegend auf dem psychologischen oder psychiatrischen Sektor, spezialisiert. Die finanziellen Mittel dafür werden auf verschiedene Weise aufgebracht. Eine der wichtigsten ist ganz einfach, Privatpatienten gegen enorm hohe Honorare aufzunehmen, die sie mit Freuden zahlen oder über die sie sich wenigstens mit Freuden beklagen. Im Grunde aber gibt es gar nichts zu beklagen, weil den Patienten, die privat zu uns kommen, absolut klar gemacht wird, warum unsere Honorare so hoch sind. Für das Geld, das sie zahlen, haben sie natürlich unbedingt das Recht, sich zu beklagen – das Recht, sich zu beklagen, ist eines der Privilegien, für die sie bezahlen. In manchen Fällen schließen wir besondere Vereinbarungen, wonach wir als Gegenleistung dafür, daß wir zu den einzigen Erben des Vermögens der Patienten gemacht wurden, dafür garantieren, daß wir uns um ihn oder sie für den Rest ihres Lebens kümmern.«

»Also sind Sie praktisch in der Lage, Stipendien an Leute mit besonders talentierten Krankheiten zu vergeben?«

»Genau. Eine sehr gute Formulierung. Wir sind in der Lage, Stipendien an Leute mit besonders talentierten Krankheiten zu vergeben. Das muß ich mir notieren. Miss Mayhew!«

Er hatte eine Schublade aufgezogen, die offensichtlich seine Gegensprechanlage enthielt. Als Reaktion auf seinen Ruf öffnete sich eine der Schranktüren und entpuppte sich als eine Tür in ein Nebenbüro – ein Einfall, der irgendeinem Architekten mit einer ideologischen Abneigung gegen Zimmertüren gekommen sein mußte. Aus diesem Büro tauchte unterwürfig eine magere und ziemlich ausdruckslose Frau von etwa Mitte vierzig auf.

»Miss Mayhew«, sagte Mr. Standish, »wir sind in der Lage,

Stipendien an Leute mit besonders talentierten Krankheiten zu vergeben.«

»Sehr gut, Mr. Standish«, sagte Miss Mayhew, entfernte sich rückwärts in ihr Büro und zog die Tür hinter sich zu. Kate überlegte, ob es am Ende nicht doch vielleicht ein Schrank sei.

»Und einige Patienten haben wir im Moment, die haben wirklich ein paar ganz außerordentliche Krankheiten«, schwärmte der Psychologe. »Möchten Sie sich vielleicht die Mühe machen, einen oder zwei unserer augenblicklichen Stars zu besuchen?«

»Sehr gern. Das wäre sehr interessant, Mr. Standish, sehr nett von Ihnen«, sagte Kate.

»In diesem Job muß man nett sein«, erwiderte Standish und knipste ganz schnell ein Lächeln an und wieder aus.

Kate versuchte, etwas von der Ungeduld, die sie empfand, zu verbergen. Sie mochte diesen Mr. Standish nicht und hatte langsam das Gefühl, er habe etwas Aggressives. Außerdem war das einzige, woran sie wirklich interessiert war, herauszubekommen, ob die Klinik in den frühen Morgenstunden einen Neuzugang gehabt hatte oder nicht, und falls ja, wo er sich befand und ob sie ihn sehen konnte.

Sie hatte zuvor die Direktmethode probiert, war aber gleich von einer Telefonistin abgeblitzt worden, weil sie keinen Namen wußte, nach dem sie fragen konnte. Einfach zu fragen, ob sie irgendeinen großen, gutgebauten, blonden Mann als Patienten hätten, schien ihr den völlig falschen Eindruck zu machen. Zumindest beteuerte sie sich selber, daß es der gänzlich falsche Eindruck sei. Ein rascher Anruf bei Alan Franklin hatte ihr zu dieser alles in allem subtileren Methode verholfen.

»Gut!« Ein Zweifel huschte ganz kurz über Mr. Standishs Gesicht, und er rief Miss Mayhew noch einmal aus ihrem Schrank.

»Miss Mayhew, was ich Ihnen gerade gesagt habe –«

»Ja, Mr. Standish?«

»Ich nehme an, Sie haben bemerkt, daß ich wollte, daß Sie das für mich notieren?«

»Nein, Mr. Standish, aber ich werde es mit Freuden tun.«

»Danke«, sagte Mr. Standish mit einem leicht nervösen Blick. »Und machen Sie hier bitte mal Ordnung. Hier sieht's ja aus wie –«

Er wollte sagen, es sehe wie im Saustall aus, aber die klinische Sterilität des Raumes hinderte ihn daran.

»Räumen Sie halt allgemein ein bißchen auf«, schloß er.

»Ja, Mr. Standish.«

Der Psychologe nickte barsch, wischte ein nicht vorhandenes Staubkörnchen von seinem Schreibtisch, sah Kate mit einem Lächeln an, das er ganz kurz an- und wieder ausknipste, und dann führte er sie aus seinem Arbeitszimmer auf den Gang, der tadellos mit der Sorte beigefarbenem Teppich ausgelegt war, der an jeden, der darauf herumläuft, elektrische Schläge austeilt.

»Hier, sehen Sie mal«, sagte Standish und deutete mit einem lässigen Handwedeln auf einen Teil der Wand, an der sie vorbeigingen, machte aber auf keine Weise klar, was sie seiner Meinung nach sehen oder daraus entnehmen sollte.

»Und dort«, sagte er und zeigte allem Anschein nach auf eine Türangel.

»Ah«, setzte er hinzu, als diese Tür sich zu ihnen hin öffnete. Kate stellte beunruhigt fest, daß jedesmal, wenn in diesem Haus irgendwo eine Tür aufging, sie vor lauter Spannung leicht zusammenzuckte. Das war nicht die Art von Benehmen, die sie von einer weltläufigen New Yorker Journalistin erwartete, auch wenn sie eigentlich nicht in New York lebte und nur Reisefeuilletons für Illustrierte schrieb. Es war trotzdem nicht richtig, daß sie jedesmal, wenn eine Tür aufging, nach großen, blonden Männern Ausschau hielt.

Es kam kein großer, blonder Mann aus dem Zimmer. Vielmehr ein kleines, rotblondes Mädchen von ungefähr zehn Jahren, das in einem Rollstuhl geschoben wurde. Es wirkte sehr blaß, krank und in sich gekehrt und murmelte lautlos irgend etwas vor sich hin. Was es auch war, was sie da murmelte, es schien sie zu ängstigen und aufzuregen, und sie warf sich in ihrem Rollstuhl mal in die eine und mal in die andere Richtung, als versuche sie den Worten zu entfliehen, die aus ihrem Munde kamen. Kate war durch ihren Anblick augenblicklich gerührt und bat die Schwester, die den Rollstuhl schob, anzuhalten.

Sie kauerte sich hin, um dem Mädchen freundlich ins Gesicht zu sehen, was die Schwester ein wenig zu freuen schien, aber Mr. Standish um so weniger.

Kate versuchte nicht, die Aufmerksamkeit des Mädchens auf sich zu lenken, sondern schenkte ihr lediglich ein offenes, freundliches Lächeln, um zu sehen, ob es darauf reagieren würde, aber das Mädchen schien dazu nicht willens oder nicht fähig zu sein. Sein Mund plapperte unentwegt weiter, er schien geradezu ein Dasein zu führen, das von ihrem übrigen Gesicht völlig unabhängig war.

Jetzt, wo Kate sie sich näher betrachtete, schien es ihr, daß sie weniger krank und in sich gekehrt als erschöpft, gequält und unsagbar angeekelt wirkte. Sie brauchte ein bißchen Ruhe, sie brauchte Frieden, aber ihr Mund bewegte sich unaufhörlich weiter.

Einen flüchtigen Moment lang trafen ihre Augen Kates, und die Botschaft, die Kate auffing, lautete ungefähr: »Tut mir leid, aber du mußt mich einfach entschuldigen, solange das hier so weitergeht«. Das Mädchen holte tief Luft, schloß resigniert halb die Augen und setzte ihr endloses stummes Gemurmel fort.

Kate beugte sich etwas vor, um irgendein konkretes Wort aufzuschnappen, aber sie verstand nichts. Sie warf einen fragenden Blick zu Standish hoch.

Er sagte schlicht: »Aktienkurse.«

Ein Staunen ging über Kates Gesicht.

Mit einem gequälten Schulterzucken setzte Standish hinzu: »Die von gestern, leider.«

Kate zuckte zusammen, als sie ihre Reaktion so hemmungslos mißdeutet sah, und blickte eilig wieder auf das Mädchen, um ihre Verwirrung zu verbergen.

»Sie meinen«, sagte sie ziemlich überflüssigerweise, »sie sitzt einfach da und sagt die Aktienkurse von gestern auf?« Das Mädchen rollte die Augen an Kates vorbei.

»Ja«, sagte Standish. »Es war ein Lippenleser nötig, um dahinterzukommen, worum es ging. Wir gerieten natürlich alle ziemlich aus dem Häuschen, aber dann erbrachte eine nähere Überprüfung, daß es nur die gestrigen waren, was eine ziemliche Enttäuschung war. Wirklich kein so bedeutender Fall. Anomales Verhalten. Interessant zu wissen, warum sie das macht, aber –«

»Moment mal bitte«, sagte Kate und versuchte, sich eher interessiert als absolut entsetzt anzuhören, »wollen Sie damit sagen, daß sie immer wieder dieselben – was denn? – Schlußnotierungen hersagt, oder –«

»Nein. Das ist natürlich ein interessanter Zug. Sie hält mit den Marktbewegungen über den Verlauf eines ganzen Tages so ziemlich Schritt. Sie hinkt nur vierundzwanzig Stunden hinterher.«

»Aber das ist doch außerordentlich, nicht wahr?«

»Oh ja. Ein ziemliches Kunststück.«

»Ein *Kunststück*?«

»Nun ja, als Wissenschaftler muß ich zu dem Urteil kommen, daß, da Informationen frei verfügbar sind, sie sie über normale Kanäle erhält. In diesem Fall besteht keinerlei Notwendigkeit, sich irgendeine übernatürliche oder paranormale Dimension auszudenken. Beschränkung aufs Wesentliche. Sollte nicht unnötigerweise immer neue Wesenheiten erfinden.«

»Aber hat sie denn mal jemand beim Zeitunglesen gesehen, oder wie sie sich Material durchs Telefon durchgeben ließ?«

Sie blickte zu der Schwester hoch, die stumm den Kopf schüttelte.

»Nein, habe sie tatsächlich nie dabei erwischt«, sagte Standish. »Wie ich bereits sagte, ein ziemliches Kunststück. Ich bin sicher, ein Zauberer oder Gedächtniskünstler könnte Ihnen sagen, wie's gemacht wird.«

»Haben Sie mal einen gefragt?«

»Nein. Halte von solchen Leute nichts.«

»Aber meinen Sie wirklich, daß sie das etwa absichtlich machen könnte?« beharrte Kate.

»Glauben Sie mir, wenn Sie von Menschen soviel verstünden wie ich, Miss, äh –, würden Sie alles glauben«, sagte Standish in seinem routiniertesten Beschwichtigungston.

Kate starrte in das müde, jammervolle Gesicht des kleinen Mädchens und sagte nichts.

»Sie müssen verstehen«, sagte Standish, »daß wir hier rational vorgehen müssen. Wenn es die morgigen Aktienkurse wären, wäre es ganz was anderes. Es wäre ein Phänomen von völlig anderem Charakter, das die genauesten Untersuchungen verdiente und erforderte. Und ich bin sicher, wir hätten keine Schwierigkeiten, die Forschungen zu finanzieren. Damit gäbe es absolut keine Probleme.«

»Ich verstehe«, sagte Kate, und das meinte sie auch so.

Sie erhob sich ein bißchen steif und strich ihren Rock glatt.

»Also«, sagte sie und schämte sich vor sich selbst, »wer ist Ihr neuester Patient? Wer ist denn als letzter hergekommen?« Ihr schauderte vor dem krassen Gedankensprung, aber sie erinnerte sich daran, daß sie als Journalistin hier war, und so würde es nicht seltsam erscheinen.

Standish winkte die Schwester und den Rollstuhl mit seiner traurigen Last weiter. Kate drehte sich noch einmal nach dem Mädchen um und folgte dann Standish durch die Schwingtüren in den nächsten Abschnitt des Korridors, der genauso wie der vorige war.

»Hier, sehen Sie mal«, sagte Standish wieder und meinte diesmal offensichtlich einen Fensterrahmen.

»Und dort«, sagte er und zeigte auf eine Lampe.

Er hatte, schien es, ihre Frage entweder nicht gehört oder

ignorierte sie absichtlich. Vielleicht, dachte Kate, behandelte er die Frage einfach mit der Verachtung, die sie verdiente.

Ihr dämmerte plötzlich, was es mit all dem *Hier, sehen Sie mal* und *Und dort* auf sich hatte. Er forderte sie auf, die Qualität des Zierrats zu bewundern. Die Fenster saßen in Schieberahmen mit geschmackvoll hergestellten und schön bemalten Randwülsten, und die Lampenfassungen waren aus einem schweren, matten Metall, wahrscheinlich vernickelt – und so weiter.

»Sehr schön, *very fine*«, sagte sie konziliant, und dann bemerkte sie, daß sich das in ihrem amerikanischen Akzent merkwürdig angehört hatte.

»Hübsch haben Sie's hier«, setzte sie hinzu und dachte, daß ihm das vielleicht gefalle.

Das tat es. Er gestattete sich ein diskretes Freudestrahlen.

»Wir halten es gern für eine Luxuspflegestätte«, sagte er.

»Sie müssen eine Menge Leute haben, die hierherkommen möchten«, fuhr Kate fort, die sich weiter mit ihrem Thema abrackerte. »Wie oft nehmen Sie neue Patienten auf? Wann ist der letzte –?«

Mit ihrer linken Hand hielt sie vorsichtig ihre Rechte im Zaum, die sie in diesem Augenblick am liebsten erwürgt hätte.

Eine Tür, an der sie vorüberkamen, war leicht angelehnt, und sie versuchte unauffällig in das Zimmer zu sehen.

»Sehr gut, wir werfen einen Blick hier hinein«, sagte Standish im selben Moment und stieß die Tür ganz auf, die in ein ziemlich kleines Zimmer führte.

»Ah, ja«, sagte Standish, als er den Patienten wiedererkannte. Er führte Kate hinein.

Der Bewohner des Zimmers war wiederum ein nicht-großer, nicht-blonder Mann. Kate empfand allmählich den ganzen Besuch als seelisch zermürbend, und sie hatte so ein Gefühl, als würden sich die Dinge im nächsten Augenblick nicht unbedingt entspannen.

Der Mann, der auf einem Stuhl neben dem Bett saß, während es von einem Pfleger hergerichtet wurde, war einer der zutiefst und beunruhigend verwuschelten Menschen, die Kate je zu Gesicht bekommen hatte. In Wirklichkeit waren es nur seine Haare, die verwuschelt waren, aber sie waren in einem so extremen Maße verwuschelt, daß sie das ganze lange Gesicht des Menschen in ihr verwirrendes Chaos hineinzuziehen schienen.

Er war offenbar sehr zufrieden darüber, daß er saß, wo er saß, aber seine Zufriedenheit hatte etwas ungeheuer Geistesabwesendes – er schien buchstäblich wegen nichts zufrieden zu sein. Ungefähr einen halben Meter vor seinem Gesicht hing ein vollkommen leerer Raum in der Luft, und seine Zufriedenheit, falls sie überhaupt von irgendwoher kam, kam daher, daß er ihn anstarrte.

Man hatte auch das Gefühl, daß er auf etwas warte. Ob es etwas war, das jeden Moment passieren konnte, oder etwas, das sich später im Laufe der Woche ereignen würde, oder aber etwas, das passieren würde, kurz nachdem die Hölle zugefroren wäre und British Telecom die Telefone in Ordnung gebracht haben würde, war keineswegs klar, denn es schien ihm alles eins zu sein. Falls es passierte, war er darauf gefaßt, und falls nicht – war er zufrieden.

Kate fand solche Zufriedenheit fast unerträglich peinvoll.

»Was ist mit ihm?« sagte sie ruhig, und dann bemerkte sie im selben Moment, daß sie sprach, als sei er nicht da, wo er doch wahrscheinlich sehr gut für sich selber reden konnte. Und tatsächlich sprach er in diesem Moment plötzlich.

»Oh, äh, hallo«, sagte er. »Okay, yeah, danke.«

»Äh, hallo«, erwiderte sie darauf, allerdings schien es nicht ganz zu passen. Oder besser, was er gesagt hatte, schien nicht ganz zu passen. Standish machte eine Handbewegung zu ihr herüber, um sie am Reden zu hindern.

»Äh, yeah, ein Beugel wäre schön«, sagte der zufriedene Mann. Er sagte es in einem irgendwie ausdruckslosen Tonfall, als wiederhole er nur etwas, das man ihm vorgesagt hatte.

»Yeah, und vielleicht etwas Saft«, setzte er hinzu. »Okay, danke.« Dann fiel er wieder in den Zustand leerer Erwartung zurück.

»Ein sehr ungewöhnliches Leiden«, sagte Standish, »das heißt, wir können nur annehmen, daß es völlig einzigartig ist. Ich jedenfalls habe nie auch nur entfernt von so etwas gehört. Es hat sich auch als praktisch unmöglich herausgestellt, zweifelsfrei nachzuweisen, daß es das ist, was es zu sein scheint, und so kann ich voll Freude sagen, daß wir der Schwierigkeit enthoben waren, dem Leiden einen Namen geben zu müssen.«

»Dürfte ich Mr. Elwes wohl jetzt wieder ins Bett helfen?« fragte der Pfleger Mr. Standish. Der nickte. An Untergebene vergeudete er keine Worte.

Der Pfleger bückte sich und sprach den Patienten an.

»Mr. Elwes?« sagte er ruhig.

Mr. Elwes schien aus einem Traum aufzutauchen.

»Mmmmm?« sagte er und blickte sich plötzlich um. Etwas schien ihn zu verwirren.

»Oh! Oh? Was?« sagte er leise.

»Möchten Sie, daß ich Ihnen wieder ins Bett helfe?«

»Oh. Oh, danke, ja. Ja, das wäre nett.«

Obwohl sichtlich benommen und verwirrt, war Mr. Elwes ganz gut selbst in der Lage, wieder ins Bett zu steigen, und der Pfleger mußte lediglich für Beruhigung und Zuspruch sorgen. Als Mr. Elwes versorgt war, schenkte der Pfleger Standish und Kate ein höfliches Nicken und verließ das Zimmer.

Mr. Elwes fiel rasch wieder in seinen tranceartigen Zustand zurück, während er, gegen einen Kissenberg gelehnt, dalag. Sein Kopf sank leicht nach vorn, und er starrte auf eins seiner Knie, das unter der Bettdecke knochig nach oben stach.

»Geben Sie mir New York«, sagte er.

Kate blickte erstaunt auf Standish und hoffte auf irgendeine Erklärung, bekam aber keine.

»Oh, okay«, sagte Mr. Elwes, »sie lautet 541 irgendwas.

Warten Sie.« Er nannte mit seiner toten, ausdruckslosen Stimme noch vier Ziffern einer Zahl.

»Was geht hier vor?« fragte Kate schließlich.

»Wir haben ziemlich lange gebraucht, um dahinterzukommen. Nur durch den allerunwahrscheinlichsten Zufall hat das jemand herausgefunden. Dieser Fernseher lief in dem Zimmer . . .«

Er zeigte auf den kleinen tragbaren Apparat an einer Seite des Bettes.

». . . eingestellt auf eines dieser Talkshowprogramme, das zufällig live gesendet wurde. Ganz außergewöhnliche Sache. Mr. Elwes saß hier und murmelte sich irgend etwas darüber in den Bart, wie sehr er die BBC hasse – ich weiß nicht, ob es die BBC war, vielleicht war es eine von diesen anderen Stationen, die wir jetzt haben –, und gab seiner Meinung über den Moderator der Sendung Ausdruck, und zwar des Inhalts, daß er ihn sozusagen als ein Rektum betrachte, und dann sagte er noch, daß er wünsche, die ganze Sache sei vorüber und, ja, na schön, er komme endlich an die Reihe, und dann begann plötzlich das, was er sagte, und das, was auf dem Bildschirm zu sehen war, auf eine merkwürdige Weise fast synchron zu laufen.«

»Ich verstehe nicht, was Sie meinen«, sagte Kate.

»Das würde mich auch überraschen«, sagte Standish. »Alles, was Elwes sagte, wurde nur einen Augenblick später im Fernsehen von einem Herrn namens Dustin Hoffman gesagt. Es scheint, daß Mr. Elwes hier ungefähr eine Sekunde vorher genau weiß, was dieser Mr. Hoffman sagen wird, ehe er es sagt. Das ist etwas, muß ich sagen, worüber Mr. Hoffman nicht sehr erfreut wäre, wenn er es wüßte. Es sind Versuche unternommen worden, den Herrn auf das Problem aufmerksam zu machen, aber es hat sich herausgestellt, daß er ziemlich schwer zu erreichen ist.«

»Was ist denn hier los, verdammte Scheiße?« fragte Mr. Elwes mit sanfter Stimme.

»Wir glauben, daß Mr. Hoffman gerade irgendwo an der Westküste in Amerika bei Außenaufnahmen ist.«

Er schaute auf seine Uhr.

»Ich denke, er ist wahrscheinlich eben erst in seinem Hotel aufgewacht und erledigt seine Morgentelefonate«, setzte er hinzu.

Kate blickte erstaunt zwischen Standish und dem ungewöhnlichen Mr. Elwes hin und her.

»Wie lange hat denn der arme Mann das schon?«

»Ach, ungefähr fünf Jahre, denke ich. Fing aus völlig heiterem Himmel an. Er saß wie gewöhnlich eines Tages mit seiner Familie beim Abendbrot, als er sich plötzlich wegen seines Wohnwagens zu beschweren begann. Und kurz danach darüber, wie er erschossen werden sollte. Er brachte dann die ganze Nacht damit zu, im Schlaf zu reden und dieselben anscheinend sinnlosen Sätze immer und immer wieder herzusagen, dazu auch, daß er davon, wie sie geschrieben seien, nicht viel halte. Für seine Familie war das eine sehr schwierige Zeit, wie Sie sich denken können, sie lebten mit einem derart perfektionistischen Schauspieler zusammen und wußten es nicht einmal. Es erscheint nun sehr erstaunlich, wie lange sie brauchten, um herauszubekommen, was vor sich ging. Besonders da er sie eines Nachts in den frühen Morgenstunden alle weckte, um ihnen, dem Produzenten und dem Regisseur für seinen Oscar zu danken.«

Kate, die nicht bemerkte, daß der Tag sie immer noch lediglich für das, was noch kommen sollte, mürbe klopfte, beging den Fehler zu meinen, er habe soeben einen Gipfel an Schrecken erreicht.

»Der arme Mann«, sagte sie mit gedämpfter Stimme. »Was für ein erbärmlicher Zustand. Er lebt nur als der Schatten von jemand anderem.«

»Ich glaube nicht, daß er irgendwie leidet.«

Mr. Elwes schien sich friedlich in eine erbitterte Auseinandersetzung verkrallt zu haben, bei der es unter anderem um die Definition der Wörter »Points«, »Brutto«, »Profite« und »Limo« zu gehen schien.

»Aber die Bedeutung von alldem ist doch *außerordentlich*, nicht wahr?« sagte Kate. »Er sagt diese Dinge tatsächlich kurz *vor* Dustin Hoffman?«

»Nun, das sind natürlich alles Vermutungen. Wir haben nur wenige Beispiele einer absoluten Übereinstimmung, und wir haben einfach nicht die Möglichkeit, eingehendere Untersuchungen anzustellen. Man muß zugeben, daß diese wenigen Beispiele einer direkten Übereinstimmung nicht exakt dokumentiert sind und einfacher als Zufälle erklärt werden könnten. Alles übrige könnte lediglich das Produkt einer blühenden Einbildung sein.«

»Aber wenn Sie diesen Fall neben den des kleinen Mädchens halten, das wir gerade gesehen haben . . .«

»Oh, nein, das können wir nicht, verstehen Sie? Wir müssen jeden Fall für sich beurteilen.«

»Aber sie leben beide in derselben Welt . . .«

»Ja, aber es bestehen unterschiedliche Probleme. Klar, wenn Mr. Elwes hier beweisen könnte, daß er Dinge von Bedeutung zum Beispiel von der Führung der Sowjetunion oder, besser noch, vom Präsidenten der Vereinigten Staaten im voraus weiß, dann würden natürlich wichtige Verteidigungsfragen berührt, und man könnte bereit sein, bei der Frage, was ist Zufall und Einbildung und was nicht, ein Auge zuzudrücken, aber bei nichts weiter als einem Filmschauspieler – das heißt, einem Filmschauspieler ohne erkennbare Ambitionen auf ein politisches Amt – meine ich, daß, nein, da müssen wir an den Prinzipien exakter Wissenschaft festhalten.«

»Und so«, setzte er hinzu, wandte sich zum Gehen und zog Kate mit sich, »bin ich der Meinung, daß es in den Fällen von Mr. Elwes und, äh, wie hieß sie noch gleich, des bezaubernden Mädchens im Rollstuhl möglich ist, daß wir ihnen nicht sehr viel weiterhelfen können und den Raum und die Geräte eventuell für würdigere Fälle benötigen werden.«

Kate fiel nichts ein, was sie darauf sagen könnte, und folgte, sprachlos vor Ärger.

»Ah, hier haben wir jetzt einen sehr viel interessanteren und aussichtsreicheren Fall«, sagte Standish und spurtete durch die nächsten Doppeltüren.

Kate versuchte, ihre Reaktionen unter Kontrolle zu halten, dennoch mußte selbst ein so glasharter und streitsüchtiger Mensch wie Mr. Standish einfach wahrnehmen, daß sein Publikum nicht völlig auf seiner Seite stand. Ein bißchen zusätzliche Schroffheit und Ungeduld machte sich in seinem Verhalten breit, um sich mit den großen Mengen Schroffheit und Ungeduld zu verbünden, die bereits dort waren.

Schweigend gingen sie einige Sekunden in dem Korridor weiter. Kate suchte nach anderen Möglichkeiten, das Thema Neuaufnahmen beiläufig zur Sprache zu bringen, mußte sich aber eingestehen, daß man nicht dreimal hintereinander versuchen kann, dasselbe Thema zur Sprache zu bringen, ohne ganz allmählich diese entscheidende Eigenschaft der Beiläufigkeit zu verlieren. Sie blickte so verstohlen wie möglich auf jede Tür, an der sie vorbeikamen, aber die meisten waren fest zu, und die, die's nicht waren, zeigten nichts von Interesse.

Sie sah aus einem Fenster, als sie daran vorbeigingen, und bemerkte, daß ein Lieferwagen in einen Hinterhof einbog. Er zog in dem kurzen Moment, den er in ihrem Blickfeld war, ihre Aufmerksamkeit auf sich, weil er ganz offenkundig kein Lieferwagen von einer Bäckerei oder Wäscherei war. Bäckerlieferwagen und Wäschereilieferwagen machen für ihre Firmen Reklame und zeigen aufgemalte Wörter wie »Bäckerei« oder »Wäscherei«, wogegen dieser Lieferwagen vollkommen neutral war. Er hatte jedermann absolut nichts zu sagen, und das sagte er laut und deutlich.

Es war ein großer, schwerer, gefährlich aussehender Lieferwagen fast an der Grenze zu einem richtigen Lastkraftwagen, und gestrichen war er in einem eintönigen, dunklen Metallgrau. Er erinnerte Kate an die riesigen stahlgrauen Lastwagen, die, aus Albanien kommend, durch Bulgarien und Jugoslawien donnern, auf den Seiten in Schablonenschrift nichts als das Wort »Albania«. Ihr fiel wieder ein, daß sie sich gefragt hatte, was die Albaner wohl auf derart anonyme Weise exportierten, aber als sie das bei einer Gelegenheit mal nachgeschlagen hatte, stellte sie fest, daß ihr einziger Exportartikel Elektrizität war – die, wenn sie sich an den Physikunterricht in der High School richtig erinnerte, höchstwahrscheinlich nicht in Lkws in der Gegend herumgefahren wurde.

Der große, gefährlich aussehende Lieferwagen wendete und begann langsam zu einem Hintereingang der Klinik zurückzusetzen. Was immer es auch war, was der Lieferwagen normalerweile transportierte, dachte Kate, er würde es im nächsten Moment entweder aufladen oder abladen. Sie ging weiter.

Wenig später gelangte Standish zu einer Tür, klopfte vorsichtig an und guckte neugierig in das Zimmer. Dann winkte er Kate, ihm nach drinnen zu folgen.

Es war ein Zimmer völlig anderer Art. Gleich hinter der Tür befand sich ein Vorraum mit einem sehr großen Fenster, durch das man in den Hauptraum sehen konnte. Die beiden Räume waren deutlich schalldicht voneinander isoliert, weil der Vorraum mit Mithörgeräten und Computern angefüllt war, die allesamt bloß laut vor sich hinsummten, und der Hauptraum enthielt eine Frau, die schlafend im Bett lag.

»Mrs. Elspeth May«, sagte Standish und war zweifellos der Meinung, jetzt führe er die Hauptattraktion vor. Ihr Zimmer schien ein sehr gutes Zimmer zu sein – geräumig und bequem und teuer möbliert. Frische Blumen standen auf jeder freien Fläche, und der Nachttisch, auf dem Mrs. Mays Strickzeug lag, war aus Mahagoni.

Sie selbst war eine silberhaarige Dame reiferen Alters und von angenehmem Äußeren, sie lag schlafend im Bett, halb gegen einen Kissenstapel gelehnt, und hatte eine Strickjacke aus rosa Wolle an. Nach einer Weile wurde Kate klar, daß, obwohl Mrs. May schlief, sie alles andere als untätig war. Ihr

Kopf war friedlich zurückgelegt, die Augen geschlossen, aber ihre rechte Hand hielt einen Kugelschreiber umfaßt, der wild auf einem großen Schreibblock herumkritzelte, der neben ihr lag. Die Hand schien, ebenso wie der Mund des Mädchens im Rollstuhl, ein unabhängiges und fieberhaft tätiges Leben zu führen. Ein paar kleine rosafarbene Elektroden waren Mrs. May gleich unterhalb des Haaransatzes mit Klebeband auf die Stirn geheftet, und Kate nahm an, daß daher einige von den Anzeigen kamen, die über die Computerbildschirme in dem Vorraum tanzten, in dem sie und Standish standen. Zwei Männer und eine Frau in weißen Kitteln beobachteten die Geräte, und eine Schwester spähte durch das Fenster. Standish wechselte mit ihnen ein paar kurze Worte über den augenblicklichen Zustand der Patientin, der nach einhelliger Meinung ausgezeichnet war.

Kate konnte sich des Eindrucks nicht erwehren, daß sie eigentlich wissen müßte, wer Mrs. May war, aber sie wußte es nicht und mußte fragen.

»Sie ist ein Medium«, sagte Standish etwas gereizt, »ich nahm an, Sie wüßten das. Ein Medium mit erstaunlichen Fähigkeiten. Im Moment ist sie in Trance und mit automatischem Schreiben beschäftigt. Sie nimmt Diktate auf. Praktisch jedes kleinste Diktat, das sie aufnimmt, ist von unschätzbarem Wert. Haben Sie noch nicht von ihr gehört?«

Kate gab zu, daß dem so sei.

»Also, Sie kennen doch sicherlich die Dame, die behauptete, daß Mozart, Beethoven und Schubert ihr Musik diktierten.«

»Ja, ich habe von ihr gehört. Vor ein paar Jahren gab es viele Berichte über sie in den Farbbeilagen.«

»Ihre Behauptungen waren, nun ja, interessant, wenn das Dinge sind, für die man sich interessiert. Die Musik glich sicherlich eher dem, was jeder dieser Herren schnell noch vor dem Frühstück produziert haben würde, als dem, was man von einer musikalisch unerfahrenen Hausfrau mittleren Alters erwarten würde.«

Kate konnte diese Überheblichkeit nicht durchgehen lassen.

»Das ist ein ziemlich sexistischer Standpunkt«, sagte sie, »George Eliot war auch eine Hausfrau mittleren Alters.«

»Ja, ja«, sagte Standish gereizt, »aber sie bekam keine Musik vom toten Wolfgang Amadeus Mozart diktiert. Das ist doch der springende Punkt. Versuchen Sie bitte, der Logik dieser Beweisführung zu folgen, und kommen Sie nicht mit Lapalien. Wenn ich auch nur einen Moment lang der Meinung wäre, daß das Beispiel George Eliot auf unser gegenwärtiges Problem irgendwelches Licht werfen könnte, dann könnten Sie sich darauf verlassen, daß ich selbst es anführen würde. Wo war ich stehen geblieben?«

»Das weiß ich nicht.«

»Mabel. Doris? Hieß sie so? Nennen wir sie Mabel. Die Sache ist die, daß der einfachste Weg, sich mit dem Doris-Problem auseinanderzusetzen, der war, es schlicht zu ignorieren. Es drehte sich dabei doch um überhaupt nichts Bedeutendes. Ein paar Konzerte. Zweitklassiges Zeug. Aber hier, hier haben wir etwas von einem völlig anderen Kaliber.«

Diese letzten Worte sprach er mit gedämpfter Stimme, während er sich umdrehte, um aufmerksam auf einen Fernsehmonitor zu sehen, der in der Reihe der Computermonitore stand. Er zeigte eine Naheinstellung von Mrs. Mays Hand, die über ihren Schreibblock eilte. Ihre Hand verdeckte weitgehend, was sie geschrieben hatte, aber es schien sich um irgendwelche Mathematik zu handeln.

»Mrs. May erhält, jedenfalls behauptet sie das, Diktate von einigen der berühmtesten Physiker. Von Einstein, Heisenberg und Planck. Es ist sehr schwierig, ihre Behauptungen in Zweifel zu ziehen, denn die Informationen, die hier durch automatisches Schreiben von dieser . . . ungebildeten Dame geliefert werden, sind tatsächlich Physik einer sehr tiefgründigen Kategorie.

Vom toten Einstein erhalten wir mehr und mehr Verfeinerungen unseres Bildes davon, wie Raum und Zeit auf einer makroskopischen Ebene funktionieren, und durch die verstorbenen Herren Heisenberg und Planck vergrößern wir unsere Kenntnisse der fundamentalen Strukturen der Materie auf der Quantenebene. Und es besteht absolut kein Zweifel, daß diese Informationen uns näher und näher an das ewig flüchtige Ziel der Großen Einheitlichen Feldtheorie von Allem bringt.

Nun bringt das eine sehr interessante, um nicht zu sagen etwas peinliche Situation für die Wissenschaftler mit sich, weil die Wege, über die die Informationen uns erreichen, dem Sinn der Informationen, scheint es, vollkommen widersprechen.«

»Wie bei Onkel Henry«, sagte Kate plötzlich.

Standish sah sie verständnislos an.

»Onkel Henry denkt, er ist ein Huhn«, erklärte Kate.

Standish sah sie wieder verständnislos an.

»Sie haben ihn bestimmt schon mal gehört«, sagte Kate. »›Wir machen uns um Onkel Henry furchtbare Sorgen. Er denkt, er ist ein Huhn.‹ ›Na, warum schicken Sie ihn denn nicht zum Arzt?‹ ›Naja, das würden wir ja, aber wir brauchen die Eier.‹«

Standish starrte sie an, als wäre ihr plötzlich ein kleiner, aber wohlgeformter Holunderstrauch unaufgefordert aus dem Nasenrücken gewachsen.

»Sagen Sie das noch mal«, sagte er mit dünner, geschockter Stimme.

»Was, das Ganze?«

»Das Ganze.«

Kate stemmte die Faust in die Hüfte und sagte es noch einmal, wobei sie den Stimmen diesmal ein bißchen mehr Pep und Südstaatenakzent verlieh.

»Das ist ja glänzend«, hauchte Standish, als sie fertig war.

»Sie haben ihn bestimmt schon mal gehört«, sagte sie, von seiner Reaktion ein bißchen überrascht. »Es ist ein uralter Witz.«

»Nein«, sagte er, »habe ich nicht. Wir brauchen die Eier. Wir brauchen die *Eier*. Wir *brauchen* die Eier. ›Wir können ihn nicht zum Arzt schicken, denn *wir brauchen die Eier*.‹ Ein erstaunlicher Einblick in die zentralen Paradoxien der menschlichen Verfassung und unserer unermüdlichen Bereitschaft, geschmeidige logische Erklärungen zu konstruieren, um der Sache auf den Grund zu gehen. Großer Gott.«

Kate zuckte die Schultern.

»Und Sie sagen, das ist ein *Witz*?« fragte Standish ungläubig.

»Ja. Er ist sehr alt, wirklich.«

»Und sind sie alle so? Mir ist das nie klar geworden.«

»Tja –«

»Ich bin erstaunt«, sagte Standish, »überaus erstaunt. Ich dachte, Witze sind etwas, was dicke Leute im Fernsehen erzählen, und habe nie zugehört. Ich habe das Gefühl, man hat mir etwas vorenthalten. Schwester!«

Die Schwester, die Mrs. May durch das Fenster beobachtet hatte, schreckte zusammen, als sie unvermutet derart angebellt wurde.

»Äh, ja, Mr. Standish?« sagte sie. Er machte sie sichtlich nervös.

»Warum haben Sie mir nie Witze erzählt?«

Die Schwester starrte ihn an und zitterte angesichts der Unmöglichkeit, auch nur zu wissen, was man auf so eine Frage antworten sollte.

»Äh, naja . . .«

»Machen Sie sich darüber eine Notiz, ja? In Zukunft verlange ich von Ihnen und dem ganzen Personal dieser Klinik, daß Sie mir alle Witze erzählen, die Sie kennen, ist das klar?«

»Äh, ja, Mr. Standish –«

Standish sah sie zweifelnd und mißtrauisch an.

»Sie kennen doch Witze, oder, Schwester?« bohrte er.

»Äh, ja, Mr.Standish, ich glaube, ja.«

»Erzählen Sie mir einen.«

»Was, äh, jetzt, Mr. Standish?«

»Auf der Stelle.«

»Äh, tja, hm – da ist einer, da geht's darum, daß ein Patient aufwacht, nachdem er, naja, das heißt, er ist, äh, operiert worden, und er wacht auf und, er ist nicht sehr gut, aber egal, er ist operiert worden und sagt zu dem Arzt, als er aufwacht: ›Doktor, Doktor, was stimmt denn nicht mit mir? Ich kann meine Beine nicht mehr fühlen.‹ Und der Arzt sagt: ›Ja, wir mußten Ihnen leider beide Arme amputieren.‹ Und das ist es schon. Äh, deshalb konnte er seine Beine nicht mehr fühlen, verstehen Sie?«

Mr. Standish sah sie einen Moment lang ruhig an.

»Sie melden sich zum Rapport, Schwester«, sagte er.

»Ja, Mr. Standish.«

Er wandte sich an Kate.

»Gibt's nicht einen mit einem Huhn, das eine Straße überquert oder so ähnlich?«

»Äh, ja«, sagte Kate unsicher. Sie hatte das Gefühl, sie sei in eine etwas komische Lage geraten.

»Und wie geht der?«

»Tja«, sagte Kate, »er geht folgendermaßen: ›Warum lief das Huhn über die Straße?‹«

»Ja? Und?«

»Und die Antwort lautet: ›Um jenseits anzukommen.‹«

»Ich verstehe.« Standish dachte eine Weile drüber nach. »Und was tut dieses Huhn, wenn es auf der anderen Straßenseite ankommt?«

»Das bleibt uns die Geschichte schuldig«, erwiderte Kate prompt. »Ich glaube, das geht über den Sinn dieses Witzes hinaus, der sich wirklich nur für den Weg des Huhns über die Straße interessiert und für seine Gründe, den Weg zu unternehmen. Er ist in dieser Hinsicht ein bißchen wie ein japanisches *haiku*.«

Kate stellte plötzlich fest, daß sie ihren Spaß hatte. Es gelang ihr, der Schwester heimlich zuzublinzeln, die absolut keine Ahnung hatte, was sie aus alldem machen sollte.

»Ich verstehe«, sagte Standish noch einmal und zog die Stirn kraus. »Und erfordern diese, äh, Witze als Einstimmung die Benutzung irgendwelcher künstlichen Aufputschmittel?«

»Hängt vom Witz ab, hängt davon ab, wem er erzählt wird.«

»Hmm, nun ja, ich muß sagen, Sie haben mir zweifellos ein fruchtbares Arreal eröffnet, Miss, äh. Mir scheint, der ganze Bereich des Humors könnte von einer genauen und sofortigen Untersuchung profitieren. Natürlich müssen wir die Witze, die einen wie auch immer gearteten ernstzunehmenden psychologischen Wert haben, von denen trennen, die nur zum Drogenmißbrauch ermuntern und unterbunden werden sollten. Gut.«

Er drehte sich um und wandte sich an den weißbekittelten Wissenschaftler, der auf den Fernsehmonitor blickte, in dem Mrs. Mays Kritzeleien verfolgt wurden.

»Irgendwelche wertvollen Neuigkeiten von Mr. Einstein?« fragte er.

Der Wissenschaftler wandte seine Augen nicht von dem Bildschirm. Er antwortete: »Sie hat eben geschrieben: ›Wie möchten Sie Ihre Eier? Pochiert oder gekocht?‹«

Wieder zögerte Standish.

»Interessant«, sagte er, »sehr interessant. Notieren Sie weiter sorgfältig alles, was sie schreibt. Kommen Sie.« Das sagte er zu Kate und begab sich aus dem Zimmer.

»Sehr sonderbare Leute, diese Physiker«, sagte er, als sie wieder draußen waren. »Nach meiner Erfahrung sind die, die nicht tot sind, irgendwie sehr krank. Nun ja, der Nachmittag eilt dahin, und Sie möchten sicher schnellstens weg und Ihren Artikel schreiben, Miss, äh. Und ich habe natürlich Dinge, die dringend meine Aufmerksamkeit erfordern, und Patienten, die meine Fürsorge erwarten. Also, wenn Sie keine weiteren Fragen haben –«

»Da wäre nur noch eins, Mr. Standish.« Kate faßte einen Entschluß, und zum Teufel damit. »Wir müssen deutlich machen, daß der Artikel brandaktuell ist. Wenn Sie vielleicht noch ein paar Minuten erübrigen könnten, könnten wir doch mal nachsehen, wer ihr allerneuster Zugang ist.«

»Ich glaube, das wäre etwas knifflig. Unsere letzte Aufnahme hatten wir vor ungefähr einem Monat, und die Patientin starb zwei Wochen nach der Aufnahme an Lungenentzündung.«

»Oh, aha. Tja, das ist vielleicht nicht so spannend. So. Keine Neuaufnahmen in den letzten paar Tagen? Keine Aufnahme von jemand besonders Großem oder Blondem oder Nordischem, vielleicht mit einem Pelzmantel oder Schmiedehammer. Ich meine, nur als Beispiel.« Ihr kam eine Idee. »Eine *Wieder*aufnahme vielleicht?«

Standish betrachtete sie mit wachsendem Argwohn.

»Miss, äh –«

»Schechter.«

»Miss Schechter, ich habe allmählich den Eindruck, daß Ihr Interesse an unserer Klinik nicht –«

In diesem Augenblick wurde er unterbrochen, weil die Flügeltüren direkt hinter ihnen aufgestoßen wurden. Er schaute hoch, um zu sehen, wer es sei, und in diesem Moment änderte sich sein Verhalten.

Mit einem abrupten Wink forderte er Kate auf, zur Seite zu treten, während ein großes Rollbett von einem Pfleger durch die Türen geschoben wurde. Eine Oberschwester und eine weitere Krankenschwester folgten als Begleitung und vermittelten den Eindruck, sie seien das Gefolge in einem Geleitzug und nicht bloß Schwestern bei ihrer normalen Tätigkeit.

Der Insasse des Rollbetts war ein zierlicher, gebrechlicher alter Mann mit einer Haut wie zart geädertes Pergament.

Der hintere Teil des Rollbetts war in einem ganz leichten Winkel nach oben geneigt, so daß der alte Mann die Welt betrachten konnte, während sie an ihm vorüberglitt, und er betrachtete sie mit so etwas wie gelassenem, wohlwollendem Entsetzen. Sein Mund stand ein wenig offen, und sein Kopf wackelte ganz leicht, so daß jeder leiseste Ruck beim Fahren des Rollbetts ihn ein bißchen zur einen oder zur anderen Seite baumeln ließ. Doch trotz seiner gebrechlichen Teilnahmslosigkeit, war die Stimmung, die von ihm ausging, die eines sehr gelassenen, sehr freundlichen, alles besitzenden Menschen.

Es war das eine Auge, von dem dies ausging. Alles, worauf es ruhte, ob es die Aussicht durchs Fenster war oder die Schwester, die die Tür aufhielt, so daß das Rollbett sich ungehindert hindurchbewegen konnte, oder Mr. Standish, der plötzlich ganz devoter Charme und Ehrerbietung war, alles schien im selben Augenblick dem Reich einverleibt zu sein, das von diesem Auge regiert wurde.

Kate überlegte einen Moment, wie es kam, daß Augen so eine immense Menge an Informationen über ihre Besitzer vermittelten. Sie waren doch schließlich bloß Bälle aus weißem Gallert. Sie veränderten sich beim Älterwerden kaum, nur daß sie etwas röter und etwas triefiger wurden. Die Iris öffnete und schloß sich ein bißchen, aber das war alles. Woher kam diese ganze Flut an Informationen? Besonders im Falle eines alten Mannes mit nur einem Auge und lediglich einem aufgenähten Hautlappen anstelle des anderen.

Sie wurde in ihrem Gedankengang dadurch unterbrochen, daß sich in diesem Moment das fragliche Auge von Standish löste und auf sie richtete. Die Gewalt, die es ausstrahlte, war so erschreckend, daß Kate fast aufschrie.

Mit der zartesten aller matten Bewegungen gab der alte Mann dem Pfleger, der das Rollbett schob, ein Zeichen anzuhalten. Das Bett blieb stehen, und als das Geräusch seiner rollenden Räder verstummt war, hörte man einen Moment lang kein anderes Geräusch als das ferne Brummen eines Fahrstuhls.

Dann hielt der Fahrstuhl.

Kate erwiderte seinen Blick mit einem kleinen, lächelnden Stirnrunzeln, als wolle sie sagen: »Entschuldigung, kenne ich Sie?«, und dann überlegte sie, ob es nicht tatsächlich der Fall sei. Sein Gesicht hatte etwas flüchtig Bekanntes, aber sie konnte es nicht richtig unterbringen. Mit Staunen bemerkte sie, daß, obgleich es nur ein Rollbett war, in dem er lag, das Bettzeug, auf dem seine Hände ruhten, echtes Linnen war, frisch gewaschen und gebügelt.

Mr. Standish hüstelte leicht und sagte: »Miss, äh, das ist einer unserer geschätztesten und, äh, verehrtesten Patienten, Mr. –«

»Haben Sie's auch ganz bequem, Mr. Odwin?« ging die Oberschwester hilfreich dazwischen. Aber das war nicht nötig. Das hier war ein Patient, dessen Name Standish ganz sicher wußte.

Odin brachte sie mit der allerleisesten Handbewegung zum Schweigen.

»Mr. Odwin«, sagte Standish, »das hier ist Miss, äh –«

Kate wollte sich gerade noch einmal vorstellen, als sie plötzlich vollkommen überrumpelt wurde.

»Ich weiß ganz genau, wer sie ist«, sagte Odin ruhig, aber deutlich, und in sein Auge trat für einen Moment ein Blick, als schaue ein Insektenspray bedeutungsvoll auf eine Wespe.

Sie versuchte, sich sehr förmlich und britisch zu geben.

»Ich fürchte«, sagte sie steif, »Sie sind mir da um einiges voraus.«

»Ja«, sagte Odin.

Er gab dem Pfleger einen Wink, und zusammen nahmen sie ihre gemütliche Fahrt den Korridor entlang wieder auf. Blicke wurden zwischen Standish und der Oberschwester gewechselt, und dann bemerkte Kate verblüfft, daß noch jemand bei ihnen in dem Gang stand.

Er war vermutlich nicht durch Zauberkraft dort hingekommen. Er war nur stehengeblieben, als das Rollbett weiterfuhr, und seine Körpergröße oder vielmehr ihr Fehlen war derart, daß er bis jetzt einfach hinter dem Bett verborgen geblieben war.

Alles war viel besser gewesen, als er noch verborgen war.

Es gibt Leute, die mag man spontan, andere, von denen

denkt man, daß man mit der Zeit lernen wird, sie zu mögen, und wieder andere, die möchte man einfach mit einem harten Knüppel von sich wegprügeln. Es war sofort klar, in welche Kategorie für Kate die Erscheinung von Hader Lump fiel. Er grinste und starrte sie an, oder vielmehr, er schien auf irgendeine unsichtbare Fliege zu starren, die um ihren Kopf herumsauste.

Er lief auf sie zu, und ehe sie ihn daran hindern konnte, ergriff er ihre rechte Hand und schüttelte sie heftig.

»Auch ich bin Ihnen um einiges voraus, Miss Schechter«, sagte er und hüpfte ausgelassen davon, den Korridor hinunter.

Kapitel 12

Der große, gefährlich wirkende graue Lieferwagen bewegte sich zügig die Auffahrt hinunter, kam durch die steinernen Tore heraus und neigte sich gelassen zur Seite, als er vom Kies auf den Asphalt der öffentlichen Straße einbog. Die Straße war eine windige Landstraße mit den winterlichen Silhouetten kahler Eichen und toter Ulmen. Graue Wolken waren wie Kissen am Himmel aufgetürmt. Der Lieferwagen setzte seine würdevolle Fahrt die Straße hinunter fort und war bald hinter deren weiteren Biegungen und Windungen verschwunden.

Ein paar Minuten später tauchte ein gelber Citroën wesentlich weniger würdevoll zwischen den Toren auf. Er hievte seine schiefen Räder auf die Wölbung der Fahrbahn und machte sich in langsamem, doch mühsamem Tempo in dieselbe Richtung auf den Weg.

Kate war völlig mit den Nerven fertig.

Die letzten Minuten waren ziemlich unerfreulich gewesen. Standish war im günstigsten Falle ein Mann mit sonderbaren Manieren, aber nachdem sie dem Patienten namens Odwin begegnet waren, hatte er eine eindeutig feindliche Haltung angenommen. Es war die angsteinflößende Feindlichkeit von jemandem, der selbst Angst hat – wovor, das wußte Kate nicht.

Wer sie sei, hatte er zu wissen verlangt. Wie sie Alan Franklin habe eine Empfehlung abschwatzen können, einem respektierten Mann in der Branche? Wonach suche sie? Was – und das schien das Wichtigste zu sein – habe sie getan, um Mr. Odwins Mißfallen zu erregen?

Sie hielt den Wagen wutschnaubend in der Spur, während er die Kurven mit beträchtlichen Schwierigkeiten und die geraden Strecken mit nur unerheblich geringeren nahm. Der Wagen hatte sie schon mal vor Gericht gebracht, als eines seiner Vorderräder sich allein auf eine kleine Expedition begeben und fast einen Unfall verursacht hatte. Der Zeuge der Polizei hatte bei der Verhandlung ihren geliebten Citroën als »das sogenannte Auto« bezeichnet, und der Name war dann haften geblieben. Ihr war das sogenannte Auto aus vielen Gründen besonders lieb. Wenn zum Beispiel eine seiner Türen abfiel, konnte sie sie selbst wieder einsetzen, was mehr ist, als man von einem BMW sagen könnte.

Sie fragte sich, ob sie so blaß und erschöpft aussehe, wie sie sich fühlte, aber der Rückspiegel klapperte unter dem Sitz herum, und so blieb ihr die Information versagt.

Standish selbst war bei der bloßen Vorstellung, jemand könne Mr. Odwin über den Weg laufen, ganz weiß und zittrig geworden und hatte Kates Versuche, zu bestreiten, daß sie überhaupt irgend etwas über ihn wußte, kurzerhand abgetan. Wenn das der Fall sei, hatte er von ihr wissen wollen, warum hatte dann Mr. Odwin klipp und klar gesagt, daß er sie kenne? Wolle sie Mr. Odwin bezichtigen, ein Lügner zu sein? Wenn ja, solle sie sich in acht nehmen.

Kate hatte keine Ahnung. Das Zusammentreffen mit Mr. Odwin war ihr völlig unerklärlich. Aber sie mußte sich zugeben, daß der Mann ziemliche Ausstrahlung besaß. Wenn er einen anblickte, dann blieb man angeblickt. Aber unter dieser beunruhigenden Eigenschaft seines stetigen Blicks hatten sich unterschwellig einige noch beunruhigendere Dinge befunden. Sie waren noch beunruhigender, weil sie unterschwellige Angst und Schwäche waren.

Und was dieses andere Wesen betraf . . .

Zweifellos war es die Ursache der Meldungen, die in letzter Zeit in den noch extremer ekelhaften Teilen der Sensationspresse aufgetaucht waren, nämlich daß sich »Etwas Ekelhaftes in Woodshead« befinde. Die Meldungen waren natürlich beleidigend und kaltschnäuzig-gefühllos gewesen und waren von fast jedermann im Lande ignoriert worden, bis auf die ganz wenigen Millionen, die auf beleidigende und kaltschnäuzig-gefühllose Dinge scharf sind.

Die Meldungen hatten behauptet, Leute in der Gegend seien von irgendeinem widerlich mißgestalteten »gnomenhaften« Wesen »terrorisiert« worden, das regelmäßig aus dem Woodshead Hospital ausbreche und eine beeindruckend breite Skala unaussprechlicher Taten begehe.

Wie die meisten Leute hatte Kate angenommen, soweit sie überhaupt darüber nachgedacht hatte: was sich tatsächlich ereignet habe, sei, daß irgendein armer, verwirrter geisteskranker Patient aus dem Gelände herausspaziert war und ein paar vorbeikommende alte Damen erschreckt hatte, und die geifernden Zeilenschinder von Wapping hatten den Rest dazu erfunden. Jetzt war sie ein bißchen schwankender und ein bißchen weniger sicher.

Er – es – hatte ihren Namen gekannt.

Was sollte sie damit anfangen?

Was sie erst einmal anfing, war, die falsche Abzweigung zu nehmen. In ihrer Zerstreutheit verpaßte sie die Abzweigung, die sie zur Hauptstraße zurück nach London gebracht hätte, und nun mußte sie sich überlegen, was sie tun sollte. Sie konnte einfach eine Dreipunktwendung machen und zurückfahren, aber es war lange her, seit sie zum letztenmal den Rückwärtsgang eingelegt hatte, und sie war offen gesagt nicht ganz sicher, wie ihr Auto das aufnehmen würde.

Sie versuchte, die nächsten zwei Male rechts abzubiegen, um zu sehen, ob sie das auf den richtigen Weg brächte, aber sie hatte nicht viel Hoffnung, daß das wirklich funktioniere, und hatte recht damit. Sie fuhr noch zwei, drei Meilen weiter, wissend, daß sie auf der falschen Straße war, aber wenigstens, nach der Position des etwas helleren grauen Flecks in den grauen Wolken zu urteilen, in die richtige Richtung fuhr.

Nach einer Weile fand sie sich mit dieser neuen Route ab. Ein paar Wegweiser, an denen sie vorbeikam, gaben ihr zu verstehen, daß sie jetzt lediglich auf der B-Route zurück nach London fuhr, worüber sie sehr glücklich war. Wenn sie sich das vorher überlegt hätte, wäre sie wahrscheinlich auf dieselbe Wahl verfallen, um der stark befahrenen Fernverkehrsstraße zu entgehen.

Der Ausflug war ein totaler Flop gewesen, und sie hätte viel besser dran getan, sich einfach den ganzen Nachmittag in der Badewanne zu aalen. Alles, was sie erlebt hatte, war durch und durch beunruhigend, ja geradezu angsterregend gewesen, und was ihr eigentliches Ziel anging, da hatte sie eine totale Niete gezogen. Es war schon schlimm genug, ein Ziel zu haben, zu dessen Eingeständnis sie sich selber kaum bringen konnte, ohne es sich auch noch völlig entgleiten zu lassen. Das Gefühl schaler Nutzlosigkeit rückte ihr allmählich mit dem allgemeinen Grau des Himmels immer dichter auf die Pelle.

Sie überlegte, ob sie vielleicht ganz langsam verrückt werde. Ihr Leben schien ihr in den letzten paar Tagen völlig aus der Hand geglitten zu sein, und es war bedrückend zu erkennen, wie schwach ihr Halt letztlich war, wenn er durch einen relativ kleinen Donnerkeil oder Meteor, oder was es auch gewesen war, so leicht erschüttert werden konnte.

Das Wort »Donnerkeil« schien ohne Warnung mitten in diesem Gedanken aufgetaucht zu sein, und sie wußte nicht, was sie damit anfangen sollte, und so ließ sie es dort am Grunde ihres Bewußtseins einfach liegen, genauso wie das Handtuch, das in ihrem Badezimmer auf dem Fußboden lag und das sie einfach nicht hatte aufheben wollen.

Sie sehnte sich nach ein bißchen Sonne. Die Meilen mahlten unter ihren Rädern dahin, die Wolken zermahlten sie, und sie stellte fest, daß sie immer öfter an Pinguine dachte. Schließlich hatte sie das Gefühl, sie halte es nicht länger aus, und kam zu dem Schluß, ein kleiner Spaziergang sei genau das, was sie brauche, um sie aus ihrer Stimmung aufzurütteln.

Sie hielt am Straßenrand, und der angejahrte Jaguar, der ihr die letzten siebzehn Meilen gefolgt war, fuhr ihr glatt hinten rein, was dasselbe bewirkte.

Kapitel 13

Mit einem köstlichen Wutanfall sprang Kate, von neuem belebt, aus ihrem Wagen und rannte auf den Fahrer des anderen Wagens zu, um ihm die Leviten zu lesen, der wiederum aus seinem Wagen sprang, um ihr die Leviten zu lesen.

»Warum gucken Sie nicht, wo Sie hinfahren?« schrie sie ihn an. Er war ein ziemlich korpulenter Mann, der beim Fahren einen langen Ledermantel und einen ziemlich häßlichen roten Hut getragen hatte, und das trotz der Unbequemlichkeit, die das offensichtlich mit sich brachte. Kate war er deswegen sofort sympathisch.

»Warum gucken Sie nicht, wo *ich* hinfahre?« antwortete er erregt. »Sehen Sie denn nicht in Ihren Rückspiegel?«

»Nein«, sagte Kate und stemmte die Fäuste in die Hüften.

»Oh«, sagte ihr Gegner. »Und warum nicht?«

»Weil er unter dem Sitz liegt.«

»Ich verstehe«, erwiderte er mürrisch. »Danke, daß Sie so offen zu mir sind. Haben Sie einen Anwalt?«

»Ja, den habe ich tatsächlich«, sagte Kate. Sie sagte es mit Schmiß und Arroganz.

»Ist er denn gut?« fragte der Mann mit dem Hut. »Ich werde nämlich einen brauchen. Meiner sitzt für 'ne Weile im Gefängnis.«

»Tja, *meinen* können Sie ja wohl nicht nehmen.«

»Warum denn nicht?«

»Seien Sie nicht albern. Das wäre doch ein klarer Interessenkonflikt.«

Ihr Gegenspieler verschränkte die Arme und lehnte sich mit dem Rücken schräg gegen die Motorhaube seines Wagens. Gemächlich betrachtete er sich die Gegend. Die Straße wurde langsam dunkel, als sich der frühe Winterabend auf das Land herabzusenken begann. Dann beugte er sich in seinen Wagen und schaltete seine Warnblinklichter an. Die dunkelgelben hinteren Lichter blinkten hübsch auf das kümmerliche Gras am Straßenrand. Die Vorderlichter steckten tief im Hinterteil von Kates Citroën und waren in keiner geeigneten Lage zu blinken.

Er nahm seine Schräghaltung wieder auf und sah Kate taxierend von oben bis unten an.

»Sie sind eine Fahrerin«, sagte er, »und ich benutze das Wort in der weitestmöglichen Bedeutung, d. h. lediglich im Sinne von jemandem, der den Fahrersitz einnimmt von etwas, was ich für den Augenblick mal – aber ich verwende den Begriff strikt vorurteilslos – einen Wagen nennen möchte, während dieser sich auf einer Straße vorwärts bewegt, von stupender, ich würde sogar sagen: geradezu übermenschlicher Unfähigkeit. Wissen Sie, worauf ich hinaus will?«

»Nein.«

»Ich meine, Sie fahren nicht gut. Wissen Sie, daß Sie die letzten siebzehn Meilen die ganze Straße eingenommen haben?«

»Siebzehn Meilen!« rief Kate. »Sind Sie mir gefolgt?«

»Nur bis zu einem gewissen Grad«, sagte Dirk. »Ich habe versucht, auf dieser Seite der Straße zu bleiben.«

»Aha. Tja, vielen Dank meinerseits, daß Sie so offen zu mir sind. Das, ich brauche es Ihnen kaum zu sagen, ist eine Ungeheuerlichkeit. Sie besorgen sich am besten selber einen verdammt guten Anwalt, denn meiner wird ihn nämlich mit glühenden Dolchen durchbohren.«

»Vielleicht sollte ich mir lieber ein Kebab besorgen.«

»Sie sehen aus, als hätten Sie schon genügend Kebabs intus. Darf ich Sie fragen, warum Sie mir gefolgt sind?«

»Sie sahen so aus, als wüßten Sie, wo Sie hinwollten. Zu Anfang jedenfalls. Die ersten hundert Meter oder so.«

»Was zum Teufel hat es mit Ihnen zu tun, wo ich hinfahre?«

»Meine Navigationsmethode.«

Kate kniff die Augen zusammen.

Sie wollte gerade eine genaue und sofortige Erklärung dieser lächerlichen Bemerkung verlangen, als ein vorbeifahrender weißer Sierra neben ihnen hielt.

Der Fahrer kurbelte das Fenster runter und lehnte sich heraus. »Hatten Sie einen Unfall?«

»Ja.«

»Ha!« sagte er und fuhr weiter.

Ein, zwei Sekunden später hielt ein Peugeot neben ihnen.

»Wer war das eben?« fragte sie der Fahrer nach dem Fahrer, der zuvor gehalten hatte.

»Weiß ich nicht«, sagte Dirk.

»Oh«, sagte der Fahrer. »Sieht aus, als hätten Sie sowas wie 'n Unfall gehabt.«

»Ja«, sagte Dirk.

»Habe ich mir gedacht«, sagte der Fahrer und fuhr weiter.

»Die Vorbeifahrenden sind auch nicht mehr das, was sie mal waren, stimmt's?« sagte Dirk zu Kate.

»Man wird auch von ein paar richtigen Mistkerlen angefahren«, sagte Kate. »Ich möchte immer noch wissen, warum Sie mir nachgefahren sind. Es ist Ihnen klar, daß es schwierig für mich ist, Sie nicht als ungeheuren Finsterling zu betrachten.«

»Das ist leicht erklärt«, sagte Dirk. »Normalerweise bin ich das. In diesem Fall aber habe ich mich einfach verfahren. Ich mußte einem großen, grauen entgegenkommenden Lieferwagen ausweichen, der die Straße als sein Eigentum betrachtete. Ich konnte ihm nur ausweichen, indem ich in eine Seitenstraße einbog, in der ich dann nicht mehr wenden konnte. Ein paar Querstraßen weiter, und ich hatte mich vollkommen verfahren. Es gibt eine Denkschule, die sagt, man solle in solchen Fällen eine Landkarte konsultieren, aber solchen Leuten sage ich nur: ›Ha! Was ist, wenn man keine Landkarte hat, die man konsultieren könnte? Was ist, wenn man eine Landkarte hat, aber sie ist von der Dordogne?‹ Meine persönliche Strategie ist, mir ein Auto oder etwas möglichst Entsprechendes zu suchen, das so aussieht, als wüßte es, wo es hinfährt, und ihm zu folgen. Ich lande selten dort, wo ich eigentlich hinwollte, aber oft lande ich irgendwo, wo ich sein muß. Was sagen Sie dazu?«

»Quatsch.«

»Eine harte Antwort. Küß die Hand.«

»Ich wollte sagen, daß ich manchmal genau dasselbe mache, aber ich habe beschlossen, es noch nicht zuzugeben.«

»Sehr klug«, sagte Dirk. »Sie möchten im Moment noch nicht zu viel verraten. Spielen Sie die Rätselhafte, rate ich Ihnen.«

»Ich möchte Ihren Rat nicht. Wo wollten Sie denn hin, ehe Sie plötzlich zu dem Schluß kamen, daß siebzehn Meilen in die Gegenrichtung zu fahren, Ihnen helfen würde, dorthin zu kommen?«

»Ein Ort namens Woodshead.«

»Ach, die Nervenklinik.«

»Sie kennen sie?«

»Ich bin die letzten siebzehn Meilen davon weggefahren, und ich wünschte, ich wäre schon weiter weg. Auf welcher Station werden Sie liegen? Ich muß wissen, wo ich die Reparaturrechnung hinschicken kann.«

»Dort gibt's keine Stationen«, sagte Dirk. »Und ich denke, die Leute dort wären sehr betrübt, wenn sie hörten, daß Sie es eine Nervenklinik nennen.«

»Mir ist alles recht, was diese Leute betrübt.«

Dirk sah sich um.

»Ein herrlicher Abend«, sagte er.

»Nein, das ist er nicht.«

»Ich verstehe«, sagte Dirk. »Sie wirken, wenn ich das so sagen darf, wie jemand, für den der Tag kein Quell der Freude oder geistigen Bereicherung gewesen ist.«

»Verdammt wahr, das ist er nicht gewesen«, sagte Kate. »Ich habe einen Tag gehabt, danach würde selbst der heilige Franz von Assisi Babys in den Hintern treten. Vor allen Dingen, wenn Sie den Dienstag mit heute zusammennehmen, was der letzte Zeitpunkt ist, wo ich wirklich bei Bewußtsein war. Und jetzt, sehen Sie mal hier. Mein schönes Auto. Das einzige, was ich zugunsten dieses ganzen Kuddelmuddels sagen kann, ist, daß ich wenigstens nicht in Oslo bin.«

»Ich verstehe, daß Sie das fröhlich macht.«

»Ich sage nicht, daß mich das fröhlich macht. Es hält mich nur gerade noch davon ab, mich umzubringen. Ich könnte mir aber auch genausogut den ganzen Ärger ersparen, wo's doch Leute wie Sie gibt, die so erpicht drauf sind, mir die Sache abzunehmen.«

»Sie waren mir eine große Hilfe, Miss Schechter.«

»Hören Sie auf damit!«

»Hören Sie auf womit?«

»Mein Name! Plötzlich kennt jeder Fremde, dem ich begegne, meinen Namen. Würdet ihr bitte eine Sekunde lang einfach mal aufhören, meinen Namen zu kennen? Wie kann eine Frau denn unter diesen Umständen rätselhaft sein? Der einzige Mensch, dem ich begegnet bin, der meinen Namen anscheinend nicht kannte, war der einzige, dem ich mich tatsächlich vorgestellt habe. Na schön«, sagte sie und zeigte mit einem anklagenden Finger auf Dirk, »Sie sind kein übernatürliches Wesen, also erzählen Sie mir einfach, wieso Sie meinen Namen kennen. Ich lasse Ihren Schlips erst los, wenn Sie's mir gesagt haben.«

»Sie haben ihn ja gar nicht –«

»Aber jetzt, Kumpel.«

»Lassen Sie mich los!«

»Warum sind Sie mir gefolgt?« beharrte Kate. »Woher wissen Sie meinen Namen?«

»Ich bin Ihnen aus genau den angeführten Gründen gefolgt. Was Ihren Namen angeht, meine Liebe, den haben Sie mir praktisch selber genannt.«

»Habe ich nicht.«

»Ich versichere Ihnen, das haben Sie.«

»Ich habe immer noch Ihre Krawatte in der Hand.«

»Wenn Sie eigentlich in Oslo sein sollten, aber seit Dienstag nicht bei Bewußtsein waren, dann waren Sie wahrscheinlich an dem sagenhaften Abfertigungsschalter im Terminal Zwei in Heathrow, der in die Luft geflogen ist. Darüber wurde ausführlich in der Presse berichtet. Das haben Sie wohl verpaßt, weil sie bewußtlos waren. Ich selber habe es durch hemmungslose Gleichgültigkeit verpaßt, aber die Ereignisse des heutigen Tages haben mich geradezu gezwungen, davon Notiz zu nehmen.«

Kate ließ widerwillig seinen Schlips los, betrachtete ihn aber weiter mit Argwohn.

»Ach ja?« sagte sie. »Was denn für Ereignisse?«

»Beunruhigende«, antwortete Dirk und strich seinen Schlips glatt. »Selbst wenn das, was Sie mir selber erzählt haben, nicht genügt hätte, Sie zu identifizieren, dann hätte die Tatsache, daß Sie ebenfalls heute in Woodshead zu Besuch waren, für mich alles entschieden. Ich entnehme Ihrer aggressiven Mutlosigkeit, daß der Mann, nach dem Sie suchen, nicht dort war.«

»Was?«

»Bitte, behalten sie ihn«, sagte Dirk, nahm schnell seinen Schlips ab und gab ihn ihr. »Ich habe vorhin zufällig eine Schwester aus Ihrem Krankenhaus getroffen. Mein erstes Zusammentreffen mit ihr war derart, daß ich es aus verschiedenen Gründen gern auf der Stelle beenden wollte. Nur geschah es, während ich ein paar Minuten später auf dem Bürgersteig stand und mich gegen das hiesige Raubwild zur Wehr setzte, daß eins der Worte, die ich sie hatte sagen hören, mich plötzlich, ich möchte sagen, geradezu wie ein Donnerkeil traf. Die Vorstellung war phantastisch, abenteuerlich-unwahrscheinlich. Aber wie die meisten phantastischen, abenteuerlich-unwahrscheinlichen Vorstellungen war sie ein Nachdenken ebenso wert wie eine prosaischere, auf die die Tatsachen hätten mühsam zurechtgebogen werden müssen, um zu passen.

Ich ging zurück, um noch einmal nachzufragen, und sie bestätigte mir, daß ein etwas ungewöhnlicher Patient in den frühen Morgenstunden aus dem Krankenhaus offenbar nach Woodshead verlegt worden war.

Sie vertraute mir außerdem an, daß ein anderer Patient beinahe schamlos neugierig herauszubekommen versucht hatte, was aus ihm geworden sei. Dieser andere Patient war eine gewisse Kate Schechter, und ich denke, Sie werden mir zustimmen, Miss Schechter, daß meine Navigationsmethoden ihre Vorzüge haben. Ich bin vielleicht nicht dort hingefahren, wo ich hinwollte, aber ich denke, ich bin dort gelandet, wo ich sein muß.«

Kapitel 14

Ungefähr eine halbe Stunde später traf ein massiger Mann aus der Autowerkstatt des Ortes mit einem Abschleppwagen, einem Abschleppseil und seinem Sohn ein. Nachdem er sich die Lage besehen hatte, schickte er seinen Sohn und den Abschleppwagen zu einer anderen Arbeit weg, befestigte das Abschleppseil an Kates nunmehr entseeltem Wagen und zog ihn selber zu der Werkstatt.

Kate war darüber erst mal ein, zwei Minuten sprachlos,

dann sagte sie: »Das hätte er nicht getan, wenn ich keine Amerikanerin wäre.«

Er hatte ihnen im Ort einen kleinen Pub empfohlen, wo er sie aufsuchen würde, wenn er den Schaden am Citroën geschätzt hätte. Da Dirks Jaguar nur sein rechtes vorderes Blinklicht eingebüßt hatte und Dirk behauptete, er biege sowieso kaum je rechts ab, fuhren sie die kurze Strecke bis dorthin. Als Kate mit einigem Widerstreben in Dirks Wagen stieg, fand sie das Buch von Howard Bell, das Dirk in dem Café Sally Mills weggenommen hatte, und fiel drüber her. Minuten später, als sie den Pub betraten, versuchte sie immer noch rauszukriegen, ob es eins war, das sie gelesen hatte oder nicht.

Der Pub vereinigte alle traditionellen englischen Eigenheiten von den Pferdegeschirren über Formica bis hin zur britischen Verdrießlichkeit in sich. Der Michael-Jackson-Sound in der anderen Bar vermengte sich mit dem trauervollen Pochen der Geschirrspülmaschine in dieser zu einem akustischen Ambiente, das zu dem ältlichen Anstrich in seiner Schmuddeligkeit vollkommen paßte.

Dirk holte für sich und Kate je einen Drink, und dann setzte er sich zu ihr an den kleinen Ecktisch, den sie weit weg von der fetten T-Shirt-Feindseligkeit der Bar gefunden hatte.

»Ich hab's gelesen«, verkündete sie, nachdem sie inzwischen den größten Teil von *Renn wie der Teufel* durchgeblättert hatte. »Zumindest habe ich es angefangen und die ersten paar Kapitel gelesen. Ist allerdings schon ein paar Monate her. Ich weiß gar nicht, warum ich noch solche Bücher lese. Vollkommen klar, daß der Verleger es nicht gelesen hat.« Sie hob den Blick zu Dirk. »Ich hätte nicht gedacht, daß das Ihr Stil ist. Nach dem wenigen, was ich von Ihnen weiß.«

»Ist es auch nicht«, sagte Dirk. »Ich, äh, hab's aus Versehen gekauft.«

»Das sagen sie alle«, erwiderte Kate. »Er war mal ganz gut«, setzte sie hinzu, »wenn man sowas mochte. Mein Bruder ist im Verlagswesen in New York, und er sagt, Howard Bell ist inzwischen sehr sonderbar geworden. Ich habe das Gefühl, daß sie alle ein bißchen Angst vor ihm haben, und ihm gefällt das ganz gut. Sicher hat niemand den Mut, ihm zu sagen, er sollte die Kapitel zehn bis siebenundzwanzig inklusive streichen. Und den ganzen Quatsch mit der Ziege. Es heißt ja, der Grund, warum so viele Millionen Bücher von ihm verkauft werden, ist der, daß niemand sie liest. Wenn alle Leute, die sie kaufen, sie auch wirklich läsen, würden sie sich niemals die Mühe machen, das nächste zu kaufen, und seine Karriere wäre zu Ende.«

Sie schob es von sich weg.

»Jedenfalls«, sagte sie, »haben Sie mir sehr intelligent klargemacht, warum ich nach Woodshead gefahren bin, aber Sie haben mir nicht erzählt, warum Sie dorthin wollten.«

Dirk zuckte die Achseln. »Um zu sehen, wie's dort aussieht«, antwortete er nichtssagend.

»Ach ja? Na, die Mühe kann ich Ihnen ersparen. Es ist ganz grauenhaft.«

»Beschreiben Sie's. Das heißt, fangen Sie beim Flughafen an.«

Kate nahm einen großen Schluck von ihrer Bloody Mary und dachte schweigend einen Augenblick nach, während der Wodka in ihrem Inneren herumwanderte.

»Sie wollen auch die Sache vom Flughafen hören?« fragte sie schließlich.

»Ja.«

Kate kippte den Rest ihres Drinks in sich hinein.

»Dann brauche ich noch einen«, sagte sie und schob das leere Glas zu ihm rüber.

Dirk stellte sich mutig dem Insektenblick des Barmanns und kehrte ein, zwei Minuten später mit einem wiedergefüllten Glas für Kate zurück.

»Okay«, sagte Kate, »ich fange mit der Katze an.«

»Mit welcher Katze?«

»Die Katze, um deretwillen ich die Nachbarin bitten mußte, sich statt meiner um sie zu kümmern.«

»Welche Nachbarin denn?«

»Die, die gestorben ist.«

»Aha«, sagte Dirk. »Ich sage Ihnen was, warum sind Sie nicht einfach still und lassen mich Ihnen die Geschichte erzählen?«

»Ja«, sagte Kate, »das wäre gut.«

Kate erzählte ausführlich die Ereignisse der letzten paar Tage, oder zumindest die, die sie kannte, und dann kam sie zu ihren Eindrücken von Woodshead.

Trotz des Abscheus, mit dem sie die Klinik beschrieb, hörte es sich für Dirk ganz so an, als sei das genau der Ort, zu dem er sich gern zurückziehen würde, möglichst schon morgen. Dieser Ort verband das Engagement fürs Unerklärliche, das auch sein ständiges Laster war (er konnte es nur als das bezeichnen und kämpfte bisweilen mit der Wut des Süchtigen dagegen an), mit einer verhätschelten Maßlosigkeit, die ein Laster war, das er liebend gern angenommen hätte, wenn er sich's nur jemals hätte leisten können.

Zum Schluß berichtete Kate von ihrer aufregenden Begegnung mit Mr. Odwin und seinem widerlichen Lakaien, und erst danach blieb Dirk eine Minute lang in finsteres Schweigen versunken. Ein Großteil dieser Minute wurde allerdings von einem inneren Kampf darüber eingenommen, ob er nachgeben und eine Zigarette rauchen solle oder nicht. Er hatte ihnen seit kurzem abgeschworen, und der Kampf ereignete sich regelmäßig, und er verlor ihn regelmäßig, oft, ohne es zu bemerken.

Er beschloß triumphierend, daß er keine rauchen werde, und dann nahm er trotzdem eine raus. Als er in der geräumigen Tasche seines Mantels nach dem Feuerzeug suchte, förderte er als erstes den Umschlag zu Tage, den er aus Geoffrey Ansteys Badezimmer mitgenommen hatte. Er legte ihn neben das Buch auf den Tisch und zündete sich die Zigarette an.

»Das Mädchen am Abfertigungsschalter auf dem Flughafen . . .«, sagte er schließlich.

»Hat mich zum Wahnsinn getrieben«, sagte Kate spontan. »Sie vollzog die Tätigkeiten ihres Jobs wie eine hirnlose Maschine. Nicht zuhören, nicht denken. Ich weiß nicht, wo man solche Menschen findet.«

»Sie war mal meine Sekretärin«, sagte Dirk. »Jetzt weiß man offenbar auch nicht, wo man sie finden soll.«

»Oh. Tut mir leid«, sagte Kate sofort, und dann dachte sie einen Moment nach.

»Ich nehme an, Sie wollen sagen, daß sie eigentlich nicht so war«, fuhr Kate fort. »Tja, das ist möglich. Sie hat sich wohl nur gegen die Frustrationen ihres Jobs gewehrt. Die Arbeit auf einem Flughafen muß einen ja notgedrungen abstumpfen.« »Ich denke, ich hätte Mitgefühl gehabt, wenn ich nicht selber so verdammt frustriert gewesen wäre. Tut mir leid, ich hab's nicht gewußt. Also das ist es, was Sie rauszukriegen versuchen.«

Dirk nickte irgendwie unverbindlich. »Unter anderem«, sagte er. Dann setzte er hinzu: »Ich bin Privatdetektiv.«

»Ach?« sagte Kate überrascht und machte ein verdutztes Gesicht.

»Stört Sie das?«

»Es ist nur so, ich habe einen Freund, der spielt Kontrabaß.«

»Aha«, sagte Dirk.

»Wenn ihm Leute begegnen und sehen, wie er sich damit abschleppt, sagen sie alle dasselbe, und das macht ihn verrückt. Alle sagen: ›Ich wette, Sie würden lieber Pikkoloflöte spielen.‹ Niemand kommt jemals darauf, daß jeder genau dasselbe sagt. Ich habe bloß überlegt, ob es etwas gibt, das einem Privatdetektiv von allen Leuten gesagt wird, so daß ich es vermeiden könnte.«

»Nein. Es passiert ganz was anderes, nämlich jedem entgleisen einen Moment lang die Gesichtszüge, und das haben sie prima hingekriegt.«

»Ich verstehe.« Kate sah enttäuscht aus. »Tja, haben Sie irgendwelche Hinweise – das heißt, irgendeine Vorstellung, was Ihrer Sekretärin zugestoßen ist?«

»Nein«, sagte Dirk, »keine Ahnung. Nur eine vage Idee, aus der ich noch nicht ganz klug werde.« Er spielte gedankenverloren mit seiner Zigarette, und dann ließ er den Blick wieder über den Tisch zu dem Buch hinüberwandern.

Er nahm es in die Hand und besah es sich, wobei er sich fragte, welcher Impuls ihn überhaupt hatte danach greifen lassen.

»Ich weiß eigentlich überhaupt nichts von Howard Bell«, sagte er.

Kate war über die Art erstaunt, in der er so plötzlich das Thema wechselte, aber auch ein bißchen erleichtert.

»Ich weiß nur«, fuhr Dirk fort, »daß von ihm eine Menge Bücher verkauft werden, und daß sie alle ziemlich genauso wie das hier aussehen. Was sollte ich sonst noch wissen?«

»Tja, man erzählt sich ein paar sehr merkwürdige Geschichten über ihn.«

»Zum Beispiel?«

»Zum Beispiel, was er sich in ganz Amerika in seine Hotelsuiten bringen läßt. Niemand kennt natürlich die Einzelheiten, der Verlag bekommt nur die Rechnungen und bezahlt sie, weil man nicht fragen möchte. Sie haben halt das Gefühl, sie bewegen sich auf sichererem Gelände, wenn sie nicht Bescheid wissen. Besonders über die Hühner.«

»Hühner?« fragte Dirk. »Was denn für Hühner?«

»Tja, offensichtlich«, sagte Kate, senkte die Stimme und lehnte sich etwas vor, »läßt er sich ständig lebende Hühner in sein Hotelzimmer bringen.«

Dirk zog die Stirn kraus.

»Wofür denn das um alles in der Welt?« sagte er.

»Das weiß niemand. Kein Mensch weiß, was mit ihnen passiert. Niemand sieht sie jemals wieder. Nicht«, sagte sie, lehnte sich noch weiter vor und ließ die Stimme noch etwas sinken, »eine einzige Feder.«

Dirk überlegte, ob er hoffnungslos naiv und weltfremd sei.

»Und was denkt man, was er damit macht?« fragte er.

»Niemand«, antwortete Kate, »hat die leiseste Idee. Sie *möchten* nicht einmal die leiseste Idee haben. Sie wissen es einfach nicht.«

Sie zuckte die Achseln und griff selber zu dem Buch.

»Das andere, was David – das ist mein Bruder – über ihn sagt, das ist, daß er den absolut perfekten Bestsellernamen hat.«

»Wirklich?« sagte Dirk. »Inwiefern denn?«

»David sagt, das ist das erste, worauf jeder Verleger bei einem neuen Autor hofft. Nicht: ›Taugt sein Zeug was?‹ oder: ›Taugt sein Zeug was, wenn man alle Adjektive rausgestrichen hat?‹, sondern: ›Ist sein Familienname hübsch kurz und sein Vorname ein kleines Stückchen länger?‹ Verstehen Sie? Das ›Bell‹ wird in riesigen Silberbuchstaben gedruckt, und das ›Howard‹ paßt in etwas schmaleren genau darüber. Sofortiges Markenzeichen. Das ist Verlagsmagie. Hat man erstmal so einen Namen, dann ist, ob man wirklich schreiben kann oder nicht, gar nicht mehr so wichtig. Was nun in Howard Bells Fall ein bedeutender Bonus ist. Aber es ist ein ganz gewöhnlicher Name, wenn man ihn normal hinschreibt, so wie hier, sehen Sie?«

»Was?« sagte Dirk.

»Hier auf Ihrem Umschlag.«

»Wo? Lassen Sie mal sehen.«

»Das hier ist doch sein Name, nein? Durchgestrichen.«

»Großer Gott, Sie haben recht«, sagte Dirk und besah sich den Umschlag näher. »Ich habe ihn wohl ohne sein Markenzeichenäußeres einfach nicht erkannt.«

»Hat dies hier denn irgendwas mit ihm zu tun?« fragte Kate, die nach dem Umschlag griff und ihn sich ansah.

»Ich weiß nicht genau, was es ist«, sagte Dirk. »Es hat was

mit einem Vertrag zu tun, und vielleicht hat es auch was mit einer Schallplatte zu tun.«

»Daß es was mit einer Schallplatte zu tun haben könnte, sehe ich.«

»Woran sehen Sie das denn?« fragte Dirk scharf zurück.

»Also, dieser Name hier heißt doch Dennis Hutch, oder? Sehen Sie?«

»Oh ja. Ja, das stimmt«, sagte Dirk, der es selbst überprüfte. »Äh, sollte ich diesen Namen kennen?«

»Tja«, sagte Kate langsam, »das hängt vermutlich davon ab, ob Sie 'n Draht dafür haben oder nicht. Er ist der Chef der Aries Rising Record Group. Nicht so berühmt wie der Papst, das gebe ich zu, aber – vom Papst haben Sie schon mal gehört, nehme ich an?«

»Ja, ja«, sagte Dirk ungeduldig, »so 'n weißhaariger Typ.«

»Das ist er. Er scheint so ungefähr der einzige Prominente zu sein, an den dieser Umschlag nicht irgendwann mal adressiert worden ist. Da steht Stan Dubcek, das ist der Chef von Dubcek, Danton, Heidegger und Drayton. Ich weiß, daß sie für ARRGH! die Bücher führen.«

»Für . . .?«

»ARRGH! Aries Rising Record Group Holdings. Als sie deren Bücher übernahmen, war das Glück der Kanzlei gemacht.«

Sie sah Dirk an.

»Sie sehen aus«, stellte sie fest, »wie jemand, der von der Plattenbranche oder vom Werbegeschäft wenig Ahnung hat.«

»Ich habe die Ehre«, antwortete Dirk und neigte graziös seinen Kopf.

»Und was machen Sie hiermit?«

»Das werde ich wissen, wenn ich ihn aufgekriegt habe«, sagte Dirk. »Haben Sie ein Messer bei sich?«

Kate schüttelte den Kopf.

»Wer ist denn Geoffrey Anstey?« fragte sie. »Das ist der einzige Name, der nicht durchgekreuzt ist. 'n Freund von Ihnen?«

Dirk wurde ein bißchen blaß und antwortete nicht gleich. Dann sagte er: »Dieser sonderbare Mensch, von dem Sie sprachen, diese ›Etwas Ekelhaftes in Woodshead‹-Kreatur. Sagen Sie mir nochmal, was er zu Ihnen gesagt hat?«

»Er sagte: ›Auch ich bin Ihnen um einiges voraus, Miss Schechter.‹« Kate versuchte, mit den Achseln zu zucken.

Einen Moment lang wägte Dirk seine Gedanken unsicher ab.

»Ich meine, es ist durchaus möglich«, sagte er schließlich, »daß Sie in irgendeiner Gefahr schweben.«

»Sie meinen, es ist möglich, daß irgendwelche vorbeikommenden Idioten auf der Straße in mich reinfahren? Diese Art Gefahr?«

»Vielleicht noch schlimmer.«

»Ach ja?«

»Ja.«

»Und wie kommen Sie darauf?«

»Das ist mir noch nicht ganz klar«, antwortete Dirk mit einem Stirnrunzeln. »Der größte Teil der Ideen, die ich im Augenblick habe, drehen sich um Dinge, die vollkommen unmöglich sind, und deshalb rede ich nicht gern darüber. Sie sind jedoch die einzigen Gedanken, die ich habe.«

»Da würde ich mir aber mal andere machen«, sagte Kate. »Wie lautete Sherlock Holmes' Prinzip? ›Hat man das Unmögliche erst einmal ausgeschlossen, muß der Rest, ganz gleich, wie unwahrscheinlich, die Wahrheit sein.‹«

»Ich weise das entschieden zurück«, sagte Dirk scharf. »Das Unmögliche besitzt oft eine Geschlossenheit, die dem bloß Unwahrscheinlichen fehlt. Wie oft ist Ihnen für etwas eine offensichtlich rationale Erklärung gegeben worden, die in jeder Hinsicht funktioniert, bis auf die eine, nämlich schlicht die, daß sie hoffnungslos unwahrscheinlich ist? Ihr Instinkt wird sagen: ›Ja, aber er oder sie würde das einfach nicht tun.‹«

»Tja, genau das ist mir heute passiert«, antwortete Kate.

»Ah ja«, sagte Dirk und schlug mit der Hand auf den Tisch,

daß die Gläser hüpften, »das Mädchen im Rollstuhl – ein perfektes Beispiel. Die Vorstellung, daß sie die Aktienkurse des Vortags offenbar irgendwie aus dem Nichts empfängt, ist lediglich unmöglich, und deshalb *muß* es so sein, weil die Vorstellung hoffnungslos unwahrscheinlich ist, daß sie ohne irgendwelchen Nutzen für sich an einem ungeheuer komplizierten und mühseligen Schabernack festhält. Der erste Gedanke legt nur nahe, daß es etwas gibt, von dem wir nichts wissen, und Gott weiß, davon gibt es genügend. Der zweite aber bewegt sich entgegengesetzt zu etwas Grundsätzlichem und Menschlichem, über das wir nun wirklich Bescheid wissen. Wir sollten deshalb sehr mißtrauisch gegen ihn und seine ganze bestechende Vernünftigkeit sein.«

»Aber Sie wollen mir nicht sagen, was Sie denken.«

»Nein.«

»Warum nicht?«

»Weil es sich lächerlich anhört. Aber ich denke, Sie sind in Gefahr. Ich denke, Sie sind vielleicht sogar in entsetzlicher Gefahr.«

»Fabelhaft. Was soll ich also Ihrer Ansicht nach tun?« fragte Kate und trank einen kleinen Schluck von ihrem zweiten Drink, der sonst fast unberührt geblieben wäre.

»Ich schlage vor«, sagte Dirk ernst, »daß Sie mit mir nach London zurückfahren und die Nacht bei mir bleiben.«

Kate lachte laut auf, und dann mußte sie nach einem Kleenex angeln, um sich Tomatensaft vom Gesicht zu wischen.

»Entschuldigung, was ist denn so ungewöhnlich daran?« wollte Dirk ziemlich überrascht wissen.

»Das ist einfach die absolut dilettantischste Anmache, die ich je gehört habe.« Sie lächelte ihn an. »Die Antwort ist leider ein schallendes ›Nein‹.«

Er war, dachte sie, interessant, auf eine exzentrische Art und Weise unterhaltend, aber auch furchtbar unattraktiv für sie.

Dirk war das sehr peinlich. »Ich glaube, das war ein schreckliches Mißverständnis«, sagte er. »Darf ich Ihnen bitte erklären, daß –«

Er wurde von dem Mechaniker aus der Autowerkstatt unterbrochen, der mit Neuigkeiten von Kates Wagen plötzlich in ihrer Mitte auftauchte.

»Repariert«, sagte er. »Eigentlich war nichts weiter zu reparieren als die Stoßstange. Nichts Neues dran, meine ich. Das komische Geräusch, das Sie erwähnt haben, war bloß der Motor. Aber der wird schon laufen. Sie müssen ihn bloß auf Touren bringen, kuppeln und dann 'n bißchen länger warten, als Sie das normalerweise vermuten würden.«

Kate dankte ihm etwas steif für seinen Rat und gestattete Dirk dann mit Nachdruck, die 25 Pfund zu bezahlen, die der Mechaniker verlangte.

Draußen auf dem Parkplatz wiederholte Dirk seine dringende Bitte, Kate solle doch mit ihm mitkommen, aber sie blieb dabei, daß sie nichts weiter brauche als einen erholsamen Nachtschlaf und daß am Morgen alles wieder hell und klar und leicht zu bewältigen sein werde.

Dirk bestand darauf, daß sie wenigstens ihre Telefonnummern austauschen sollten. Kate erklärte sich damit einverstanden unter der Bedingung, daß Dirk sich eine andere Route zurück nach London suchen solle und nicht an ihrer hinteren Stoßstange klebe.

»Seien Sie sehr vorsichtig«, rief Dirk ihr nach, als ihr Wagen hinaus auf die Straße rumpelte.

»Mach ich«, rief Kate, »und falls sich irgendwas Unmögliches ereignet, verspreche ich Ihnen, daß Sie der erste sind, der's erfährt.«

Einen kurzen Moment lang leuchtete das gelbe Geschaukele ihres Wagens matt im Licht, das aus den Pubfenstern drang, und hob sich gegen das dicht geklumpte Grau des Nachthimmels ab, der es bald verschlang.

Dirk versuchte ihr zu folgen, aber sein Wagen wollte nicht anspringen.

Kapitel 15

Die Wolken senkten sich schwerer auf das Land und drängten sich zu riesigen, düsteren Türmen zusammen, als Dirk, den plötzlich entsetzliche Unruhe packte, noch einmal den Mann von der Autowerkstatt rufen mußte. Diesmal dauerte es länger, bis er mit seinem Abschleppwagen eintraf, und er war betrunken und schlechtgelaunt, als er endlich kam.

Angesichts von Dirks Zwangslage stieß er ein paar rauh gebellte Lacher aus, klappte dann umständlich die Motorhaube des Wagens auf, ließ alles mögliche Gemurmel über Verteiler, Pumpen, Lichtmaschinen und Drosseln auf Dirk ab und wollte sich beharrlich nicht darüber äußern, ob er das Ding an diesem Abend noch in Gang bringen würde oder nicht.

Dirk bekam einfach keine sinnvolle Antwort, zumindest keine Antwort, die für ihn irgendeinen Sinn ergab, zum Beispiel darüber, was in der Lichtmaschine den Lärm mache, was der Benzinpumpe fehle, inwiefern die Funktion des Anlassers unterbrochen sei und warum die Ventileinstellung nicht stimme.

Endlich begriff er, daß der Mechaniker außerdem behauptete, eine ganze Drosselfamilie habe irgendwann in der Vergangenheit in einem empfindlichen Teil des Motors ihr Nest gebaut, sei später auf grauenhafte Weise ums Leben gekommen und habe empfindliche Teile des Motors mit sich in den Tod genommen. An dem Punkt begann Dirk sich verzweifelt zu fragen, was er tun solle.

Er sah, daß der Abschleppwagen des Autoschlossers mit laufendem Motor in der Nähe stand, und beschloß, damit das Weite zu suchen. Da er im Vergleich zu dem Mechaniker der ein bißchen weniger langsame und schwerfällige Läufer war, gelang es ihm, diesen Plan mit einem Minimum an Schwierigkeiten in die Tat umzusetzen.

Er kurvte auf die Straße hinaus, fuhr in die Nacht davon und hielt drei Meilen später an. Er ließ die Beleuchtung des Wagens brennen, ließ die Luft aus den Reifen und versteckte sich hinter einem Baum. Nach etwa zehn Minuten kam sein Jaguar um die Ecke gesaust, fuhr an dem Abschleppwagen vorbei, kam mit einem Ruck zum Stehen und setzte wie wild zurück. Der Mechaniker stieß die Wagentür auf, sprang heraus und rannte hinüber, um sich sein Eigentum zurückzuholen, womit er Dirk die nötige Gelegenheit gab, hinter dem Baum hervorzuspringen und sich seins zurückzuholen.

Er ließ seine Räder aggressiv durchdrehen und fuhr in einer Art grimmigem Triumph davon, allerdings noch immer von Ängsten heimgesucht, denen er weder Namen noch Gestalt geben konnte.

Kate hatte inzwischen den mattglühenden, gelben Strom erreicht, der sie schließlich durch die westlichen Vororte Acton und Ealing ins Innere von London führte. Langsam kroch sie die Westway-Hochstraße hinauf und bog bald dahinter nach Norden in Richtung Primrose Hill und Zuhause ab.

Sie genoß es immer, wenn sie am Park entlangfuhr, und die dunklen Nachtgestalten der Bäume beruhigten sie und ließen sie sich nach der Stille ihres Bettes sehnen.

Sie fand den zu ihrer Haustür nächstgelegenen Parkplatz, der etwa dreißig Meter entfernt war. Sie stieg aus dem Wagen und unterließ es sorgfältig, ihn abzuschließen. Sie ließ nie etwas Wertvolles darin, und sie fand, daß es für sie von Vorteil war, wenn die Leute nicht erst irgendwas aufbrechen mußten, um das rauszufinden. Der Wagen war zweimal gestohlen worden, aber jedesmal hatte sie ihn zwanzig Meter weiter verlassen wieder aufgefunden.

Sie ging nicht sofort nach Hause, sondern marschierte in die entgegengesetzte Richtung los, um in dem kleinen Eckladen eine Straße weiter noch Milch und Mülltüten zu kaufen. Dem freundlichen Pakistani, der den Laden führte, stimmte sie zu, daß sie wirklich müde aussehe und zeitig zu Bett müsse, aber auf dem Rückweg machte sie doch noch einen kleinen Abstecher, um sich gegen die Parkgitter zu lehnen, ein paar Minuten in die Dunkelheit zu blicken und etwas von der kalten, schweren Nachtluft einzuatmen. Schließlich machte sie sich langsam auf den Weg zurück zu ihrer Wohnung. Sie bog in ihre Straße ein, und als sie an der ersten Straßenlaterne vorbeikam, flackerte die und erlosch und ließ sie in einem kleinen dunklen Fleck zurück.

So etwas erschreckt einen immer ganz ekelhaft.

Es heißt, es sei nichts Erstaunliches an der Vorstellung, daß zum Beispiel jemand plötzlich an jemand anderen denkt, an den er jahrelang nicht gedacht hat, und dann am nächsten Tag erfährt, daß dieser Mensch gerade gestorben ist. Es gibt zu jeder Zeit massenhaft Leute, die sich plötzlich an Leute erinnern, an die sie Ewigkeiten nicht gedacht haben, und zu jeder Zeit sterben Leute massenhaft. Bei einer Bevölkerung von der Größe, sagen wir mal, Amerikas, besagt das Gesetz der Wahrscheinlichkeit, daß dieser spezielle Zufall bestimmt mindestens zehnmal pro Tag eintritt, trotzdem ist jedem Menschen unheimlich, wenn er ihn erlebt.

Nach demselben Muster brennen ständig Birnen in Straßenlaternen durch, und nicht wenige knallen sicher gerade in dem Moment durch, wenn jemand darunter vorbeigeht. Dennoch kriegt die betreffende Person einen ekelhaften Schrecken, besonders wenn die nächste Straßenlaterne, unter der sie durchgeht, genau dasselbe macht.

Kate blieb wie angewurzelt stehen.

Wenn ein Zufall eintreten kann, sagte sie sich, dann kann auch ein zweiter Zufall eintreten. Und wenn ein zweiter Zufall zufällig gleich nach einem ersten Zufall eintritt, dann ist das eben Zufall. Es bestand absolut kein Anlaß zur Beunruhigung, weil ein paar Straßenlaternen durchknallten. Sie befand sich in einer völlig normalen, freundlichen Straße mit Häusern um sie herum, in denen Lichter brannten. Sie sah hinauf zu dem Haus neben ihr, leider genau in dem Moment, als zufällig die Lichter in den vorderen Fenstern ausgingen. Das lag wahrscheinlich daran, daß die Bewohner zufällig diesen Moment gewählt hatten, um aus dem Zimmer zu gehen, und obwohl dadurch lediglich bewiesen wurde, was für eine wirklich ungewöhnliche Sache ein Zufall sein kann, half das wenig, ihre innere Verfassung zu verbessern.

Der Rest der Straße war noch immer in mattgelbes Licht getaucht. Es waren nur die wenigen Schritte um sie herum, die plötzlich dunkel waren. Der nächste Lichtfleck lag nur wenige Meter vor ihr. Sie holte tief Luft, nahm allen Mut zusammen und ging darauf zu; sie erreichte seine genaue Mitte exakt in dem Moment, als auch er erlosch.

Die Bewohner der beiden Häuser, an denen sie dabei vorbeikam, suchten sich zufällig ebenfalls diesen Moment aus, um ihre Vorderräume zu verlassen, desgleichen ihre Nachbarn auf der gegenüberliegenden Straßenseite.

Vielleicht war gerade eine beliebte Fernsehsendung zu Ende. Das war's. Alle standen auf und knipsten zur gleichen Zeit ihre Fernseher und Lampen aus, und der daraus resultierende Spannungsstoß ließ ein paar von den Straßenlaternen durchknallen. Sowas Ähnliches. Der daraus resultierende Spannungsstoß brachte auch ihr Blut ein bißchen in Wallung. Sie ging weiter und versuchte, ruhig zu bleiben. Wenn sie zu Hause wäre, würde sie einen Blick in die Zeitung werfen, um zu sehen, welche Sendung die Straßenlampen hatte durchbrennen lassen.

Vier.

Sie blieb absolut regungslos unter der dunklen Lampe stehen. In noch mehr Häusern ging das Licht aus. Was sie besonders beängstigend fand, war, daß in ihnen das Licht genau in dem Moment ausging, in dem sie hinguckte.

Blick – *paff!*

Sie probierte es nochmal.

Blick – *paff!*

Jedes Haus, das sie ansah, wurde sofort dunkel.

Blick – *paff!*

Ihr wurde mit einem jähen Schrecken klar, daß sie die nicht ansehen dürfe, die noch erleuchtet waren. Die logischen Erklärungen, die sie sich versuchsweise zurechtgelegt hatte, rannten nun schreiend in ihrem Kopf herum und verlangten rausgelassen zu werden, und sie ließ sie ziehen. Sie versuchte, den Blick fest an den Boden zu heften, aus Angst, die ganze Straße auszulöschen, konnte sich aber kleine Seitenblicke nicht verkneifen, um zu sehen, ob es auch funktionierte.

Blick – *paff!*

Sie hielt den Blick starr nach unten auf den schmalen Pfad nach vorn gerichtet. Der größte Teil der Straße lag jetzt im Dunkeln.

Drei Straßenlampen brannten noch zwischen ihr und der Haustür, die zu ihrer Wohnung führte. Sie hielt den Blick zwar abgewendet, aber sie meinte am Rande ihres Blickfeldes erkennen zu können, daß die Lichter in der Wohnung unter ihrer brannten.

Dort wohnte Neil. Sie konnte sich an seinen Nachnamen nicht erinnern, aber er arbeitete halbtags als Baßgitarrist und Antiquitätenhändler, gab ihr ständig Einrichtungsratschläge, die sie nicht wollte, und klaute ihr die Milch – deshalb war das Verhältnis zu ihm immer leicht frostig geblieben. In diesem speziellen Moment aber betete sie darum, daß er da wäre und ihr erzähle, was mit ihrem Sofa nicht stimme, und daß das Licht bei ihm nicht ausginge, während ihr Blick schwankend abkam vom Bürgersteig mit seinen drei noch verbliebenen Lichtflecken, die im gleichförmigen Abstand den Weg markierten, den sie zu gehen hatte.

Sie drehte sich kurz um und blickte den Weg zurück, den sie gekommen war. Alles war dunkel und ging allmählich in die Schwärze des Parks über, der sie nicht länger beruhigte, sondern mit gräßlichen Bildern von dicken, knotigen Wurzeln und tückischem, dunklem, verfaulendem Laub ängstigte.

Sie drehte sich wieder um und blickte flach nach vorn.

Drei Lichtflecken.

Die Straßenlaternen gingen nicht aus, wenn sie sie ansah, nur wenn sie dran vorbeiging.

Sie kniff die Augen zu und stellte sich genau vor, wo die Birne der nächsten Straßenlaterne war, über und vor ihr. Sie hob den Kopf, öffnete vorsichtig die Augen und blickte direkt in das orangefarbene Licht, das durch das dicke Glas schien.

Es leuchtete nach wie vor.

Den Blick fest darauf geheftet, so daß es ihr Kringel auf die Netzhaut brannte, bewegte sie sich behutsam Schritt für Schritt weiter und versuchte es mit ihrem Willen zu zwingen, brennen zu bleiben, während sie näherkam. Es brannte noch immer.

Wieder machte sie ein paar Schritte vorwärts. Es brannte weiter. Wieder ein paar Schritte, es brannte immer noch. Jetzt war sie fast darunter und reckte den Hals, um es im Blick zu behalten.

Sie machte noch einen Schritt vor und sah, wie die Drähte in dem Glas flackerten, rasch erloschen und ein Nachbild hinterließen, das ihr wie verrückt vor den Augen herumhüpfte.

Nun senkte sie den Blick und versuchte, starr nach vorn zu sehen, aber wüste Formen tanzten überall herum, und sie hatte das Gefühl, die Kontrolle zu verlieren. Auf die nächste Lampe stürzte sie hastig zu, und wieder verhüllte plötzliche Finsternis ihre Ankunft. Sie blieb keuchend stehen, blinzelte und versuchte sich wieder zu beruhigen und die Augen an die Umgebung zu gewöhnen. Den Blick auf die letzte Straßenlaterne gerichtet, meinte sie eine Gestalt darunter stehen zu sehen. Es war eine massige Gestalt, die von hüpfenden orangefarbenen Schatten umspielt wurde. Gewaltige Hörner ragten ihr aus dem Kopf.

Sie starrte außer sich vor Anspannung in die wogende Dunkelheit und schrie die Gestalt plötzlich an: »Wer sind Sie?«

Es entstand eine Pause, und dann antwortete eine tiefe Stimme: »Haben Sie irgendwas, womit man diese Fußbodenstücke von meinem Rücken abkriegt?«

Kapitel 16

Es entstand wieder eine Pause, diesmal von anderer und leicht verstörter Art.

Sie war nicht lang. Sie hing nervös da und fragte sich, von welcher Seite sie beendet werden würde. Die dunkle Straße nahm ein in sich gekehrtes, sehr defensives Aussehen an.

»Was?« schrie Kate schließlich zu der Gestalt zurück. »Ich sagte ... *was*?«

Die riesige Gestalt rührte sich. Kate konnte sie immer noch nicht richtig erkennen, weil vor ihren Augen blaue Schatten tanzten, die das orangefarbene Licht dort eingebrannt hatte.

»Ich war«, sagte die Gestalt, »am Fußboden festgeklebt. Mein Vater –«

»Haben *Sie* ... sind *Sie*«, Kate bebte vor wahnsinniger Wut, »sind Sie verantwortlich ... für all *das*?« Sie drehte sich um und fuchtelte mit der Hand wütend vor der Straße herum, um auf den Alptraum zu zeigen, den sie gerade durchgemacht hatte.

»Es ist wichtig, daß Sie wissen, wer ich bin.«

»Ach ja?« sagte Kate. »Na, dann wollen wir doch mal den Namen hören, damit ich mit ihm gleich zur Polizei gehen und Sie wegen vorsätzlicher Übertretung von was auch immer einbuchten lassen kann. Einschüchterung. Belästigung von –«

»Ich bin Thor. Ich bin der Gott des Donners. Der Gott des Regens. Der Gott der hochgetürmten Wolken. Der Gott der Blitze. Der Gott der reißenden Ströme. Der Gott der kleinen Teilchen. Der Gott der formenden und bindenden Kräfte. Der

Gott des Windes. Der Gott des wachsenden Getreides. Der Gott des Hammers Mjollnir.«

»Tatsächlich?« stichelte Kate. »Tja, wenn Sie sich einen ruhigeren Moment ausgesucht hätten, um mir das alles zu erzählen, würde es mich zweifellos interessiert haben, aber in diesem Augenblick macht es mich bloß furchtbar wütend. Machen Sie die verdammten Laternen wieder an!«

»Ich bin –«

»Ich sagte, machen Sie die Laternen an!«

Mit einem etwas schüchternen Glimmen gingen alle Straßenlaternen wieder an, und die Fenster aller Häuser wurden wieder hell. Die Lampe über Kate brannte fast auf der Stelle wieder durch. Sie warf ihm einen warnenden Blick zu.

»Das war eine alte Birne, und schwach«, sagte er.

Sie starrte ihn nur unentwegt wütend an.

»Sehen Sie«, fuhr er fort, »ich habe Ihre Adresse.« Er streckte ihr das Stück Papier hin, das sie ihm auf dem Flughafen gegeben hatte, als erkläre das irgendwie alles und bringe die Welt wieder ins Lot.

»Ich –«

»Zurück!« schrie er und warf die Arme schützend vor sein Gesicht.

»Was?«

Mit gewaltigem Brausen stürzte sich ein Adler aus dem Nachthimmel, die Krallen gespreizt, um nach ihm zu greifen. Thor schlug und prügelte nach ihm, bis der riesige Vogel rückwärts flatternd wendete, fast auf den Boden aufschlug, sich wieder fing, mit mächtigen, langsamen Flügelschlägen sich durch die Luft nach oben schwang und auf die Straßenlaterne setzte. Er packte die Laterne fest mit seinen Krallen, balancierte sich aus und ließ unter seinem Griff den ganzen Laternenpfahl ein ganz klein wenig zittern.

»Weg!« schrie Thor ihn an.

Der Adler blieb dort sitzen und äugte auf ihn herunter. Eine riesenhafte Kreatur, die, abgesehen davon, daß sie noch riesenhafter erschien durch das orangefarbene Licht, auf dem sie hockte und das gewaltige, flatternde Schatten auf die Häuser in der Nähe warf, merkwürdige Kreismarkierungen auf den Schwingen hatte. Es waren Zeichen, die Kate vielleicht nur in einem Alptraum schon einmal gesehen hatte, aber dann war sie sich wiederum absolut nicht sicher, ob sie sich nicht jetzt in einem Alptraum befand.

Es gab keinen Zweifel, daß sie den Mann, den sie suchte, gefunden hatte. Dieselbe riesenhafte Gestalt, dieselben gletscherkalten Augen, derselbe Blick arroganter Verärgerung und leichter Verwirrung, nur diesmal steckten seine Füße in riesigen Fellstiefeln, mächtige Felle, Gurte und Riemen hingen ihm von den Schultern herab, ein gewaltiger gehörnter Helm aus Stahl saß ihm auf dem Kopf, und seine Wut richtete sich diesmal nicht gegen ein Mädchen an einem Flugabfertigungsschalter, sondern gegen einen riesigen Adler, der mitten in Primrose Hill auf einem Laternenpfahl hockte.

»Weg!« schrie er ihn wieder an. »Die Sache liegt nicht in meiner Macht! Alles was ich tun konnte, habe ich getan! Für deine Familie ist gesorgt. Für dich kann ich nichts mehr tun! Ich bin selbst machtlos und krank.«

Kate sah plötzlich mit Entsetzen, daß der riesige Mann tiefe Risse am linken Unterarm hatte, wo ihm der Adler seine Klauen ins Fleisch geschlagen und durch die Haut gerissen hatte. Blut quoll aus ihnen hervor wie Brotteig aus einer Backform.

»Weg!« schrie er wieder. Mit der Handkante strich er sich das Blut vom Arm und schleuderte die schweren Tropfen gegen den Adler, der flügelschlagend zurückwich, aber seine Position nicht aufgab. Plötzlich sprang der Mann in die Luft und klammerte sich an das obere Ende des Laternenpfahls, der nun unter ihrem gemeinsamen Gewicht gefährlich zu schwanken begann. Laut kreischend hackte der Adler heftig auf ihn ein, während der Mann ihn mit mächtigen Schwingern seines freien Armes von seinem Sitz zu stoßen versuchte.

Eine Tür ging auf. Es war die Eingangstür von Kates Haus, und ein Mann mit einer graugefaßten Brille und einem adretten Schnurrbärtchen sah heraus. Neil, der unter Kate wohnte, in einer Saulaune.

»Hören Sie, ich denke wirklich –«, begann er. Es wurde aber schnell deutlich, daß er einfach nicht wußte, was er denken sollte, und so verzog er sich wieder nach drinnen und nahm seine miese Laune unbefriedigt mit.

Der riesige Mann nahm seine ganze Kraft zusammen und schwang sich mit einem gewaltigen Satz durch die Luft und landete mit einem leichten, beherrschten Schwanken auf dem nächsten Laternenpfahl, der sich unter seinem Gewicht leicht nach unten neigte. Er ging in die Hocke und starrte den Adler wütend an, der zurückstarrte.

»Weg!« schrie er wieder und fuchtelte mit den Armen zu ihm hinüber.

»Gaarrh!« kreischte der Adler zu ihm herüber.

Mit einem erneuten Schwung seines Armes zog der Mann unter seinen Fellen einen großen, kurzstieligen Schmiedehammer hervor und ließ das schwere Gewicht bedeutungsvoll von einer Hand in die andere gleiten. Der Kopf des Hammers war ein roh geformtes Eisenstück in Form und Größe ungefähr wie ein halber Liter Bier in einem großen Glashumpen, und sein Stiel war ein stämmiges, handgelenkdickes Stück alte Eiche, um dessen Griff Lederriemen gewickelt waren.

»Gaaarrrh!« kreischte der Adler von neuem, beobachtete aber den Schmiedehammer mit scharfsichtigem Argwohn. Als Thor den Hammer langsam zu schwingen begann, verlagerte der Adler im Rhythmus der Schwünge sein Gewicht nervös von einem Bein aufs andere.

»Weg!« sagte Thor wieder, ruhiger diesmal, aber drohender. Er richtete sich auf der Spitze des Laternenpfahls zu seiner vollen Größe auf und schwang den Hammer in einer weiten Kreisbewegung immer schneller und schneller. Und schleuderte ihn plötzlich direkt gegen den Adler. Im selben Augenblick fuhr ein Hochspannungsblitz aus der Laterne, auf der der Adler saß, und ließ ihn mit lauten Geschrei einen wütenden Satz in die Luft machen. Der Hammer segelte wirkungslos unter der Laterne hindurch, schwang sich hinauf und hinüber in die Dunkelheit des Parks, während Thor, von seiner Last befreit, auf dem Laternenpfahl herumschwankte und -torkelte, sich im Kreis drehte und die Balance wiedergewann. Auch der Adler, der mit seinen gewaltigen Flügeln wie wahnsinnig auf die Luft einpeitschte, bekam sich wieder unter Kontrolle, stieg nach oben, unternahm im Sturzflug einen letzten Angriff auf Thor, dem der Gott auswich, indem er von dem Laternenpfahl rückwärts heruntersprang, und dann stieg der Adler in die Höhe und flog in den Nachthimmel davon, wo er rasch nur noch ein kleiner, dunkler Fleck war und schließlich verschwand.

Der Hammer kam aus dem Himmel zurückgehüpft, kratzte mit seinem Kopf stiebende Funken aus den Pflastersteinen, drehte sich in der Luft zweimal um sich selbst, ließ dann den Kopf neben Kate auf die Erde sinken und lehnte seinen Schaft vorsichtig gegen ihr Bein.

Eine ältere Dame, die mit ihrem Hund geduldig im Dunkeln unter der Straßenlaterne, die jetzt erloschen war, gewartet hatte, spürte zu recht, daß die ganze Aufregung jetzt vorbei war, und ging schweigend an ihnen vorüber. Thor wartete höflich, bis sie an ihm vorbei war, dann ging er auf Kate zu, die mit verschränkten Armen dastand und ihn beobachtete. Nach dem ganzen Zauber der letzten zwei, drei Minuten schien er plötzlich nicht die leiseste Ahnung zu haben, was er sagen sollte, und blickte für den Moment lediglich gedankenschwer ins Nirgendwo.

Kate drängte sich klar der Eindruck auf, daß das Denken für ihn eine von allen anderen abgetrennte Tätigkeit war, eine Aktivität, die ihren eigenen Raum beanspruchte. Sie konnte nicht einfach mit anderen Tätigkeiten wie Gehen oder Reden oder Flugtickets-Kaufen kombiniert werden.

»Wir sehen uns besser Ihren Arm mal an«, sagte sie und ging ihm voran die Treppe zur Eingangstür hinauf. Er folgte ihr artig.

Als sie die Haustür öffnete, fand sie Neil in der Diele, der mit dem Rücken an der Wand lehnte und grimmig und ostentativ einen Coca-Cola-Automaten betrachtete, der an der gegenüberliegenden Wand stand und übermäßig viel Raum in der Halle einnahm.

»Ich weiß nicht, was wir damit machen sollen, also wirklich nicht«, sagte er.

»Was sucht der denn hier?« fragte Kate.

»Also, das frage ich Sie ja gerade, fürchte ich«, antwortete Neil. »Ich weiß nicht, wie Sie ihn die Treppe raufkriegen wollen. Weiß nicht, wie das überhaupt gehen soll, wenn ich zu Ihnen ganz offen sein soll. Und seien wir doch ehrlich, ich glaube nicht, daß Sie's schön finden werden, wenn Sie ihn erst mal oben haben. Ich weiß, es ist sehr modern und amerikanisch, aber überlegen Sie mal, Sie haben diesen hübschen französischen Kirschbaumtisch, dieses Sofa, das sehr hübsch sein wird, wenn sie erst mal diesen entsetzlichen Collier-Campbell-Bezug abgenommen haben, was ich Ihnen ja schon seit langem rate, nur Sie wollen nicht hören, und ich meine halt, er wird überhaupt nicht reinpassen, weder so noch so. Ich bin nicht mal sicher, ob ich das gestatten sollte, ich meine, er ist ein sehr schwerer Gegenstand, und Sie wissen, was ich zu Ihnen über die Fußböden in diesem Haus gesagt habe. Ich würde mir's nochmal überlegen, das würde ich aber wirklich.«

»Ja, Neil, und wie ist er hergekommen?«

»Nun, Ihr Freund hier hat ihn gerade vor etwa einer Stunde hergebracht. Ich weiß ja nicht, wo er trainiert, aber ich muß sagen, ich hätte nicht übel Lust, seinem Sportstudio einen Besuch abzustatten. Ich sagte zu ihm, meiner Meinung nach sei das Ganze sehr zweifelhaft, aber er bestand darauf, und am Ende mußte ich ihm sogar noch helfen. Aber ich muß sagen, ich meine, wir müssen über das ganze Thema sehr ernsthaft nachdenken. Ich habe Ihren Freund gefragt, ob er Wagner mag, aber er hat sich nicht sehr klar geäußert. Also ich weiß nicht, was wollen Sie denn damit machen?«

Kate holte tief Luft. Sie schlug ihrem riesenhaften Gast vor, er solle schon mal nach oben gehen, sie komme gleich nach. Thor stampfte an ihnen vorbei und sah einfach lächerlich aus, als er die Treppe hinaufstieg.

Neil sah Kate sehr tief in die Augen, um einen Hinweis zu finden, was genau hier vor sich ging, aber Kate war so reserviert wie nur möglich.

»Tut mir leid, Neil«, sagte sie sachlich. »Der Cola-Automat kommt weg. Es ist alles ein Mißverständnis. Bis morgen habe ich die Sache geklärt.«

»Ja, das ist ja alles ganz schön und gut«, sagte Neil, »aber wo bleibe ich bei der ganzen Sache? Ich meine, Sie verstehen doch mein Problem.«

»Nein, Neil, das tue ich nicht.«

»Also, ich habe dieses ... Ding hier draußen stehen, Sie haben diesen ... Menschen oben, und das Ganze ist einfach eine totale Störung.«

»Kann ich denn irgendwas tun, um etwas dran zu ändern?«

»Na, so einfach ist es auch wieder nicht, gell? Ich meine, ich denke, Sie sollten einfach ein bißchen drüber nachdenken, das ist alles. Ich meine, über all das. Sie haben zu mir gesagt, Sie fahren weg. Aber heute nachmittag höre ich die Badewanne laufen. Was sollte ich da denken? Und nachdem Sie mich unentwegt wegen der Katze belästigt hatten, und Sie wissen, ich kann nicht arbeiten, wenn Katzen um mich sind.«

»Ich weiß, Neil. Deswegen habe ich ja auch Mrs. Grey von nebenan gebeten, sich um sie zu kümmern.«

»Ja, und nun sehen Sie, was ihr passiert ist. An Herzschlag gestorben. Mr. Grey ist sehr aufgebracht, verstehen Sie?«

»Ich glaube nicht, daß es irgendwas damit zu tun hatte, daß

ich Mrs. Grey gefragt habe, ob sie sich um meine Katze kümmern könnte.«

»Tja, ich kann nur sagen, er ist *sehr* aufgebracht.«

Ja, Neil. Seine Frau ist gestorben.«

»Na, ich will ja nichts sagen. Ich sage nur, ich meine, Sie sollten drüber nachdenken. Und was um alles auf der Welt machen wir mit dem ganzen Zeug hier?« setzte er hinzu und wandte seine Aufmerksamkeit wieder dem Coca-Cola-Automaten zu.

»Ich habe gesagt, ich werde dafür sorgen, daß er morgen früh verschwunden ist, Neil«, sagte Kate. »Ich stelle mich mit der größten Freude hier hin und schreie sehr laut, wenn Sie meinen, es hilft irgendwie, aber –«

»Hören Sie zu, meine Liebe, ich mache lediglich eine Feststellung. Und ich hoffe, Sie veranstalten da oben nicht zuviel Krach, weil ich heute abend üben muß, und Sie wissen, ich brauche Ruhe, um mich auf meine Musik zu konzentrieren.« Er warf Kate über seine Brille hinweg einen bedeutungsvollen Blick zu und verschwand in seiner Wohnung.

Kate stand da und zählte so weit von eins bis zehn, wie sie sich im Moment an die Zahlen erinnern konnte, und dann stieg sie entschlossen im Kielwasser des Donnergottes die Treppe nach oben, während sie das Gefühl hatte, sie sei weder zu Wetter noch zu Theologie aufgelegt. Zu den Klängen des Hauptthemas aus dem *Walkürenritt*, gespielt auf einem Fender-Precision-Baß, begann das Haus zu zittern und zu beben.

Kapitel 17

Als Dirk sich langsam die Euston Road entlangschob, ins Verkehrsgewühl der Rush-hour eingeklemmt, die irgendwann mal am Ende der siebziger Jahre begonnen hatte und um Viertel vor zehn an diesem Donnerstagabend immer noch keine Anzeichen zeigte nachzulassen, meinte er etwas Bekanntes zu erblicken.

Es war sein Unterbewußtsein, das ihm das mitteilte – dieser aufreizende Teil des menschlichen Gehirns, der auf Fragen nie eine Antwort gibt, lediglich kleine, vielsagende Andeutungen macht und dann dasitzt, leise vor sich hinsummt und gar nichts sagt.

»Tja, natürlich habe ich eben etwas gesehen, das ich kenne«, flüsterte Dirk innerlich seinem Unterbewußtsein zu. Ich fahre diese bescheuerte Durchgangsstraße zwanzigmal im Monat lang. Ich nehme an, ich kenne jedes einzelne Streichhölzchen, das im Rinnstein liegt. Kannst du nicht ein bißchen deutlicher werden?« Aber sein Unterbewußtsein wollte sich nicht herumkommandieren lassen und schwieg. Es hatte nichts mehr hinzuzufügen. Die Stadt war möglicherweise sowieso voller grauer Lieferwagen. Keiner weiteren Beachtung wert.

»Wo denn?« murmelte Dirk grimmig und drehte sich auf seinem Sitz nach links und rechts. »Wo habe ich einen grauen Lieferwagen gesehen?«

Nichts.

Er war durch den Verkehr total blockiert und konnte in keine Richtung ausweichen, am wenigsten nach vorn. Er sprang aus seinem Wagen und begann sich durch die zusammengepferchten Wagen den Weg zurück zu bahnen, wobei er in die Höhe sprang, um zu sehen, wo er, wenn überhaupt, im Vorbeifahren einen grauen Lieferwagen erspäht haben könnte. Wenn er einen gesehen hatte, entzog er sich ihm jetzt. Sein Unterbewußtsein saß da und schwieg.

Der Verkehr bewegte sich immer noch nicht, deshalb versuchte Dirk, sich noch weiter nach hinten zu schlängeln, wurde daran aber von einem breit ausladenden Motorradkurier gehindert, der sich auf einer mächtigen, verdreckten Kawasaki nach vorn schob. Dirk trat in eine kurze, heftige Auseinandersetzung mit dem Kurier ein, verlor sie aber, weil der Kurier Dirks Teil der Auseinandersetzung nicht hören konnte; schließlich zog sich Dirk durch die Flutwelle des Verkehrs zurück, die jetzt auf allen Spuren langsam in Bewegung kam, nur nicht auf der, auf der sein Wagen stand, fahrerlos, bewegungslos und wütend angehupt.

Er fühlte sich plötzlich durch das Getöse der Autohupen in Hochstimmung versetzt, und während er durch die ineinander verhedderten Autoschlangen zurückkurvte und -hüpfte, stellte er plötzlich fest, daß ihm dabei diese verrückten Fanatiker von den Straßen New Yorks wieder einfielen, die in den Verkehr hinausrannten, um den entgegenkommenden Verkehr über das Jüngste Gericht, drohende außerirdische Invasionen und die Unfähigkeit und Bestechlichkeit des Pentagon aufzuklären. Er streckte die Hände über den Kopf und fing an zu schreien: »Die Götter wandeln über die Erde! Die Götter wandeln über die Erde!«

Das brachte die Gemüter derer noch mehr in Wallung, die auf seinen stehenden Wagen einhupten, und schnell schwoll das Ganze über ein Crescendo zu einer majestätischen Kakophonie an, über die Dirks Stimme hinweggellte.

»Die Götter wandeln über die Erde! Die Götter wandeln über die Erde!« schrie er. »Die Götter wandeln über die Erde! Danke!« fügte er noch hinzu, verdrückte sich in seinen Wagen, legte den Gang ein und fuhr davon, womit er der ganzen verhedderten Menge endlich ermöglichte, ungehindert vorwärts zu brausen.

Er überlegte, warum er so sicher war. Ein »Akt höherer Gewalt«. Nur eine zufällige, unüberlegte Wendung, mit der die Leute sich bequem unangenehmer Phänomene entledigen konnten, die keine rationale Erklärung mehr zuließen. Aber es war diese unüberlegte Zufälligkeit, die Dirk besonders reizte, denn Wörter, die unüberlegt benutzt wurden, so als spielten sie im Ernst keine Rolle, ermöglichten es oftmals wohlgehüteten Wahrheiten durchzuschlüpfen.

Ein unerklärliches Verschwinden, Oslo und ein Hammer:

eine klitzekleine Übereinstimmung, die einen klitzekleinen Ton anschlug. Doch es war ein Ton, der mitten im täglichen Wirrwarr des weißen Rauschens erklang, und andere winzige Töne erklangen in derselben Tonlage. Ein Akt höherer Gewalt, Oslo und ein Hammer. Ein Mann mit einem Hammer, der nach Norwegen zu fliegen versucht, wird daran gehindert, verliert die Geduld, und heraus kommt ein »Akt höherer Gewalt«.

Falls, dachte Dirk, falls ein Wesen unsterblich wäre, würde es heute noch leben. Das, ganz simpel, war es, was »unsterblich« bedeutete.

Woher sollte ein Unsterblicher einen Reisepaß haben?

Ganz simpel gefragt, woher denn? Dirk versuchte sich vorzustellen, was passieren könnte, wenn – um ganz wahllos einen Namen zu nennen – der Gott Thor, der mit der norwegischen Ahnenreihe und dem dicken Hammer, auf dem Paßamt erschiene und zu erklären versuchte, wer er sei und warum er keine Geburtsurkunde habe. Es gäbe kein Entsetzen, kein Erschrecken, kein lautes Erstaunen, nur blanke, bürokratische Unmöglichkeit. Es ginge gar nicht darum, ob jemand ihm glaubte oder nicht, das Problem wäre schlicht das, daß er eine gültige Geburtsurkunde vorlegen müsse. Er könnte dastehen und den ganzen Tag ein Wunder nach dem anderen vollbringen, wenn's ihm Spaß machte, aber bei Dienstschluß würde er, wenn er keine gültige Geburtsurkunde hätte, einfach gebeten werden, das Haus zu verlassen.

Und Kreditkarten.

Falls, um mal einen Augenblick bei derselben beliebigen Hypothese zu bleiben, der Gott Thor am Leben wäre und aus irgendeinem Grund in England sein Wesen triebe, dann wäre er wahrscheinlich der einzige im ganzen Land, auf den nicht der Dauerhagel an Einladungen herunterprasselte, sich um eine American-Express-Karte zu bewerben, an rüden Drohungen mit derselben Post, ihm die American-Express-Karte zu entziehen, und an Geschenkkatalogen voller kostspieligunerfreulicher Dinge, die verschwenderisch aus duffbraunem Plastik geformt waren.

Dirk fand die Idee einfach atemberaubend.

Das heißt, wenn er der einzige Gott wäre, der in England sein Wesen trieb – was, ließ man die erste überspannte Hypothese gelten, wenig wahrscheinlich war.

Aber man stelle sich einen Moment lang so eine Person bei dem Versuch vor, das Land zu verlassen – ohne Paß, ohne Kreditkarte, nur mit der Macht, Donnerkeile und wer weiß, was noch alles, zu schleudern. Man würde sich wahrscheinlich eine Szene vorstellen müssen, die der sehr ähnlich wäre, die sich im Terminal Zwei in Heathrow tatsächlich ereignet hatte.

Aber warum würde man, wenn man ein nordischer Gott wäre, das Land mit einem Linienflug verlassen müssen? Da gab es doch sicherlich andere Möglichkeiten? Dirk stellte sich vor, eine der Vergünstigungen, eine unsterbliche Gottheit zu sein, könnte in der Fähigkeit bestehen, aus eigener Kraft zu fliegen. Nach dem, was er von den nordischen Sagen noch wußte, die er vor vielen Jahren gelesen hatte, flogen die Götter ständig überall herum, und es war nie irgendwas davon verlautet, daß sie in Abflughallen herumhingen und an bröckligen Rosinenbrötchen kauten.

Zugegeben, die Welt strotzte in jenen Zeiten noch nicht von Fluglotsen, Radar, Raketenwarnsystemen und ähnlichem. Trotzdem sollte ein rascher Sprung über die Nordsee kein großes Problem für einen Gott sein, besonders wenn das Wetter einem wohlgesinnt war, was, wenn man der Donnergott war, man doch wohl so ziemlich erwarten durfte, andernfalls würde man den Grund erfahren wollen. Oder?

Noch ein winziger Ton erklang ganz hinten in Dirks Gedächtnis und ging dann im Wirrwarr unter.

Er überlegte einen Augenblick, wie es wohl wäre, ein Wal zu sein. Physisch, dachte er, war er wahrscheinlich gut dafür geeignet, ein paar geeignete Erkenntnisse zu erhalten, obwohl die Wale für ihr Leben, in der weiten pelagischen Bläue herumzuschweben, besser gerüstet waren als er für seins, sich in einem müden, alten Jaguar durch den Verkehr in der Pentonville Road zu wühlen – aber woran er eigentlich dachte, das war der Gesang der Wale. Früher hatten die Wale durch ganze Ozeane hindurch einander zusingen können, sogar von einem Meer zum anderen, weil der Schall unter Wasser solche riesigen Entfernungen zurücklegt. Aber nun, wiederum aufgrund der Art, wie der Schall sich fortpflanzt, gibt es keinen Ort im ganzen Ozean, in dem es nicht ständig vom Getöse der Schiffsmotoren dröhnt, durch das es den Walen heute praktisch unmöglich ist, sich gegenseitig Gesänge oder Botschaften zuzuschicken.

Na und, verdammt nochmal, sagen sich die meisten Leute angesichts dieses Problems, und es ist ja auch verständlich, dachte Dirk. Wer möchte schließlich ein Rudel fetter Fische, na schön, Säugetiere einander was vorrülpsen hören?

Aber für den Augenblick empfand Dirk unendliche Trauer darüber, daß er meinte, irgendwo in dem Irrsinn an Informationsgeschrei, das täglich das Leben der Menschen durcheinanderbrachte, vielleicht ein paar Töne gehört zu haben, die auf Handlungen von Göttern deuteten.

Während er nordwärts nach Islington hineinfuhr und sich an die lange Strecke, vorbei an den Pizzerien und Immobilienfirmen, machte, wurde er fast verrückt bei der Vorstellung, wie das Leben der Götter jetzt aussehen müsse.

Kapitel 18

Blitze fuhren wie dünne Finger über die schwere Unterseite der dicken Wolken, die wie ein dicker Bauch vom Himmel herabhingen. Ein leiser, gereizter Donner meckerte daran herum und entlockte ihnen ein paar armselige Tropfen schmierigen Nieselregens.

Unter dem Himmel ragte ein reiches Sortiment wildromantischer Türmchen, streitlustiger Giebel und Zinnen empor, die auf ihn einpieksten, ihn anstachelten und in Wallung brachten, bis es schien, er werde platzen und sie in einer Flut gurgelnder Schrecken ersäufen.

Hoch oben in der flackernden Dunkelheit standen schweigende Gestalten hinter langen Schilden Wache, Drachen duckten sich und glotzten in den stürmischen Himmel, als Odin, der Vater der Götter von Asgard, sich den gewaltigen Eisenportalen näherte, die zu seinem Reich und weiter in die gewölbten Hallen von Walhalla führten. Die Luft war von lautlosem Geheul großer geflügelter Hunde erfüllt, die ihren Herrn auf dem Thron seiner Herrschaft willkommen hießen. Blitze suchten zwischen den Türmen und Türmchen herum.

Der große, uralte und unsterbliche Gott von Asgard kehrte zur momentanen Stätte seiner Herrschaft auf eine Art und Weise zurück, die selbst ihn vor Jahrhunderten erstaunt hätte, in den Blütejahren seines Lebens – denn auch die unsterblichen Götter haben ihre Blütezeiten, wenn ihre Kräfte wachsen und sie ihre Herrschaft über die Menschenwelt ausweiten und sichern, die Welt, deren Nöte ihnen zum Dasein verhilft – er kehrte in einem großen, neutralen grauen Mercedes-Lieferwagen zurück.

Der Wagen hielt in einem abgeschlossenen Bezirk.

Die Fahrertür ging auf, und heraus stieg ein schwerfälliger, bedächtig wirkender Mann in einer neutralen, grauen Uniform. Er war ein Mann, der die Arbeit, die er auch im Leben verrichtete, erhalten hatte, weil er jemand war, der keine Fragen stellte – nicht so sehr aufgrund einer angeborenen Diskretion, sondern weil ihm schlicht keine Fragen einfielen. Mit langsamem, wiegendem Gang wie ein Paddel, das durch Porridge gezogen wird, begab er sich zur Rückseite des Wagens und öffnete die Ladetüren – ein komplizierter Vorgang, zu dem die sorgfältig abgestimmte Handhabung vieler Schieber und Hebel gehörte.

Schließlich schwangen die Türen auf, und wenn Kate dabei gewesen wäre, hätte ihr für einen Moment der Gedanke kommen können, der Lieferwagen transportierte am Ende doch albanische Elektrizität. Ein feiner Lichtnebel leuchtete Hillow entgegen – der Mann hieß Hillow –, aber nichts daran kam ihm merkwürdig vor. Ein feiner Lichtnebel war schlicht das, was er zu sehen erwartete, wenn er diese Tür aufmachte. Das allererstemal, als er sie geöffnet hatte, hatte er nur gedacht: »Oh. Ein feiner Lichtnebel. Na schön«, und es mehr oder minder dabei bewenden lassen, womit er sich eine Dauerstellung sicherte, solange er Lust zu leben hatte.

Der Lichtnebel senkte sich und gerann zu den Umrissen eines uralten Mannes auf einem Rollbett, der von einer kleinen, gedrungenen Gestalt begleitet wurde, die Hillow wahrscheinlich als die fieseste Person eingeschätzt hätte, die ihm je zu Gesicht gekommen war, wenn er ein Interesse gehabt hätte, sich an andere Leute, die er in seinem Leben schon mal gesehen hatte, zu erinnern und der Reihe nach durchzuhecheln. Das aber war schwieriger, als Hillow sich seine Arbeit wünschte. Sein einziges Interesse im Augenblick war, der kleinen Gestalt zu helfen, das Bett des alten Mannes aus dem Wagen zu heben.

Das war rasch erledigt. Die Beine und Räder des Bettes waren ein Wunder an reibungslos funktionierender Edelstahltechnik. Sie entsicherten sich, rollten, schwenkten herum in vollendet ineinander übergehenden Bewegungen, die das Überwinden von Stufen oder Unebenheiten sämtlich zum Bestandteil derselben flüssigen, gleitenden Bewegung werden ließen.

Rechts von diesem Bezirk lag ein großer, mit kunstvoll geschnitzten Hölzern getäfelter Vorraum, aus dessen Wänden hoheitsvoll mächtige marmorne Fackelhalter ragten. Dieser Raum wiederum führte in die große gewölbte Halle selbst. Links jedoch befand sich der Eingang zu den majestätischen inneren Gemächern, in denen Odin sich auf die Streitereien des Abends vorbereiten würde.

Er haßte das Ganze. Aus seinem Bett sei er vertrieben worden, murmelte er vor sich hin, obwohl er in Wirklichkeit sein Bett bei sich hatte. Müsse sich noch einmal dieses ganze maßlose Gewäsch seines dickköpfigen, donnernden Sohnes anhören, der nicht akzeptieren wolle, nicht akzeptieren könne, einfach nicht den Grips habe, die neuen Realitäten des Lebens zu akzeptieren. Wenn er sie nicht akzeptieren wollte, mußte er ausgelöscht werden, und heute abend würde Asgard Zeuge der Auslöschung eines unsterblichen Gottes werden. Das sei alles, dachte Odin gereizt, zu viel für jemanden in seinem Alter, das enorm fortgeschritten war, jedoch in keine spezielle Richtung.

Er wollte lediglich in seiner Klinik bleiben, die er liebte. Die Vereinbarung, durch die er dorthin gekommen war, war durch und durch einwandfrei, und obwohl sie auch ihren Preis hatte, war das ein Preis, der einfach hingenommen werden mußte, und mehr gab's dazu nicht zu sagen. Es herrschten neue Realitäten, und er hatte gelernt, sich mit ihnen abzufinden. Diejenigen, die das nicht taten, würden einfach die Folgen tragen müssen. Nichts kam von nichts, auch nicht für einen Gott.

Nach diesem Abend würde er bis in alle Ewigkeit zu seinem Leben in Woodshead zurückkehren, und das wäre gut so. Er teilte es Hillow mit.

»Saubere weiße Bettwäsche«, sagte er zu Hillow, der nur verständnislos nickte. »Leinentücher. Jeden Tag frische Bettwäsche.«

Hillow manövrierte das Bett herum und eine Treppe hinauf.

»Im Götterhimmel, Hillow«, fuhr Odin fort, »im Götterhimmel, tja, da war's unsauber, hörst du, was ich sage? Es gab niemanden, der sich um die Bettwäsche kümmerte. Ich meine, sich wirklich darum kümmerte. Kannst du dir das vorstellen? In einer Lage wie meiner? Als Göttervater? Es gab niemanden, absolut niemanden, der hereinkam und sagte: ›Mr. Odwin‹«, – er kicherte in sich hinein – »ich werde dort Mr. Odwin genannt, verstehst du. Sie wissen gar nicht, mit wem Sie es zu tun haben. Ich glaube, sie würden damit nicht fertig werden, was meinst du, Hillow? Aber es gab in der ganzen Zeit niemanden, der hereinkam und sagte: ›Mr. Odwin, ich habe Ihr Bett neu bezogen, und Sie haben saubere Bettwäsche.‹ Niemand. Es wurde nur dauernd darüber geredet, daß man irgendwas zerhauen, verwüsten und in Stücke reißen müsse. Jede Menge große Töne darüber, Macht zu besitzen, Dinge kaputtzuschlagen und darüber, daß irgendwas in der Gewalt von was anderem sei, aber sehr wenig Aufmerksamkeit, wie mir jetzt klar wird, wurde der Wäsche geschenkt. Ich will dir ein Beispiel nennen . . .«

Seine Erinnerungen wurden jedoch für einen Moment dadurch unterbrochen, daß sein Rollbett vor einer großen Tür ankam, die von einem großen, schwitzenden Fettsack von Kerl bewacht wurde, der sich ihnen schwankend, die Arme in die Seiten gestemmt, in den Weg stellte. Hader Lump, der äußerstes Stillschweigen bewahrt hatte, während er direkt vor dem Bett einherstolzierte, eilte vor und redete rasch ein paar Worte mit dem schwitzenden Wesen, das sich, rot im Gesicht, bücken mußte, um ihn zu verstehen. Dann wich der schwitzende Kerl sofort mit glitzernder Servilität zurück in seine gelbe Höhle, und das geheiligte Rollbett fuhr ein in die hohen Hallen, Gemächer und Korridore, aus denen ungeheure Echos widerhallten und stinkende Gerüche wehten.

»Ich will dir ein Beispiel nennen, Hillow«, fuhr Odin fort. »Nimm zum Beispiel diese Halle hier. Nimm Walhalla . . .«

Kapitel 19

Nach Norden abzubiegen, war ein Manöver, das normalerweise die Wirkung hatte, daß allen Dingen der Eindruck von Vernunft und Verstand wiedergegeben wurde, aber Dirk konnte sich einem Gefühl schlimmer Vorahnungen nicht entziehen.

Außerdem begann es leicht zu regnen, was eigentlich hätte helfen sollen, aber es war ein so fieser und ekelhafter Regen aus einem so tiefhängenden Himmel, daß er nur das Gefühl der Klaustrophobie und Frustration verstärkte, das die Nacht fest im Griff hatte. Dirk schaltete die Scheibenwischer an, die murrten, weil sie nicht genug Regen zum Wegwischen hatten, also schaltete er sie wieder ab. Sofort besprenkelte Regen die Windschutzscheibe.

Er schaltete die Scheibenwischer wieder an, aber sie weigerten sich immer noch, die Übung der Mühe wert zu finden, und schabten und quietschten aus Protest. Die Straßen wurden tückisch rutschig.

Dirk schüttelte den Kopf. Er machte sich völlig lächerlich, sagte er sich, und das auf die allerschlimmste Weise. Er hatte sich gestattet, auf eine Art phantasievoll zu sein, wie er das rundweg ablehnte. Er staunte selber über die verrückten Einfälle, die er auf dem fadenscheinigsten Inhalt von – tja, Beweise konnte er es kaum nennen – von bloßen Theorien aufgebaut hatte.

Ein Unfall auf einem Flughafen. Wahrscheinlich eine simple Erklärung.

Ein Mann mit einem Hammer. Na und?

Ein grauer Lieferwagen, den Kate Schechter bei der Klinik gesehen hatte. Nichts Ungewöhnliches daran. Dirk war fast mit ihm zusammengestoßen, aber nochmal, das war ein vollkommen alltägliches Ereignis.

Ein Coca-Cola-Automat: den hatte er nicht berücksichtigt.

Wo paßte ein Coca-Cola-Automat in diese verrückten Theorien über antike Götter? Die einzige Idee, die er diesbezüglich hatte, war einfach zu lächerlich, um sie in Worte zu fassen, und er weigerte sich, sie sich auch nur einzugestehen.

In diesem Moment bemerkte Dirk, daß er an dem Haus vorbeifuhr, in dem er an diesem Morgen einen seiner Mandanten angetroffen hatte, dessen abgetrennter Kopf auf einen sich drehenden Plattenteller gestellt worden war, und zwar von einer grünäugigen Teufelsgestalt, die mit einer Sense und einem mit Blut unterschriebenen Vertrag herumgefuchtelt und sich dann in Luft aufgelöst hatte.

Er blickte im Vorbeifahren zu dem Haus hinüber, und als genau vor ihm ein großer dunkelblauer BMW aus seiner Parklücke ausscherte, fuhr er ihm glatt hinten rein, und so mußte er bereits zum zweitenmal an diesem Tag schreiend aus seinem Wagen springen.

»Herrgott im Himmel, können Sie nicht gucken, wo Sie hinfahren?« schrie er in der Hoffnung, seinem Widersacher von vornherein die besten Sätze zu klauen. »Dummes Volk!« machte er weiter, ohne sich Zeit zum Luftholen zu lassen. »Rasen in der ganzen Gegend rum. Fahren ohne rechten Sinn und Verstand! Grobe Rücksichtslosigkeit!« Bring deinen Gegner durcheinander, dachte er. Es war ein bißchen so, als riefe man irgend jemanden an und sagte mit gereizter Stimme: »Ja? Hallo?«, wenn der sich meldete, was eine von Dirks Lieblingsmethoden war, sich lange, heiße Sommernachmittage zu vertreiben. Er bückte sich und untersuchte die tiefe Delle im Heck des BMW, der ganz offensichtlich, verdammt nochmal, nagelneu war. Verdammter Mist, dachte Dirk.

»Sehen Sie sich an, was Sie mit meiner Stoßstange gemacht haben!« rief er. »Ich hoffe, Sie haben einen guten Anwalt!«

»Ich bin ein guter Anwalt«, sagte eine ruhige Stimme, der ein ruhiges Klicken folgte. Dirk, der augenblicklich begriff, sah auf. Das ruhige Klicken war nur das Geräusch der sich schließenden Wagentür.

Der Mann trug einen italienischen Anzug, der ebenfalls ruhig war. Er trug eine ruhige Brille, einen ruhigen Haarschnitt, und obwohl eine Fliege ihrem Wesen nach kein ruhiger Gegenstand ist, war die spezielle Fliege, die er trug, dennoch ein ganz ruhig gepunktetes Exemplar dieses Genres. Er zog eine schlanke Brieftasche hervor, dazu einen schlanken silbernen Drehbleistift. Er ging ohne jede Hektik zur Rückseite von Dirks Jaguar und schrieb sich die Zulassungsnummer auf.

»Haben Sie eine Karte?« fragte er währenddessen, ohne aufzublicken. »Hier haben Sie meine«, fügte er hinzu und nahm eine aus seiner Brieftasche. Er schrieb etwas hinten drauf. »Meine Zulassungsnummer«, sagte er, »und der Name meiner Versicherung. Vielleicht sind Sie so freundlich und nennen mir den Namen von Ihrer. Wenn Sie ihn jetzt nicht wissen, lasse ich Sie von meiner Sekretärin anrufen.«

Dirk seufzte und kam zu dem Schluß, daß es keinen Zweck hätte, darüber einen Streit anzufangen. Er angelte seine Brieftasche hervor und blätterte die verschiedenen Visitenkarten durch, die sich wie aus dem Nichts darin zu sammeln schienen. Er spielte einen Moment lang mit dem Gedanken, Wesley Arlott zu sein, ein Überseejacht-Navigationsberater aus – wie es schien – Arkansas, aber dann überlegte er es sich anders. Der Mann hatte sich schließlich seine Zulassungsnummer aufgeschrieben, und obwohl Dirk nicht ausdrücklich in Erinnerung hatte, in letzter Zeit eine Versicherungsprämie bezahlt zu haben, hatte er auch nicht ausdrücklich in Erinnerung, keine bezahlt zu haben, was ein einigermaßen günstiges Zeichen war. Mit einem Zwinkern überreichte er seine richtige Karte. Der Mann besah sie sich.

»Mr. Gently«, sagte er. »Privatdetektiv. Verzeihung, *holistischer* Privatdetektiv. Okay.«

Dirk hatte sich sein ganzes Leben lang noch nie so von oben herab behandelt gefühlt. In diesem Moment hörte er ein zweites ruhiges Klicken von der anderen Seite des Wagens. Dirk blickte hinüber und sah dort eine Frau mit einer roten Brille stehen, die ihm ein eiskaltes Halblächeln schenkte. Es war die Frau, mit der er an diesem Morgen über Geoffrey Ansteys Gartenmauer hinweg gesprochen hatte, und der Mann, vermutete Dirk also, war wahrscheinlich Ihr Gatte. Eine Sekunde lang überlegte er, ob er die beiden nicht zu Boden strecken und streng und peinlich verhören solle, aber plötzlich fühlte er sich ungeheuer müde und abgespannt.

Er grüßte die Frau mit der roten Brille mit einer winzigen Neigung seines Kopfes.

»Alles fertig, Cynthia«, sagte der Mann und knipste ein Lächeln an und wieder aus. »Es ist alles erledigt.«

Sie nickte leicht, und dann stiegen beide wieder in ihren BMW, fuhren nach einer kleinen Weile ohne jede Hektik davon und verschwanden die Straße hinunter. Dirk sah auf die Karte in seiner Hand. Clive Draycott. Er arbeitete in einer guten Rechtsanwaltskanzlei. Dirk steckte die Karte in seine Brieftasche, stieg niedergeschlagen in seinen Wagen und setzte seinen Weg nach Hause fort, wo er einen mächtigen, goldenen Adler vorfand, der geduldig auf seiner Eingangstreppe hockte.

Kapitel 20

Kate fiel schimpfend über ihren Gast her, sobald sie beide hinter geschlossenen Türen in ihrer Wohnung waren und Kate einigermaßen sicher sein konnte, daß Neil sich nicht wieder aus seiner Wohnung schleichen und mißgünstig auf halber Treppe auf der Lauer liegen würde. Das stetige Gebummere seiner Baßgitarre war zumindest ihre Garantie, Ruhe zu haben.

»Na schön«, sagte sie wütend, »also, was soll denn das mit dem Adler? Was soll das mit den Straßenlaternen? Hä?«

Der nordische Donnergott sah sie verlegen an. Er mußte seinen großen gehörnten Helm absetzen, weil der gegen die Decke knallte und Kratzer in den Putz machte. Er klemmte ihn sich unter den Arm.

»Was soll das«, fuhr Kate fort, »mit dem Coca-Cola-Automaten? Was soll das mit dem Hammer? Was, mit einem Wort, soll das alles? Hä?«

Thor sagte nichts. Eine Sekunde lang zog er in hochmütiger Gereiztheit die Stirn kraus, dann zog er sie in etwas kraus, das ein bißchen nach Verlegenheit aussah, und dann stand er einfach da und blutete vor sich hin.

Einige Momente lang widerstand Kate dem drohenden inneren Zusammenbruch ihrer äußeren Haltung, aber dann wurde ihr klar, die ginge sowieso den Bach runter, da könne sie auch gleich mitgehen.

»Okay«, murmelte sie, »machen wir das erstmal sauber. Ich hole was Desinfizierendes.«

Sie ging hinaus und kramte im Küchenschrank herum, dann kam sie mit einer Flasche zurück, doch Thor bot ihr ein schlichtes »Nein.«

»Nein was?« sagte sie verärgert und stellte die Flasche mit einem ziemlichen Bums auf den Tisch.

»Das da«, sagte Thor und schob die Flasche zu ihr zurück. »Nein.«

»Was ist damit?«

Thor zuckte nur die Schultern und starrte trübsinnig in eine Zimmerecke. Es gab in dieser Zimmerecke nichts, was auch nur entfernt als interessant gelten konnte, also guckte er ganz klar aus bloßer Sturheit dorthin.

»Hör zu, Freundchen«, sagte Kate, »wenn ich dich Freundchen nennen darf, was –«

»Thor«, sagte Thor, »Gott des –«

»Ja«, sagte Kate, »du hast mir alles aufgezählt, wovon du ein Gott bist. Ich möchte dir deinen Arm saubermachen.«

»Zeder«, sagte Thor und streckte seinen blutenden Arm aus, allerdings von ihr weg. Er betrachtete sich ihn ängstlich.

»Was?«

»Gestoßene Zedernblätter. Aprikosenkernöl. Aufguß aus Blüten bitterer Orangen. Mandelöl. Salbei und Schwarzwurz. Nicht das da.«

Er schubste die Flasche mit dem Antiseptikum vom Tisch und versank in düsteres Brüten.

»Na prima!« sagte Kate, hob die Flasche auf und warf sie nach ihm. Sie prallte von seinem Wangenknochen ab und hinterließ sofort ein rotes Mal. Thor sprang wütend vor, aber Kate blieb einfach, wo sie war, und reckte einen Finger gegen ihn.

»Du bleibst dort, Freundchen!« sagte sie, und er blieb stehen. »Irgendwas Besonderes, was du dafür brauchst?«

Thor blickte einen Moment verdutzt drein.

»Dafür!« sagte Kate und zeigte auf die sich verfärbende Prellung an seiner Wange.

»Revanche«, sagte Thor.

»Ich seh mal, was ich machen kann«, sagte Kate. Sie machte kehrt und verließ das Zimmer.

Nach etwa zwei Minuten unsichtbarer Aktivitäten kam Kate zurück, gefolgt von kleinen Dampfwölkchen.

»Okay«, sagte sie, »komm mit.«

Sie führte ihn in ihr Badezimmer. Er folgte ihr, wobei er so tat, als sträube er sich, aber er folgte ihr. Kate waren kleine Dampfwölkchen gefolgt, weil das Badezimmer damit angefüllt war. Die Badewanne war zum Überlaufen voll mit Schaum und Glibber.

Einige Flaschen und Näpfchen, die meisten leer, standen nebeneinander auf einem kleinen Bord über der Badewanne. Kate nahm sie eins nach dem anderen hoch und zeigte sie ihm.

»Aprikosenkernöl«, sagte sie und drehte die Flasche auf den Kopf, um zu unterstreichen, daß sie leer war. »Alles da drin«, setzte sie hinzu und zeigte auf die schäumende Badewanne.

»Pomeranzenblütenöl«, sagte sie und griff zur nächsten, »aus den Blüten bitterer Orangen gepreßt. Alles da drin.«

Sie griff zur nächsten. »Orangencremebadeöl. Enthält Mandelöl. Alles da drin.«

Sie nahm die Näpfchen in die Hand.

»Salbei und Schwarzwurz«, sagte sie, »und Zedernöl. Eins davon ist eine Handcreme, und das andere ein Haarconditioner, aber sie sind vollständig da drin, zusammen mit einer

Tube Aloe-Lippenpflege, etwas Gurkenmilch, honighaltigem Bienenwachs und Jojobaöl-Reiniger, Rhassoulschlamm, Meeresalgen und Birkenschampon, fettiger Nachtcreme mit Vitamin E und einer sehr reichlichen Menge Lebertran. Leider habe ich nichts, was ›Revanche‹ heißt, aber hier ist etwas ›Obsession‹ von Calvin Klein.«

Sie nahm den Stöpsel von einer Parfümflasche und warf sie in die Badewanne.

»Ich bin nebenan, wenn du fertig bist.«

Damit marschierte sie hinaus und knallte ihm die Tür vor der Nase zu. Sie wartete im Nebenzimmer, beharrlich in ein Buch vertieft.

Kapitel 21

Etwa eine Minute lang blieb Dirk ein paar Meter von seiner Haustür entfernt reglos in seinem Wagen sitzen. Er überlegte, wie der nächste Schritt aussehen solle. Eher klein und vorsichtig, vermutete er. Das letzte, womit er sich in diesem Moment anlegen wollte, war ein aufgeschreckter Adler.

Er beobachtete ihn gespannt. Er stand da, kecke Erhabenheit in seiner Haltung, seine Klauen fest um die Kante der steinernen Stufe gekrallt. Hin und wieder putzte er sich, und dann spähte er wieder scharf die Straße hinauf und die Straße hinunter, während er mit einem seiner mächtigen Greiffüße auf zutiefst beunruhigende Art und Weise über den Stein scharrte. Dirk bewunderte das Geschöpf um seiner Größe und seines Federkleids und des allgemeinen Eindrucks ungeheurer Flugtüchtigkeit willen, aber, wenn er sich fragte, ob ihm gefiel, wie das Licht der Straßenlaterne in den großen, glasklaren Augen oder auf der gewaltigen Krümmung des Adlerschnabels schimmerte, mußte er zugeben, daß das nicht der Fall war.

Der Schnabel war eine Mords-Waffe.

Es war ein Schnabel, der jedem Tier auf Erden Angst einjagen würde, selbst einem, das schon tot in einer Konservendose lag. Seine Krallen sahen aus, als könnten sie einen kleinen Volvo aufschlitzen. Und er saß wartend auf Dirks Schwelle und sah die Straße hinauf und hinunter mit einem Blick, der zugleich hoheitsvoll und niederträchtig war.

Dirk überlegte, ob er nicht einfach wegfahren und das Land verlasen solle. Hatte er seinen Reisepaß bei sich? Nein. Der war zu Hause. Er war hinter der Tür, die sich hinter dem Adler befand, irgendwo in einer Schublade oder, was wahrscheinlicher war, irgendwohin verkramt.

Er könnte das Haus verkaufen. Das Verhältnis zwischen Immobilienmaklern und Häusern näherte sich in dieser Gegend rasend schnell der Parität. Einer von ihnen könnte kommen und sich damit herumschlagen. Er hatte die Nase voll von diesem Haus mit seinen Kühlschränken und seinen Raubvögeln und seiner unauslöschlichen Position auf der Adressenliste von American Express.

Oder er könnte, stellte er sich mit einem leisen Schauder vor, einfach hingehen und fragen, was der Adler wolle. Das war doch ein Gedanke. Ratten vermutlich oder einen kleinen Dackel. Alles, was Dirk seines Wissens hatte, waren ein paar Rice Krispies und ein altes Muffin, und er glaubte nicht, daß sie diesem majestätischen Wesen der Lüfte zusagen würden. Er meinte beinahe, er könne frisch geronnenes Blut an den Klauen des Vogels erkennen, aber er sagte sich eindringlich, er solle nicht so albern sein.

Er würde einfach hingehen und sich mit den Gegebenheiten abfinden müssen, erklären, daß ihm soeben die Ratten ausgegangen seien, und die Konsequenzen übernehmen.

Leise, unendlich leise stieß er die Tür seines Wagens auf und schob sich vorsichtig mit gesenktem Kopf hinaus. Über die Motorhaube hinweg spähte er nach dem Adler. Er hatte sich nicht bewegt. Das heißt, er hatte das Revier nicht verlassen.

Noch immer blickte er sich mal in die, mal in die andere Richtung um, möglicherweise jedoch mit dem Ausdruck erhöhter Wachsamkeit. Dirk wußte nicht zu sagen, in welchem entlegenen Gebirgshorst dieses Geschöpf gelernt hatte, das Geräusch von sich in ihren Muffen drehenden Jaguar-Türscharnieren herauszuhören, aber das Geräusch war seiner Aufmerksamkeit ohne Frage nicht entgangen.

Vorsichtig schlich Dirk hinter der Wagenreihe entlang, die ihn daran gehindert hatte, direkt vor seinem Haus zu parken. Binnen zwei Sekunden trennte ihn von dieser ungewöhnlichen Kreatur nichts mehr als ein kleiner, blauer Renault.

Was nun?

Er könnte einfach aufstehen und sich sozusagen stellen. Er würde sinngemäß sagen: »Hier bin ich, mach, was du willst.« Egal, was dann passierte, der Renault könnte möglicherweise die Hauptwucht abfangen.

Es bestand natürlich immer auch die Möglichkeit, daß der Adler erfreut wäre, wenn er ihn sähe, daß dieses ganze Herabgestoße auf ihn nur seine Art war, ihm seine Freundschaft zu zeigen. Vorausgesetzt natürlich, es war derselbe Adler. Aber das war nicht zuviel vorausgesetzt. Die Anzahl goldener Adler, die sich zu irgendeinem beliebigen Zeitpunkt in Nordlondon herumtrieben, veranschlagte Dirk als ziemlich niedrig.

Oder vielleicht ruhte er sich nur ganz zufällig auf seiner Schwelle aus und gönnte sich bloß eine kurze Verschnaufpause, bevor er sich zu einem neuen Sturzflug durch die Lüfte aufmachte, auf der Jagd nach was auch immer, dem Adler durch den Himmel hinterhersausen.

Wie die Erklärung auch lauten mochte, jetzt, das wurde Dirk klar, war die Zeit gekommen, wo er einfach seine Chancen nutzen mußte. Er straffte sich, holte tief Luft und tauchte hinter dem Renault auf wie ein Geist aus der Versenkung.

Der Adler sah gerade in die andere Richtung, und es dauerte einen kurzen Moment, bis er wieder nach vorn guckte und ihn sah, worauf er laut kreischte und ein, zwei Zentimeter zurückwich, eine Reaktion, die Dirk ein bißchen verwirrte. Darauf zwinkerte der Adler schnell ein paarmal hintereinander und bekam was Keckes ins Gesicht, aber was Dirk davon halten sollte, davon hatte er nicht die leiseste Ahnung.

Er wartete ein paar Sekunden, bis er meinte, die Lage hätte sich nach der ersten Aufregung wieder beruhigt, dann trat er um die Vorderseite des Renault herum zögernd vor. Eine Reihe leiser, fragender Krächzgeräusche schien unsicher durch die Luft zu schweben, und dann wurde Dirk nach einer Weile klar, daß er sie selber produzierte, und blieb stehen. Es war schließlich ein Adler, womit er es zu tun hatte, kein Wellensittich.

Genau in diesem Moment beging er einen Fehler.

Während seine Gedanken völlig auf Adler konzentriert waren, auf die möglichen Absichten von Adlern und die vielen Beziehungen, in denen Adler sich wahrscheinlich von jungen Kätzchen unterschieden, konzentrierte er sich nicht genug auf das, was er tat, als er von der Straße auf den Bürgersteig trat, der von dem frischen Nieselregen glitschig war. Als er den zweiten Fuß vorsetzte, blieb er an der Stoßstange des Wagens hängen; Dirk wankte, rutschte und tat schließlich das, was man einem mächtigen Adler von ungewisser Stimmung nie antun sollte, nämlich sich mit ausgestreckten Armen kopfüber auf ihn zu stürzen.

Der Adler reagierte sofort.

Ohne eine Sekunde zu zögern, hüpfte er geschickt zu Seite und machte Dirk den Platz, den er brauchte, um mit voller Wucht auf seine eigene Schwelle zu knallen. Dann äugte er mit einem Hohn auf ihn herab, der auch einen Geringeren vernichtet hätte, zumindest einen, der in dem Moment nach oben geguckt hätte.

Dirk stöhnte.

Er hatte von der Stufenkante einen Schlag gegen die Schläfe abgekriegt, und das war ein Schlag, hatte er das Gefühl, auf den er an diesem Abend auch mit Leichtigkeit hätte verzichten können. Keuchend lag er eine Weile da, dann wälzte er sich schwerfällig herum, hielt sich mit einer Hand die Stirn und mit der anderen die Nase, und blickte Böses ahnend zu dem mächtigen Vogel auf, während er voll Bitterkeit über die Bedingungen nachsann, unter denen man von ihm zu arbeiten verlangte.

Als ihm klar wurde, daß er für den Augenblick offenbar nichts von dem Adler zu befürchten hatte, der ihn nur mit einer Art spöttischer und verwunderter Skepsis betrachtete, setzte er sich auf; und schließlich rappelte er sich langsam wieder auf die Beine und wischte und klopfte sich den Dreck von seinem Mantel. Er durchwühlte die Taschen nach seinen Schlüsseln und schloß die Haustür auf, die ihm etwas locker in den Angeln zu hängen schien. Er wartete ab, was der Adler als nächstes tun würde.

Unter leisem Rascheln seiner Schwingen hüpfte er über die Schwelle in Dirks Diele. Er blickte sich um und schien, was er sah, mit leichtem Abscheu zu betrachten. Dirk wußte nicht, was Adler von menschlichen Eingangsdielen erwarteten, mußte sich aber eingestehen, daß es nicht nur der Adler war, der so reagierte. Die Unordnung war nicht allzu groß, aber sie hatte was Verbissenes, das dazu neigte, sich wie ein Leichentuch über Besucher zu legen, und der Adler war gegen diese Wirkung offensichtlich nicht immun.

Dirk hob einen großen, flachen Umschlag von seinem Abtreter auf, guckte hinein, um zu sehen, ob es das war, was er erwartete, und dann bemerkte er, daß an der Wand ein Bild fehlte. Es war kein besonders schönes Bild, bloß ein kleiner japanischer Druck, den er in der Camden Passage gefunden hatte und ganz gern mochte, aber der springende Punkt war, daß er fehlte. Der Haken in der Wand war leer. Auch ein Stuhl fehlte, bemerkte er.

Plötzlich fiel ihm ein, was dies möglicherweise zu bedeuten hatte, und er lief eilig in die Küche. Viele seiner verschiedenen Küchenutensilien waren verschwunden. Das Gestell mit den meist unbenutzten Sabatier-Messern, die Küchenmaschine und sein Casettenradio waren weg, aber er hatte einen neuen Kühlschrank. Der war offensichtlich von Nobby Paxtons schweren Jungs geliefert worden, und er würde einfach die übliche kleine Liste zusammenstellen müssen.

Trotzdem, er hatte einen neuen Kühlschrank, und damit war ihm eine beträchtliche Last von der Seele genommen. Schon die ganze Atmosphäre in der Küche schien angenehmer zu sein. Die nervöse Spannung hatte sich gelegt. Man spürte ein neues Gefühl von Leichtigkeit und Elastizität in der Luft, das sich sogar auf den Stapel alter Pizzakartons übertragen hatte, der sich nun eher in einem schwungvollen als einem bedrückenden Winkel zur Seite zu neigen schien.

Fröhlich zog Dirk die Tür des neuen Kühlschranks auf und stellte zu seinem Entzücken fest, daß er vollkommen und absolut leer war. Seine Innenbeleuchtung strahlte auf vollkommen saubere blaue und weiße Wände und glänzende Chromfächer. Ihm gefiel das so sehr, daß er auf der Stelle beschloß, ihn so zu lassen. Er würde überhaupt nichts hineintun. Seine Nahrungsmittel würden einfach aller Welt sichtbar verfaulen müssen.

Gut. Er machte ihn wieder zu.

Ein Kreischen und Flügelschlagen hinter ihm erinnerte ihn daran, daß er einen Adler zu Besuch hatte. Er drehte sich um und sah, daß der Vogel ihn von der Mitte des Tisches her anfunkelte.

Jetzt, wo er sich ein bißchen mehr an ihn gewöhnt hatte und tatsächlich nicht bösartig angefallen worden war, wie er es geargwöhnt hatte, erschien ihm der Vogel etwas weniger furchteinflößend als vorher. Das Vieh stellte trotzdem noch eine gefährliche Menge Adler dar, aber vielleicht war ein Adler eine leichter zu bewältigende Aufgabe, als er das ursprünglich vermutet hatte. Erleichtert atmete er ein wenig auf, nahm seinen Hut ab, zog den Mantel aus und warf beide über einen Stuhl.

Der Adler schien in diesem Augenblick das Gefühl zu haben, Dirk könnte in Bezug auf ihn auf die falschen Gedanken kommen, und reckte ihm einen seiner Greifer entgegen. Mit plötzlichem Schrecken sah Dirk, daß er tatsächlich etwas, das geronnenem Blut sehr ähnlich sah, an seinen Klauen hatte. Eilig zog er sich von ihm zurück. Darauf erhob der Adler sich auf den Krallen zu seiner vollen Größe und begann, seine mächtigen Flügel immer weiter und weiter auszubreiten und sie ganz langsam zu bewegen, während er sich nach vorn beugte, als müsse er die Balance halten. Dirk tat das einzige, was er sich unter diesen Umständen vorstellen konnte: er stürzte aus der Küche, knallte die Tür hinter sich zu und stemmte den Tisch aus der Diele dagegen.

Eine grauenhafte Kakophonie aus Gekreisch, Gescharre und Geflattere erhob sich im selben Augenblick hinter der Tür. Dirk saß keuchend mit dem Rücken gegen den Tisch gelehnt und versuchte, wieder zu Atem zu kommen, und dann wurde er nach einer Weile langsam unruhig darüber, was der Vogel wohl nun im Schilde führe.

Es kam ihm so vor, als rase der Vogel im Moment unentwegt im Sturzflug gegen die Tür. Alle paar Sekunden wiederholte sich das Schema – erst ein mächtiges Flügelschlagen, dann ein Brausen, dann ein fürchterliches Krachen. Dirk glaubte nicht, daß der Adler durch die Tür käme, machte sich aber Sorgen, er könnte sich dabei zu Tode stürzen. Das Geschöpf schien über irgend etwas völlig aus dem Häuschen zu sein, aber was, davon konnte Dirk sich auch ansatzweise kein Bild machen. Er versuchte, sich zu beruhigen und klare Gedanken zu fassen, sich zu überlegen, was er als nächstes tun solle.

Er sollte Kate anrufen und sich vergewissern, daß mit ihr alles in Ordnung sei.

Zisch, krach!

Er sollte endlich den Umschlag öffnen, den er den ganzen Tag mit sich herumgeschleppt hatte, und den Inhalt durchsehen.

Zisch, krach!

Dafür bräuchte er ein scharfes Messer.

Zisch, krach!

Dann kamen ihm in ziemlich schneller Reihenfolge drei einigermaßen unangenehme Gedanken.

Zisch, krach!

Erstens, die einzigen scharfen Messer im Haus, vorausgesetzt, Nobbys Möbelpacker hatten ihm überhaupt welche dagelassen, waren in der Küche.

Zisch, krach!

Das war an sich nicht so schlimm, weil er wahrscheinlich irgendwas im Haus finden konnte, das es auch täte.

Zisch, krach!

Der zweite Gedanke war, daß der fragliche Umschlag in der Tasche seines Mantels steckte, den er über die Lehne eines Küchenstuhls gelegt hatte.

Zisch, krach!

Der dritte Gedanke war dem zweiten sehr ähnlich und drehte sich darum, wo das Stück Papier mit Kates Telefonnummer sich befinde.

Zisch, krach!

Oh Gott.

Zisch, krach!

Dirk war es langsam sehr, sehr leid, wie der Tag ablief. Das Gefühl einer drohenden Katastrophe beunruhigte ihn tief, aber er vermochte noch immer absolut nicht zu erkennen, worin ihre Ursache bestand.

Zisch, krach!

Schön, er wußte jetzt, was er zu tun hatte ...

Zisch, krach!

... also gab es keinen Grund, nicht darin fortzufahren. Er zog den Tisch leise von der Tür weg.

Zisch –

Er duckte sich, riß die Tür auf und tauchte glatt unter dem Adler weg, als der in die Diele sauste und gegen die gegenüberliegende Wand krachte. Er knallte die Tür hinter sich zu und riß seinen Mantel von dem Stuhl, den er unter die Klinke rammte.

Zisch, krach!

Die Schäden an dieser Seite der Tür waren ebenso beträchtlich wie eindrucksvoll, und Dirk machte sich allmählich ernstlich Sorgen darüber, was dieses Verhalten über den Geisteszustand des Vogels aussagte, oder was aus dem Geisteszustand des Vogels werden könnte, wenn er noch sehr viel länger bei diesem Verhalten bliebe.

Zisch . . . kratz . . .

Derselbe Gedanke schien in dem Moment auch dem Vogel gekommen zu sein, und nach einem kurzen hektischen Kreischen und Kratzen an der Tür versank er in ein verdrießliches, niedergeschlagenes Schweigen, das, nachdem es ungefähr eine Minute angehalten hatte, beinahe genauso beängstigend wurde wie das Gebummere zuvor.

Dirk überlegte, was das Tier wohl vorhabe.

Er näherte sich vorsichtig der Tür und zog ganz, ganz leise den Stuhl ein kleines Stück zurück, so daß er durch das Schlüsselloch sehen konnte. Er ging in die Hocke und blickte hindurch. Zuerst meinte er, er könne gar nichts sehen, es sei offenbar von irgendwas verstopft. Ein leichtes Flackern und Glänzen ganz dicht an der anderen Seite enthüllte ihm dann plötzlich die erschreckende Wahrheit, daß auch der Adler ein Auge am Schlüsselloch hatte und zu ihm hinüberspähte. Vor Schreck über diese Entdeckung kippte Dirk beinahe nach hinten um und zog sich von der Tür mit dem Gefühl gelinden Horrors und leisen Abscheus zurück.

Das war ein wahnsinnig intelligentes Verhalten für einen Adler, oder? Nein? Wie war er dahintergekommen? Ihm fielen keine Vogelkundler ein, die er anrufen konnte. Alle seine Nachschlagewerke stapelten sich in anderen Zimmern des Hauses, und er meinte, daß er nicht nochmal ungestraft den selben Trick abziehen könne, bestimmt nicht, wenn er es mit einem Adler zu tun hatte, der hatte herausfinden können, wozu Schlüssellöcher da sind.

Er zog sich zum Spülstein zurück, wo er ein Küchenhandtuch fand. Er faltete es klein zusammen, tränkte es und betupfte damit erst seine blutende Schläfe, die bereits ganz hübsch anschwoll, und dann seine Nase, die noch immer sehr empfindlich und jetzt schon den größten Teil des Tages ein beträchtliches Kaliber hatte. Vielleicht war der Adler ein zart besaiteter Adler, der auf den Anblick von Dirks Gesicht in seinem momentanen, schwer derangierten Zustand sensibel reagiert und einfach den Verstand verloren hatte. Dirk seufzte und setzte sich.

Bei Kate, der er als nächstes seine Aufmerksamkeit zuwandte, meldete sich der Anrufbeantworter. Ihre Stimme teilte ihm sehr freundlich mit, daß er doch bitte nach dem Piepton eine Nachricht hinterlassen solle, machte ihn jedoch darauf aufmerksam, daß sie sich die Mitteilungen kaum je anhöre und es viel besser sei, mit ihr persönlich zu sprechen, nur könne er das im Moment nicht, weil sie nicht da sei, und er solle es am besten nochmal versuchen.

Allerbesten Dank, dachte er und legte auf.

Ihm wurde klar, daß die ganze Wahrheit folgende war: Er hatte den Tag mit nichts anderem zugebracht, als das Öffnen des Umschlags vor sich hinzuschieben, aus Angst vor dem, was er darin finden könnte. Es war nicht so, daß die Vorstellung furchterregend war, dennoch war es natürlich furchterregend, daß ein Mensch seine Seele an einen grünäugigen Kerl mit Sense verkauft haben sollte, was die Umstände mit äußerstem Nachdruck nahezulegen versuchten. Es war nur so, daß es extrem niederschmetternd war, wenn er seine Seele an einen grünäugigen Kerl mit Sense gegen einen Anteil an den Tantiemen eines Plattenhits verkauft haben sollte.

Und genauso sah es doch auf den ersten Blick aus. Oder?

Dirk nahm den anderen Umschlag, der auf der Fußmatte auf ihn gewartet hatte, wo er vom Boten einer großen Londoner Buchhandlung deponiert worden war, bei der Dirk ein Konto hatte. Er zog den Inhalt heraus, der aus Text und Noten von *Hot Potato* bestand, verfaßt von Colin Paignton, Phil Mulville und Geoff Anstey.

Der Text war, naja, schlicht. Er sorgte für den Rhythmus einer simplen, sich ständig wiederholenden *funk*-Phrase und vermittelte das unverfälschte Gefühl von Bedrohung und fröhlicher Abgestumpftheit, das die Stimmung des letzten Sommers trefflich eingefangen hatte. Der Text lautete:

Hot Potato. Heiße Kartoffel.
Heb sie nicht auf, nicht auf, nicht auf.
Schnell, gib sie weiter, weiter, weiter.
Wenn du nicht willst, daß man dich fängt, dich fängt, dich fängt.
Wirf sie jemand hin. Wem denn? Irgendwem.
Du hast sie besser nicht, wenn der Dicke kommt.
Ich sagte, du hast sie besser nicht, wenn der Dicke kommt.
Ist 'ne heiße Kartoffel.

Und so weiter. Die beiden Bandmitglieder warfen sich die ständig wiederholten Phrasen endlos gegenseitig zu, das Schlagzeug wurde lauter und lauter, und es hatte auch ein Tanzvideo dazu gegeben.

Sollte das am Ende alles sein? Na toll. Ein hübsches Haus in der Lupton Street mit versiegelten Böden und eine kaputte Ehe?

Die Dinge waren fraglos ganz schön auf den Hund gekommen seit den großen Tagen von Faust und Mephistopheles, als ein Mensch für den Preis seiner Seele das gesamte Wissen des Universums, alle Wünsche seines Herzens und alle Freuden des Fleisches erlangen konnte. Heutzutage waren es ein paar Plattentantiemen, ein paar schicke Möbel, wertloser Tinnef, den man sich im Badezimmer an die Wand hängen konnte, und schwupp! schon war der Kopf ab.

Also worum genau ging es hier? Wie lautete der *Potato*-Vertrag? Wer bekam was und warum?

Dirk kramte in einer Schublade nach dem Brotmesser, setzte sich wieder hin, holte den Umschlag aus der Manteltasche und durchschnitt die zusammengepappten Klebebandschichten, die ihn am Ende zusammenhielten.

Heraus fiel ein dickes Bündel Papiere.

Kapitel 22

Genau im selben Moment, in dem das Telefon klingelte, ging die Tür zu Kates Wohnzimmer auf. Der Donnergott versuchte hindurchzustampfen, doch statt dessen schwebte er. Er hatte sich in dem Zeug, das Kate in die Badewanne getan hatte, sichtlich sehr ausführlich weichen lassen, sich dann wieder angezogen und ein Nachthemd von Kate in Streifen gerissen, um sich seinen Arm zu verbinden. Beiläufig warf er eine Handvoll aufgeweichter Eichenspäne in die Zimmerecke. Kate beschloß, für den Augenblick sowohl die absichtlichen Provokationen als auch das Telefon zu ignorieren. Mit ersteren konnte sie umgehen und für den Umgang mit letzterem hatte sie einen Anrufbeantworter.

»Ich habe über dich gelesen«, fiel sie über den Donnergott her. »Wo ist dein Bart?«

Er nahm ihr das Buch, ein einbändiges Lexikon, aus der Hand und besah es sich, dann warf er es verächtlich beiseite.

»Ha«, sagte er, »ich habe ihn abrasiert. Als ich in Wales war.« Bei dieser Erinnerung machte er ein finsteres Gesicht.

»Was hast du denn um Himmels willen in Wales gemacht?«

»Die Steine gezählt«, sagte er mit einem Achselzucken, trat ans Fenster und starrte hinaus.

Eine ungeheure trübselige Beklemmung lag in seinem Verhalten. Plötzlich kam Kate mit einem Anflug von etwas, das Angst nicht ganz unähnlich war, der Gedanke, daß die Leute manchmal, wenn sie so wurden, ihre Stimmung dem Wetter verdankten. Bei einem Donnergott funktionierte es wahrscheinlich genau anders herum. Der Himmel draußen sah fraglos unruhig und verärgert aus.

Sie wurde plötzlich sehr verlegen.

»Entschuldige bitte, wenn sich meine Frage dumm anhört«, sagte Kate, »aber ich bin da ein bißchen ratlos. Ich bin's nicht gewohnt, den Abend mit jemandem zu verbringen, nach dem ein ganzer Tag benannt ist. Was für Steine hast du denn in Wales gezählt?«

»Alle«, sagte Thor mit leisem Knurren. »Alle zwischen dieser Größe . . .« – er hielt die Spitze seines Zeigefingers und den Daumen ungefähr sechs Millimeter auseinander – ». . . und dieser Größe.« Er hielt beide Hände ungefähr einen Meter auseinander, dann ließ er sie wieder sinken.

Kate sah ihn verständnislos an.

»Na und . . . wieviele waren's?« fragte sie. Es erschien ihr nur höflich, die Frage zu stellen.

Er fuhr sie böse an.

»Zähl sie doch selber, wenn du's wissen willst!« schnauzte er. »Warum habe ich denn Jahre und Jahre und Jahre damit verbracht, sie zu zählen, so daß ich der einzige bin, der es weiß und der es auf ewig wissen wird, wenn ich dann einfach hingehe und es jemand anderem erzähle? Oder?«

Er drehte sich wieder zum Fenster um.

»Ich mache mir«, sagte er, »sowieso Gedanken deswegen. Ich glaube, ich habe mich irgendwo in Mid-Glamorgan verzählt. Aber niemals«, schrie er, »mache ich das nochmal!«

»Tja, warum um alles auf der Welt hast du denn überhaupt sowas Verrückes gemacht?«

»Es war eine mir von meinem Vater auferlegte Bürde. Eine Strafe. Eine Buße.« Er blickte finster.

»Dein Vater?« fragte Kate. »Meinst du Odin?«

»Der All-Vater«, sagte Thor. »Der Vater der Götter von Asgard.«

»Und du sagst, er lebt?«

Thor drehte sich um und sah sie an, als sei sie nicht ganz bei Trost.

»Wir sind unsterblich«, sagte er schlicht.

Eine Treppe tiefer suchte Neil sich genau diesen Augenblick aus, um seinen donnernden Vortrag auf der Baßgitarre zu beenden, und das Haus schien im Nachhall in schauriger Stille zu klingen.

»Unsterbliche habt ihr gewollt«, sagte Thor mit leiser, ruhiger Stimme. »Unsterbliche habt ihr bekommen. Es ist ein bißchen schwierig für uns. Ihr wolltet, daß wir ewig leben, also leben wir ewig. Dann habt ihr uns vergessen. Trotzdem leben wir ewig. Jetzt endlich sind viele tot, und viele sterben«, setzte er mit leiser Stimme hinzu, »aber es ist enorme Mühe nötig.«

»Ich begreife nicht im entferntesten, wovon du redest«, sagte Kate. »Du sagst, daß ich, wir –«

»Du *kannst* es begreifen lernen«, sagte Thor ärgerlich, »deswegen bin ich ja zu dir gekommen. Weiß du, daß die meisten Menschen mich kaum sehen? Mich überhaupt kaum bemerken? Es ist ja nicht so, daß wir uns verstecken. Wir sind hier. Wir leben unter euch. Meine Verwandten. Eure Götter. Ihr habt uns hervorgebracht. Ihr habt uns so gemacht, wie ihr selber nicht zu sein wagtet. Trotzdem wollt ihr euch nicht zu uns bekennen. Wenn ich auf einer eurer Straßen in dieser . . . Welt entlanggehe, die ihr euch ohne uns geschaffen habt, dann blinzelt kaum ein Auge auch nur mal in meine Richtung.«

»Passiert das, wenn du den Helm trägst?«

»Besonders, wenn ich den Helm trage!«

»Naja –«

»Du machst dich über mich lustig!« schrie Thor.

»Du machst es einem Mädchen sehr leicht«, sagte Kate. »Ich weiß nicht, was –«

Plötzlich schien das Zimmer zu beben und dann den Atem anzuhalten. Kates sämtliche Eingeweide flatterten wie wild und hielten dann ganz still. In der plötzlichen grauenhaften

Stille kippte eine blaue Tischlampe aus Porzellan langsam vom Tisch, fiel auf den Boden und verkroch sich in eine dunkle Zimmerecke, wo sie als ängstliches, kleines, defensives Häufchen sitzen blieb.

Kate starrte sie an und versuchte, ruhig zu bleiben. Sie hatte das Gefühl, als riesele ihr kalte, glibberige Götterspeise über die Haut.

»Hast du das getan?« fragte sie zitternd.

Thor war aschfahl und machte ein verdutztes Gesicht. Er murmelte: »Mach mich nicht wütend auf dich. Du hast großes Glück gehabt.« Er schaute weg.

»Was sagst du da?«

»Ich sage, daß ich will, daß du mitkommst.«

»Was? Und was ist *damit*?« Sie deutete auf das kleine, verdatterte Kätzchen unter dem Tisch, das vor so kurzer Zeit und zu solch großer Verwirrung eine blaue Porzellantischlampe gewesen war.

»Daran kann ich nichts ändern.«

Kate war plötzlich so müde und durcheinander und verängstigt, daß sie meinte, ihr kämen gleich die Tränen. Sie stand da, nagte an ihrer Lippe und versuchte, so wütend wie möglich zu sein.

»Ach, wirklich?« sagte sie. »Ich dachte, du wärst angeblich ein Gott. Ich hoffe, du hast dich nicht unter Vorspiegelung falscher Tatsachen bei mir eingeschlichen, ich . . .« Sie stotterte, verstummte und fuhr dann in einem anderen Ton fort: »Willst du damit sagen«, sagte sie mit leiser Stimme, »daß du *die ganze Zeit* hier auf der Erde gewesen bist?«

»Hier und in Asgard«, sagte Thor.

»Asgard«, sagte Kate. »Die Wohnung der Götter?«

Thor schwieg. Es war ein grimmiges Schweigen, das mit etwas angefüllt zu sein schien, das ihn furchtbar ärgerte.

»Wo liegt Asgard?« wollte Kate wissen.

Wieder sprach Thor nicht. Er war ein Mann von sehr wenigen Worten und enorm langen Pausen. Als er schließlich antwortete, war absolut nicht klar, ob er die ganze Zeit nachgedacht oder bloß dagestanden hatte.

»Asgard ist auch hier«, sagte er. »Alle Welten sind hier.«

Er zog unter seinen Fellen seinen großen Hammer hervor und betrachtete sich den Kopf eingehend und mit einer sonderbaren Gespanntheit, als wenn irgend etwas daran sehr rätselhaft sei. Kate überlegte, woher ihr diese Haltung bekannt vorkam. Sie merkte, daß sie in ihr den Wunsch erzeugte, sich instinktiv zu ducken. Sie trat einen ganz kleinen Schritt zurück und wartete aufmerksam.

Als er wieder aufschaute, lag eine völlig neue Spannung und Energie in seinem Blick, als sammele er sich, um sich auf irgendwas zu stürzen.

»Heute abend muß ich in Asgard sein«, sagte er. »Ich muß meinem Vater in der Großen Halle von Walhalla entgegentreten und ihn für das zur Rechenschaft ziehen, was er getan hat.«

»Du meinst, daß er dich hat walisische Kiesel zählen lassen?«

»Nein!« sagte Thor. »Weil er die walisischen Kiesel nicht zählenswert gemacht hat!«

Kate schüttelte wütend den Kopf. »Ich weiß einfach überhaupt nicht, was ich von dir halten soll«, sagte sie. »Ich glaube, ich bin einfach zu müde. Komm morgen wieder. Erklär mir morgen früh das Ganze.«

»Nein«, sagte Thor. »Du mußt Asgard mit eigenen Augen sehen, und dann wirst du begreifen. Du mußt es heute nacht sehen.« Er packte sie beim Arm.

»Ich will nicht nach Asgard«, widersetzte sie sich. »Ich fahre nicht mit fremden Männern zu mythologischen Stätten. Ruf mich morgen früh an und erzähl mir, wie's gelaufen ist. Mach ihm die Hölle heiß wegen der Kiesel.«

Sie wand ihren Arm aus seinem Griff. Es war ihr sehr, sehr klar, daß sie das nur mit seiner Erlaubnis konnte.

»Jetzt geh bitte, und laß mich schlafen!« Sie sah ihn zornig an.

In dem Moment war es, als wenn das Haus zerplatzte, als Neil sich an eine stampfende Baßversion von Siegfrieds Rheinfahrt aus dem 1. Akt der *Götterdämmerung* machte, bloß um zu beweisen, daß man's machen kann. Die Wände wackelten, die Fenster klapperten. Es war gerade noch zu hören, wie die Tischlampe unter dem Tisch jämmerlich miaute.

Kate versuchte, ihren wütenden Blick beizubehalten, aber unter diesen Umständen ging das einfach nicht sehr lange.

»Okay«, sagte sie schließlich, »wie kommen wir dahin?«

»Es gibt so viele Möglichkeiten, wie es winzige Teilchen gibt.«

»Wie bitte?«

»Winzige Dinge.« Er hielt wieder Zeigefinger und Daumen in die Höhe, um etwas sehr Kleines anzudeuten. »Moleküle«, setzte er hinzu und schien sich bei dem Wort nicht sehr wohlzufühlen. »Aber erst müssen wir mal hier raus.«

»Werde ich in Asgard einen Mantel brauchen?«

»Wie du meinst.«

»Na, ich nehme auf alle Fälle einen mit. Einen Augenblick.«

Sie fand, die beste Art, mit dem merkwürdigen Hokuspokus zu Rande zu kommen, der im Moment ihr Leben ausmachte, war, ganz nüchtern damit umzugehen. Sie nahm ihren Mantel, bürstete sich das Haar, sprach eine neue Mitteilung auf ihren Anrufbeantworter und stellte pflichtbewußt ein Schälchen Milch unter den Tisch.

»Okay«, sagte sie und ging ihm voran aus der Wohnung, schloß sie sorgfältig hinter ihnen ab und machte »Schscht«, als sie an Neils Tür vorbeigingen. Bei all dem Tumult, den er im Augenblick veranstaltete, lauschte er fast sicher auf das winzigste Geräusch und wäre, falls er sie vorbeigehen hörte, im selben Moment draußen, um sich über den Coca-Cola-Automaten zu beschweren, über die vorgerückte Stunde, über die Unmenschlichkeit zwischen Mensch und Mensch, über das Wetter, den Krach und die Farbe von Kates Mantel, der einen Blauton hatte, den Neil aus irgendeinem Grund ganz besonders ekelhaft fand. Sie schlichen sich mit Erfolg vorbei und schlossen hinter sich die Haustür mit dem allerleisesten Klick.

Kapitel 23

Die Blätter, die auf Dirks Küchentisch fielen, waren aus dikkem, schwerem Papier, das zusammengefaltet und offenbar durch viele Hände gegangen war.

Er sichtete sie eins nach dem anderen, löste sie voneinander, strich sie mit der flachen Hand glatt, legte sie säuberlich in Reihen auf den Küchentisch und machte, als es notwendig wurde, Platz zwischen den alten Zeitungen, den Aschenbechern und schmutzigen Porridgeschüsseln frei, die Dina, die Putzfrau, immer genau dort stehenließ, wo sie standen, wobei sie, danach zur Rede gestellt, behauptete, sie habe gedacht, er habe sie extra dahin gestellt.

Mehrere Minuten brütete er über den Papieren, besah sich eines nach dem anderen, verglich sie miteinander, studierte sie sorgfältig Blatt für Blatt, Absatz für Absatz, Zeile für Zeile.

Er begriff kein einziges Wort.

Er hätte drauf kommen sollen, wurde ihm klar, daß der grünäugige, pelzige, sensenschwingende Riese sich von ihm nicht nur im allgemeinen Äußeren und in seinen persönlichen Gewohnheiten unterschied, sondern auch in solchen Dingen wie dem Alphabet, das er bevorzugte.

Verstimmt und enttäuscht lehnte er sich auf seinem Stuhl zurück und langte nach einer Zigarette, aber das Päckchen aus seinem Mantel war leer. Er nahm einen Bleistift und tippte ihn wie eine Zigarette auf, aber das brachte natürlich nicht dieselbe Wirkung.

Nach ein, zwei Minuten wurde ihm peinlich bewußt, daß ihn der Adler wahrscheinlich immer noch durchs Schlüsselloch beobachtete, und er fand, das machte es unglaublich schwer für ihn, sich auf das vor ihm liegende Problem zu konzentrieren, vor allem ohne Zigarette. Er blickte mißmutig vor sich hin. Er wußte, daß oben neben seinem Bett noch ein Päckchen lag, aber ihm war klar, daß er schon allein mit der Ornithologie, die damit verbunden war, nicht zu Rande kam.

Er versuchte, noch ein bißchen länger den Blick auf die Papiere zu richten. Die Handschrift, abgesehen davon, daß es eine kleine, kritzelige und unleserliche Runenschrift war, drängte sich zum größten Teil auf der linken Seite des Blattes zusammen, als wäre sie dort von einer Flutwelle hingeschwemmt worden. Die rechte Seite war weitgehend leer, bis auf eine Gruppe von Schriftzeichen hier und da, die in einer Reihe untereinander angeordnet waren. Von dem flüchtigen Gefühl abgesehen, daß ihm am Layout irgendwas vage bekannt vorkam, sagte ihm das Ganze absolut nichts.

Er wandte seine Aufmerksamkeit statt dessen wieder dem Umschlag zu und versuchte noch einmal, einige der Namen zu entziffern, die so dick durchgestrichen worden waren.

Howard Bell, der sagenhaft reiche Bestsellerautor, der schlechte Bücher schrieb, die sich wie warme Semmeln verkauften, obwohl – oder vielleicht auch weil – sie kein Mensch las.

Dennis Hutch, Schallplattenmagnat. Jetzt, wo er den Namen in einen Zusammenhang bringen konnte, kannte Dirk ihn sehr gut. Die Aries Rising Record Group, die auf den Idealen der sechziger Jahre gegründet worden war oder zumindest auf dem, was man in den Sechzigern unter Idealen verstanden hatte, in den Siebzigern expandiert und sich schließlich, ohne eine Runde auszulassen, dem Materialismus der Achtziger in die Arme geworfen hatte, war mittlerweile ein gewaltiger Unterhaltungskonzern zu beiden Seiten des Atlantik. Dennis Hutch war zum Boss aufgestiegen, als der Firmengründer an einer tödlichen Überdosis Backsteinmauer gestorben war, die er unter dem Einfluß eines Ferrari und einer Flasche Tequila zu sich genommen hatte. ARRGH! war außerdem das Plattenlabel, unter dem *Hot Potato* auf den Markt gekommen war.

Stan Dubcek, Hauptteilhaber an der Werbefirma mit dem drolligen Namen, die inzwischen die meisten englischen und amerikanischen Werbefirmen aufgekauft hatte, die keine Namen hatten, die auch nur halb so drollig waren und deshalb sämtlich geschluckt worden waren.

Und hier war plötzlich noch ein Name auf den ersten Blick zu entziffern, jetzt, wo Dirk auf die Art der Namen eingestimmt war, nach denen er suchen mußte. Roderick Mercer, der Welt größer Verleger der miesesten Zeitungen der Welt. Dirk hatte den Namen mit dem ungewöhnlichen ». . . erick« hinter dem »Rod« zunächst gar nicht erkannt. Oijoijoi . . .

Es handelte sich hier doch um Leute, dachte Dirk plötzlich, die wirklich was erreicht hatten. Bestimmt hatten sie einiges mehr als nur ein hübsches kleines Haus in der Lupton Road mit ein paar vertrockneten Blumen drin ergattert. Sie hatten auch den großen Vorzug, die Köpfe noch auf ihren Schultern zu tragen, es sei denn, Dirk hatte in den Nachrichten was Neues und Dramatisches verpaßt. Was bedeutete das alles? Worum ging es bei diesem Vertrag? Wieso hatten alle, durch deren Hände er gegangen war, so erstaunlichen Erfolg gehabt, bis auf einen, Geoffrey Anstey? Jeder, durch dessen Hände er gegangen war, hatte Nutzen daraus gezogen, bis auf den einen, der ihn zuletzt gehabt hatte. Der ihn immer noch hatte.

Der Vertrag war eine heiße Kartoffel . . .

Du hast sie besser nicht, wenn der Dicke kommt.

Plötzlich nahm in Dirks Kopf der Gedanke Gestalt an, daß es Geoffrey Anstey selbst gewesen sein könnte, der heimlich eine Unterhaltung über eine heiße Kartoffel mitgehört hatte, darüber, daß man sie loswerden, weitergeben müsse. Wenn er sich an das Interview mit Pain richtig erinnerte, hatte er nicht gesagt, daß er selber die Unterhaltung mitgehört hatte.

Du hast sie besser nicht, wenn der Dicke kommt.

Der Gedanke war grauenhaft und ging folgendermaßen

weiter: Geoffrey Anstey war mitleiderregend naiv gewesen. Er hatte diese Unterhaltung mitgehört, zwischen – wem? Dirk griff zu dem Umschlag und ging die Liste der Namen durch – und hatte gemeint, sie ergäbe einen guten Tanzrhythmus. Er war nicht eine Sekunde lang auf den Gedanken gekommen, daß diese Unterhaltung, der er lauschte, seinen eigenen grausigen Tod zur Folge haben könnte. Er hatte einen Plattenhit daraus gemacht, und als ihm die wahre heiße Kartoffel übergeben wurde, hatte er sie aufgehoben.

Heb sie nicht auf, nicht auf, nicht auf.

Und statt sich an den Rat zu halten, den er im Songtext festgehalten hatte . . .

Schnell, gib sie weiter, weiter, weiter.

. . . hatte er sie hinter die Goldene Schallplatte an seiner Badezimmerwand gesteckt.

Du hast sie besser nicht, wenn der Dicke kommt.

Dirk zog die Stirn kraus und nahm einen langen, langsamen, gedankenvollen Zug an seinem Bleistift.

Das war doch lächerlich.

Er mußte an Zigaretten kommen, wenn er diese Sache mit einer gewissen Verstandesstrenge durchdenken sollte. Er zog sich den Mantel an, drückte sich den Hut auf den Kopf und trat ans Fenster.

Das Fenster war nicht mehr geöffnet worden, seit – naja, bestimmt nicht, seit er das Haus besaß, und es wehrte sich und kreischte laut angesichts der plötzlichen und ungewohnten Verletzung seines Freiraums und seiner Unabhängigkeit. Als Dirk es weit genug aufgedrückt hatte, quälte er sich auf das Fensterbrett hinaus und zog seinen Ledermantel in dicken Packen hinter sich her. Von dort aus war es noch ein ziemlicher Satz bis zum Bürgersteig, weil das Haus noch ein Kellergeschoß hatte, zu dem an der Vorderseite eine schmale Treppe hinunterführte. Ein Eisenzaun trennte sie vom Bürgersteig, und Dirk mußte darüber hinwegspringen.

Ohne einen Augenblick zu zögern, unternahm er den

Sprung, und er war mitten in der Luft, als ihm einfiel, daß er seine Wagenschlüssel nicht vom Küchentisch genommen hatte, wo er sie hingelegt hatte.

Er überlegte, während er ungraziös durch die Luft segelte, ob er mittendrin eine hektische Wende veranstalten sollte oder nicht, verzweifelt rückwärts nach dem Fenster grapschen und hoffen, daß es ihm gelänge, sich am Fensterbrett festzuklammern, aber dann beschloß er bei reiflichem Überlegen, daß ihn ein Fehler an diesem Punkt durchaus das Leben kosten konnte, wogegen der Spaziergang ihm wahrscheinlich gut täte.

Er landete schwerfällig auf der anderen Seite des Zauns, aber die Schöße seines Mantels verfingen sich darin, und er mußte sie herauszerren, wobei etwas von dem Futter zerriß. Als sich der gellende Schock in seinen Knien gelegt und er das bißchen Fassung wiedererlangt hatte, das ihm von den Ereignissen des Tages noch übrig geblieben war, wurde ihm klar, daß es inzwischen längst nach elf war und die Pubs geschlossen hatten, so daß er einen längeren Spaziergang als gedacht machen müßte, um an Zigaretten zu kommen.

Er überlegte, was er tun solle.

Die momentane Einstellung des Adlers und sein Geisteszustand waren ein bedeutender Faktor, der dabei in Rechnung zu stellen war. Der einzige Weg, seine Wagenschlüssel zu bekommen, war der durch die Haustür in seine adlerverseuchte Diele.

Mit äußerster Vorsicht schlich er auf Zehenspitzen die Treppe zu seiner Haustür wieder hinauf, hockte sich hin und hob die Klappe des Briefschlitzes, in der Hoffnung, sie werde nicht quietschen, behutsam hoch und spähte hindurch.

Im selben Augenblick hakte sich eine Kralle in seinen Handrücken und ein mächtiger kreischender Schnabel hackte nach seinem Auge, verfehlte es zwar knapp, riß ihm aber eine tiefe Furche quer über die schwer mitgenommene Nase.

Dirk schrie vor Schmerz auf und taumelte zurück, kam

allerdings nicht sehr weit, weil er noch eine Kralle in seiner Hand stecken hatte. Er holte verzweifelt aus und schlug auf die Klaue ein, was ihm furchtbare Schmerzen verursachte, denn er trieb damit die scharfe Spitze nur noch tiefer in sein Fleisch und löste auf der anderen Seite der Tür eine gewaltige, tapsige Unruhe aus, deren winzigste Regungen sämtlich heftigst an seiner Hand zerrten.

Er griff mit seiner freien Hand nach der mächtigen Klaue und versuchte sie herauszuziehen. Sie war ungeheuer stark und zitterte von der Wut des Adlers, der genauso festsaß wie er. Zitternd vor Schmerzen gelang es ihm endlich, sich zu befreien, und er zog seine verletzte Hand zurück, die er mit der anderen streichelte und tätschelte.

Der Adler zog seine Klaue abrupt zurück, und Dirk hörte, wie er sich flügelschlagend ans andere Ende der Diele zurückzog und ein schreckliches Gekreisch und Geschrei ausstieß, während seine mächtigen Schwingen scharrend gegen die Wände stießen.

Dirk spielte mit dem Gedanken, das Haus niederzubrennen, aber als sich das Pochen in seiner Hand etwas gelegt hatte, beruhigte er sich und versuchte, falls er das könnte, die Dinge mal vom Standpunkt des Adlers aus zu betrachten.

Er konnte es nicht.

Er hatte nicht die leiseste Idee, wie sich Adlern im allgemeinen die Dinge darstellten, viel weniger speziell diesem Adler, der offenbar ein ziemlich geistesgestörtes Exemplar der Gattung war.

Nachdem er noch ungefähr eine Minute seine Hand getätschelt hatte, bezwang ihn die Neugier – verbunden mit dem sicheren Gefühl, daß der Adler sich zur entgegengesetzten Seite der Diele zurückgezogen habe und dort bliebe –, und er beugte sich nochmal zum Briefschlitz hinunter. Diesmal benutzte er seinen Bleistift, um die Klappe nach oben zu schieben, und spähte in die Diele aus dem sicheren Abstand von etlichen Zentimetern.

Der Adler war deutlich zu sehen, er hockte am Ende des Treppengeländers und beäugte ihn voller Groll und Unmut, was Dirk als ein bißchen happig empfand von einer Kreatur, die nur Augenblicke zuvor emsig mit dem Versuch beschäftigt gewesen war, ihm die Hand abzureißen.

Als der Adler sicher war, daß er Dirks Aufmerksamkeit gefunden hatte, richtete er sich auf seinen Füßen langsam auf, schüttelte gemächlich seine mächtigen Schwingen, und bewegte sie vorsichtig, um die Balance nicht zu verlieren. Diese Bewegung war es gewesen, die Dirk zuvor veranlaßt hatte, sich klugerweise aus dem Zimmer zu verziehen. Diesmal jedoch war er hinter ein paar sehr soliden Zoll Holz in Sicherheit und stand, oder vielmehr hockte, seinen Mann. Der Adler reckte auch den Hals in die Höhe, streckte die Zunge heraus und krächzte kläglich, was Dirk überraschte.

Dann entdeckte er noch etwas ziemlich Überraschendes an dem Adler, nämlich daß sich an seinen Flügeln seltsame, gar nicht adlerhafte Zeichen befanden. Es waren große, konzentrische Kreise.

Der Unterschied in der Färbung, der die Kreise markierte, war ganz schwach, und nur ihre absolute geometrische Regelmäßigkeit ließ sie so klar hervortreten, wie sie das taten. Dirk hatte ganz deutlich das Gefühl, daß der Adler ihm diese Kreise zeigte und daß sie es gewesen waren, worauf er die ganze Zeit seine Aufmerksamkeit hatte lenken wollen. Jedesmal, wenn der Vogel auf ihn herabgestoßen war, so wurde ihm bei nochmaligem Nachdenken klar, hatte er darauf eine Art komischer Flatternummer abgezogen, wozu das völlige Öffnen der Flügel gehört hatte. Aber jedesmal, wenn das passierte, war Dirk zu sehr damit beschäftigt gewesen, sich umzudrehen und wegzulaufen, als daß er dieser Vorführung die gehörige Aufmerksamkeit hätte schenken können.

»Haste Geld für 'ne Tasse Tee, Kumpel?«

»Äh, ja, vielen Dank«, sagte Dirk, »mir geht's gut.« Seine

Aufmerksamkeit war von dem Adler völlig in Anspruch genommen, und er sah sich nicht gleich um.

»Nein, ich meine, haste nich ein, zwei Schilling für 'ne Tasse Tee?«

»Was?« Diesmal sah Dirk sich gereizt um.

»Oder 'ne Lulle, Kumpel. Haste nich 'ne Lulle für mich?«

»Nein, ich wollte mir gerade selber welche holen«, sagte Dirk.

Der Mann auf dem Bürgersteig hinter ihm war ein Landstreicher unbestimmten Alters. Er stand leicht schwankend da, und heftige und unentwegte Enttäuschung vibrierte in seinen Augen.

Als der Mann von Dirk nicht gleich eine Antwort bekam, senkte er den Blick etwa einen Meter vor sich zur Erde und schwankte ein wenig vor und zurück. Er hielt die Arme gestreckt und leicht geöffnet von sich weg und schwankte einfach vor sich hin. Dann warf er einen mißbilligenden Blick auf den Boden. Dann tat er dasselbe mit einer andern Stelle am Boden. Dann richtete er sich gerade auf, brachte seinen Kopf ziemlich umständlich in Visierstellung und warf einen mißbilligenden Blick die Straße hinunter.

»Haben Sie was verloren?« fragte Dirk.

Der Kopf des Mannes schwenkte wieder zu Dirk zurück.

»Habe ich was *verloren*?« sagte er in einem erstaunten Nörgelton. »Habe ich was *verloren*?«

Es schien die erstaunlichste Frage zu sein, die er je gehört hatte. Er sah wieder eine Weile weg und schien zu versuchen, über die Frage im üblichen Maßstab der Dinge nachzudenken. Das führte wieder zu ziemlich viel Geschwanke und ziemlich viel mißbilligenden Blicken mehr. Schließlich schien er auf was gekommen zu sein, das als eine Art Antwort gelten mochte.

»Den Himmel?« fragte er Dirk mit der provozierenden Herausforderung, diese Antwort gut genug zu finden. Er blickte hinauf zum Himmel, vorsichtig, um nicht das Gleichgewicht zu verlieren. Ihm schien nicht zu gefallen, was er in der trüben, orangefarbenen, von Straßenlampen beleuchteten Blässe der Wolken sah, und senkte den Blick langsam wieder, bis er auf einen Punkt direkt vor seinen Füßen gerichtet war.

»Die Erde?« sagte er, sichtlich außerordentlich unzufrieden, und dann kam ihm plötzlich ein Gedanke.

»Frösche?« fragte er und hob seinen schwankenden Blick, um Dirks ziemlich bestürztem zu begegnen. »Früher mochte ich . . . Frösche«, sagte er und ließ den Blick auf Dirk ruhen, als sei das alles, was er zu sagen habe, und der Rest hänge nun völlig von Dirk ab.

Dirk war völlig fassungslos. Er sehnte sich nach den Zeiten, als das Leben noch einfach gewesen war, das Leben noch sorglos gewesen war, die herrlichen Zeiten, als er es lediglich mit einem blutrünstigen Adler zu tun gehabt hatte, der ihm nun als ein so gutmütiger und liebenswerter Gefährte erschien. Mit Luftangriffen konnte er umgehen, aber nicht mit diesem unbeschreiblichen, brüllenden Schuldgefühl, das heulend aus dem Nichts auf ihn einstürmte.

»Was wollen Sie?« fragte er mit erstickter Stimme.

»Bloß 'ne Lulle, Kumpel«, sagte der Tippelbruder, »oder was für 'ne Tasse Tee.«

Dirk drückte dem Mann ein Pfundstück in die Hand und stürzte von Panik erfaßt davon, die Straße hinunter, wo er nach zwanzig Metern an einem Bauschuttcontainer vorbeikam, aus dem ihm sein alter Kühlschrank drohend entgegenblickte.

Kapitel 24

Als Kate die Eingangstreppe herunterkam, bemerkte sie, daß die Temperatur beträchtlich gesunken war. Die Wolken saßen schwer auf dem Land und blickten es drohend an. Thor machte sich energisch in Richtung Park auf den Weg, und Kate trottete hinter ihm her.

Während er dahinschritt, eine ungewohnte Erscheinung auf den Straßen von Primrose Hill, bemerkte Kate unwillkürlich, daß er recht gehabt hatte. Sie begegneten auf ihrem Weg drei verschiedenen Leuten, und sie sah deutlich, wie deren Blicke ihm auswichen, sogar als sie seiner massigen Gestalt beim Vorbeigehen Platz machen mußten. Er war nicht unsichtbar, ganz und gar nicht. Er paßte einfach nicht ins Bild.

Der Park war zur Nacht geschlossen, aber Thor sprang rasch über den mit Eisenspitzen bewehrten Zaun und hob sie dann mit einer Leichtigkeit herüber, als wäre sie ein Blumenstrauß.

Das Gras war feucht und weich, übte aber dennoch seinen Zauber auf Großstadtfüße aus. Kate machte, was sie immer tat, wenn sie in den Park kam: Sie bückte sich und legte einen Augenblick die Handflächen gegen den Boden. Sie war eigentlich nie so recht dahintergekommen, warum sie das tat, und oft rückte sie als Vorwand für diese Bewegung an einem Schuh herum oder hob ein Stück weggeworfenes Papier auf, aber in Wirklichkeit wollte sie nichts anderes, als das Gras und die nasse Erde an ihren Handflächen spüren.

Von diesem Punkt aus gesehen war der Park nur ein dunkler Abhang, der, sich im Schatten verlierend, sich vor ihnen erhob. Sie stiegen auf den Hügel, machten auf dem Gipfel halt und blickten über die Dunkelheit des übrigen Parks hinweg dorthin, wo er allmählich in das diesige Licht des Zentrums von London überging, das in Richtung Süden lag. Häßliche Türme und Häuserklötze ragten flegelhaft aus der Skyline auf und unterjochten sich den Park, den Himmel und die City.

Ein kalter, feuchter Wind fegte durch den Park und peitschte ihn ab und zu wie der Schweif eines dunklen, schlecht gelaunten Pferdes. Er hatte etwas Unentschlossenes und Gereiztes an sich. Und wirklich kam Kate der Nachthimmel wie ein Troß unruhiger, nervöser Pferde vor, deren Zügel im Wind klatschten und schlugen. Es kam ihr auch so vor, als wenn die Zügel allesamt mehr oder weniger von einem einzigen Zentrum ausgingen, und daß das Zentrum ganz nahe bei ihr war. Sie schalt sich, sie lasse sich auf lächerliche Weise beeinflussen, aber nichtsdestoweniger hatte es den Anschein, als habe sich das ganze Wetter um sie versammelt, zöge im Kreise um sie herum und warte auf sie.

Wieder holte Thor seinen Hammer hervor und betrachtete ihn so gedankenverloren und geistesabwesend, wie sie es schon vor wenigen Minuten in ihrer Wohnung gesehen hatte. Er zog die Stirn kraus und schien winzige, unsichtbare Staubfussel wegzuzupfen. Er wirkte ein bißchen wie ein Schimpanse, der sein Weibchen flöht, oder – das war's! – der Vergleich war ungewöhnlich, aber er erklärte, warum sie in so wachsame Gespanntheit verfallen war, als er es das letztemal gemacht hatte. Er sah aus wie Jimmy Connors, wenn er sorgfältig die Saiten seines Schlägers zurechtrückt, ehe er den Aufschlag vorbereitet.

Abrupt blickte er wieder auf, streckte den Arm nach hinten, drehte sich ein-, zwei-, dreimal im Kreis, wobei er seine Hakken tief in den Modder schraubte, und dann schleuderte er den Hammer mit erstaunlicher Kraft in die Höhe.

Er verschwand fast auf der Stelle in dem dichten Dunst am Himmel. Dumpfe Blitze flackerten tief in den Wolken auf und markierten seinen Weg durch die Nacht in einer langen Kurve. An ihrem äußersten Scheitelpunkt schwang er sich aus den Wolken herab, ein ferner, winziger Punkt, der sich jetzt langsamer bewegte, dann wieder in Fahrt kam und in Richtung Rückflug einschwenkte. Kate sah atemlos zu, wie der Punkt hinter die Kuppel von St. Paul kroch. Dann schien es, als sei er völlig zum Stillstand gekommen und hänge still und traumhaft in der Luft, ehe er allmählich und fast unmerklich größer zu werden begann und immer schneller zu ihnen zurückgeflogen kam.

Beim Zurückkommen schwenkte er zur Seite, indem er

keine simple Parabel mehr beschrieb, sondern vielmehr eine neue Bahn einschlug, die an der Peripherie eines gigantischen Möbiusstreifens entlang verlief und ihn um die andere Seite des Telecom-Turms herumführte. Dann schwenkte er plötzlich in eine Bahn ein, die direkt auf sie zuführte, und raste wie ein in einen Lichtstrahl gehüllter Kolben mit unglaublicher Wucht und Geschwindigkeit aus der Nacht heran. Kate taumelte und kippte beinahe ohnmächtig zur Seite, als Thor vortrat und ihn mit einem Knurren auffing.

Durch den Ruck fuhr ein kurzer, heftiger Schauer in die Erde hinab, und dann lag das Ding ruhig in Thors Hand. Sein Arm zitterte leicht, dann regte er sich nicht mehr.

Kate fühlte sich völlig benommen. Sie konnte nicht genau sagen, was eben geschehen war, aber sie war sich verdammt sicher, daß es zu der Sorte Erfahrungen gehörte, die ihre Mutter bei einem ersten Rendezvous nicht hätte durchgehen lassen.

»Gehört das alles zu dem, was wir machen müssen, um nach Asgard zu kommen?« fragte sie. »Oder spielst du bloß ein bißchen rum?«

»Wir fliegen nach Asgard, und zwar . . . jetzt«, sagte er.

In dem Augenblick hob er die Hand, als wolle er einen Apfel pflücken, aber anstatt etwas zu pflücken, machte er eine winzige, abrupte Drehbewegung. Es war, als habe er die ganze Welt um den billionsten Teil eines billionsten Teils eines Grades herumgedreht. Alles verschob sich, war einen Moment lang ein ganz klein wenig unscharf und schnappte dann wieder zurück als eine plötzlich ganz andere Welt.

Diese Welt war viel dunkler und noch kälter.

Ein eiskalter, stinkiger Wind blies heftig und ließ jeden Atemzug im Hals steckenbleiben. Der Boden unter ihren Füßen war nicht mehr das weiche, sumpfige Gras des Hügels, sondern ein faulig riechender, modderiger Matsch. Finsternis breitete sich über den ganzen Horizont aus, nur ein paar kleine Feuer bildeten hier und da in der Ferne lichte Punkte, und ein heller Lichtschein war etwa anderthalb Meilen entfernt nach Südosten hin zu sehen.

Dort ragten riesige, phantastische Türme in die Nacht empor; gewaltige Zinnen und Firste flackerten im Feuerschein, der aus tausend Fenstern drang. Es war ein Bau, der die Vernunft zum Narren hielt, die Wirklichkeit lächerlich machte und der Nacht höhnische Fratzen schnitt.

»Der Palast meines Vaters«, sagte Thor, »die Große Halle von Walhalla, dort müssen wir hin.«

Es lag Kate eben auf der Zunge, daß ihr an dem Ort irgend etwas merkwürdig bekannt vorkomme, als der Wind das Geräusch von Pferdehufen zu ihnen herantrug, die durch den Morast stampften. In der Ferne, zwischen dem Punkt, wo sie standen, und der Großen Halle von Walhalla, sah man eine kleine Zahl flackernder Fackeln auf sie zuholpern.

Noch einmal untersuchte Thor interessiert den Kopf seines Hammers, fuhr mit dem Zeigefinger darüber und rieb ihn mit dem Daumen. Dann blickte er langsam auf, wieder wirbelte er einmal, dann ein zweites und ein drittes Mal herum und schleuderte das Wurfgeschoß in den Himmel. Doch diesmal hielt er sich mit der Rechten am Stiel fest, während er mit der Linken Kates Taille umfaßte.

Kapitel 25

Die Zigaretten hatten ohne Zweifel die Neigung, sich an dem Abend für Dirk zu einem größeren Problem zu entwickeln.

Den größten Teil des Tages, bis auf den Moment, als er aufgewacht war, und bis auf den Moment, kurz nachdem er aufgewacht war, und bis auf den Moment, als er gerade dem sich drehenden Kopf von Geoffrey Anstey begegnet war, was man verstehen mußte, und bis auf die Zeit, als er mit Kate in dem Pub gewesen war, hatte er keine einzige Zigarette geraucht.

Nicht eine. Sie kamen in seinem Leben nicht vor, er hatte ihnen vollkommen abgeschworen. Er hatte sie nicht nötig. Er kam ohne sie aus. Sie setzten ihm bloß zu wie verrückt und machten ihm das Leben zur Hölle auf Erden, aber er beschloß, er komme damit zurecht.

Nun aber, gerade als er plötzlich beschlossen hatte, und zwar kühl, rational, in einer klaren, freimütigen Entscheidung, und nicht bloß einer schwachen Kapitulation vor der Sucht, daß er schließlich doch eine Zigarette rauchen wolle, konnte er da eine finden? Nein, das konnte er nicht.

Die Pubs hatten zu dieser nächtlichen Stunde längst zu. Der bis spät nachts geöffnete Eckladen meinte offensichtlich was anderes mit »bis spät nachts« als Dirk das tat, und obwohl Dirk ganz sicher war, daß er den Ladenbesitzer von der Rechtmäßigkeit seines Falles durch bloße linguistische und syllogistische Bravour überzeugen könne, war der verdammte Kerl nicht da, um sich dieser zu unterziehen.

Eine Meile weg gab es eine Rund-um-die-Uhr-Tankstelle, aber es stellte sich heraus, daß in ihr gerade ein bewaffneter Raubüberfall stattgefunden hatte. Die große Glasscheibe war gesplittert und um ein winziges Loch herum gesprungen, und Polizei schwärmte über das ganze Gelände. Der Tankwart war anscheinend nicht schwer verletzt, aber er blutete noch immer aus einer Wunde am Arm, schrie hysterisch und wurde auf Schock behandelt, und niemand wollte Dirk irgendwelche Zigaretten verkaufen. Man hatte einfach keine Lust dazu.

»Sogar während der deutschen Luftangriffe konnte man Zigaretten kaufen«, protestierte Dirk. »Die Leute waren stolz darauf. Selbst als die Bomben fielen und die ganze Stadt in Flammen stand, konnte man noch bedient werden. Mancher arme Kerl, der gerade zwei Töchter und ein Bein verloren hatte, fragte einen trotzdem: ›Normal oder Filter?‹, wenn man ihn drum bat.«

»Das würden Sie wohl auch tun«, murmelte ein junger Polizist mit weißem Gesicht.

»Es war der Geist der damaligen Zeit«, sagte Dirk.

»Hauen Sie ab«, sagte der Polizist.

Und das, dachte Dirk bei sich, war der Geist der heutigen Zeit. Er zog mißmutig ab und beschloß, eine Weile mit den Händen in den Taschen durch die Straßen zu streifen.

Camden Passage. Altertümliche Uhren. Altertümliche Kleider. Keine Zigaretten.

Upper Street. Altertümliche Häuser, die abgerissen wurden. Nichts deutete darauf hin, daß an ihrer Stelle Zigarettenläden errichtet wurden.

Chapel Market, nachts wie ausgestorben. Nasser Kehricht, laut flatternd. Pappkartons, Eierkartons, Papiertüten und Zigarettenschachteln – leere.

Pentonville Road. Grimmige Betonmonolithe, die die neuen Lücken in der Upper Street im Auge hatten, wo sie ihre grauenhafte Brut in die Welt zu setzen hofften.

King's Cross Station. Hier mußte es Zigaretten geben, Herrgott nochmal. Dirk eilte weiter, auf den Bahnhof zu.

Die alte Fassade des Bahnhofs ragte über die Umgebung auf, eine mächtige gelbe Backsteinwand mit einem Uhrturm und zwei riesigen Fensterbogen, hinter der die beiden großen Bahnsteighallen lagen. Davor befand sich die moderne eingeschossige Schalterhalle, die bereits viel heruntergekommener war als das hundert Jahre ältere Bahnhofsgebäude, das sie verdunkelte und ganz allgemein versaute. Dirk fiel wieder ein, wie damals, als die Pläne für die neue Schalterhalle ausgearbeitet wurden, die Architekten erklärt hatten, sie trete in einen erregenden und herausfordernden Dialog mit dem älteren Gebäude.

King's Cross ist eine Gegend, in der Menschen, Gebäuden, Autos und Eisenbahnzügen schreckliche Dinge widerfahren, besonders während man wartet, und wenn man nicht aufpaßt, kann man plötzlich ganz leicht selber in einen höchst erregenden und herausfordernden Dialog verwickelt werden. Man könnte ein billiges Autoradio verpaßt kriegen, während man wartet, und wenn man sich für ein paar Minuten umdreht, wäre man auch schon wieder darum gebracht, während man wartet. Andere Dinge, um die man gebracht werden kann, während man wartet, sind die Brieftasche, das Mageninnere, die Seele und der Lebenswille. Die Straßenräuber, Drogenhändler, Zuhälter und Hamburger-Verkäufer – die Reihenfolge ist beliebig – könnten all das für einen erledigen.

Aber können sie einem zu einem Päckchen Zigaretten verhelfen, dachte Dirk mit wachsender Nervosität. Er überquerte den York Way, lehnte ein paar erstaunliche Angebote ab, weil sie in keiner unmittelbar ins Auge springenden Weise Zigaretten betrafen, eilte an der geschlossenen Buchhandlung vorbei und durch die Haupttüren hinein in die Halle, weg vom Leben auf der Straße in das sicherere Reich der Britischen Eisenbahn.

Er blickte sich um.

Alles wirkte hier ziemlich merkwürdig, und er fragte sich, warum, aber er fragte sich das nur ganz kurz, weil er sich auch fragte, ob es irgendwo einen geöffneten Tabakladen gäbe, aber den gab's nicht.

Verzweifelt ließ er den Kopf hängen. Es kam ihm vor, als habe er den ganzen Tag mit der Welt Fangen gespielt. Der Morgen hatte auf eine etwa so katastrophale Weise begonnen, wie das einem Morgen nur möglich ist, und seitdem war es ihm nicht mehr gelungen, die Sache richtig in den Griff zu kriegen. Er fühlte sich wie jemand, der versucht, auf einem scheuenden Pferd zu reiten, einen Fuß im Steigbügel, während der andere hoffnungsvoll noch immer am Boden mithüpft. Und jetzt stellte sich heraus, daß selbst sowas Simples, wie sich eine Zigarette zu verschaffen, nicht im Bereich seiner Fähigkeiten lag.

Er seufzte und suchte nach einem Stuhl oder wenigstens einem Platz auf einer Bank.

Das war gar nicht so einfach. Im Bahnhof waren viel mehr Menschen, als er das erwartet hatte um – wie spät war's? er sah zur Uhr hoch – ein Uhr nachts. Was, Himmelherrgott nochmal, machte er um ein Uhr nachts auf King's Cross Station, ohne Zigaretten und ohne ein Zuhause, in das er vernünftigerweise hineinzugelangen hoffen konnte, ohne von einem blutrünstigen Vogel totgehackt zu werden?

Er beschloß, sich selber leid zu tun. Das würde ihm die Zeit vertreiben. Er sah sich um, und nach einer Weile nahm der Drang, sich leidzutun, langsam ab, während er seine Umgebung allmählich wahrnahm.

Was ihm so sonderbar daran erschien, war, daß ihm so ein unmittelbar vertrauter Ort so fremd vorkam. Da waren die Fahrkartenschalter, die zum Fahrkartenverkauf noch immer geöffnet waren, aber sie wirkten düster und gequält, als wünschten sie sich, sie wären zu.

Da war die W. H. Smith-Filiale, über die Nacht geschlossen. Niemand würde heute nacht noch Zeitungen oder Illustrierte brauchen, es sei denn zu Zwecken der Bequemlichkeit, aber um darunter zu schlafen, würden es auch alte tun.

Die Zuhälter und Taschendiebe, die Drogenhändler und Hamburger-Verkäufer waren alle draußen auf den Straßen und in den Hamburgerbars. Wenn man schnellen Sex oder einen dreckigen Fix oder, Gott behüte, einen Hamburger haben wollte, dann ging man dahin.

Hier waren die Leute, von denen überhaupt niemand etwas haben wollte. Hier versammelten sie sich, um ein Dach über dem Kopf zu haben, bis sie in regelmäßigen Abständen verscheucht wurden. Es gab tatsächlich etwas, was man von ihnen wollte – ihre Abwesenheit. Die war sehr gefragt, aber nicht leicht zu haben. Jeder mußte schließlich irgendwo sein.

Dirk blickte von einem zum andern zwischen den Männern und Frauen, die herumschlurften oder zusammengekrümmt dasaßen oder verzweifelt auf Bänken zu schlafen versuchten, die eigens so konstruiert waren, daß die Leute daran gehindert wurden, genau das zu tun.

»Haste 'ne Lulle, Kumpel?«

»Was? Nein, tut mir leid. Nein, ich habe keine«, antwortete Dirk und schlug in linkischer Verlegenheit auf seine Manteltaschen, wie um ein Suchen anzudeuten, das, wie er wußte, ergebnislos wäre. Er war erschrocken, als er so aus seinen Träumen gerissen wurde.

»Da haste eine.« Der alte Mann reichte ihm eine zerknüllte Zigarette aus einem zerknüllten Päckchen.

»Was? Oh. Oh – danke. Vielen Dank.« Im Moment durch das Angebot völlig sprachlos, nahm Dirk die Zigarette dennoch dankbar an und erhielt Feuer von der Spitze der Zigarette, die der Alte rauchte.

»Warum kommst 'n dann her?« fragte der Alte – nicht herausfordernd, bloß neugierig.

Dirk versuchte ihn anzusehen, ohne den Anschein zu erwekken, als sähe er ihn von oben bis unten an. Der Mann war in wüster Weise seiner Zähne beraubt, hatte wirre, verfilzte Haare, und seine Kleider waren rundherum und von oben bis unten mit Dreck bekleistert, aber seine Augen, die ihm triefig aus dem Gesicht hingen, waren ziemlich gelassen. Er erwartete nicht, daß ihm Schlimmeres passiere, als er ertragen konnte.

»Tja, eigentlich bloß deshalb«, sagte Dirk und drehte die Zigarette in den Fingern. »Danke. Konnte nirgendwo eine finden.«

»Oh ah«, sagte der alte Mann.

»Habe so einen verrückten Vogel zu Hause«, fuhr Dirk fort. »Griff mich immerzu an.«

»Oh ah«, sagte der Mann und nickte ergeben.

»Ich meine, einen echten Vogel«, sagte Dirk, »einen Adler.«

»Oh ah.«

»Mit riesigen Flügeln.«

»Oh ah.«

»Hat mich mit einer seiner Klauen durch den Briefschlitz gepackt.«

»Oh ah.«

Dirk überlegte, ob es Zweck habe, die Unterhaltung noch sehr viel weiter zu führen. Er versank in Schweigen und blickte sich um.

»Haste Glück, daß er nich auch noch mit'm Schnabel nach dir gehackt hat«, sagte der Alte nach einer Weile. »Adler machen das, wennse wütend sind.«

»Hat er!« sagte Dirk. »Hat er! Hier, genau hier auf meiner Nase. Das war auch durch den Briefschlitz. Man sollte es kaum glauben! Diese Wucht! Diese Kraft! Gucken Sie mal, was er mit meiner Hand gemacht hat!«

Er streckte sie Mitleid heischend aus. Der Alte warf einen taxierenden Blick darauf.

»Oh ah«, sagte er schließlich und verkroch sich wieder in seine eigenen Gedanken.

Dirk zog seine verletzte Hand zurück.

»Verstehen also 'ne ganze Menge von Adlern, was?«

Der Mann gab keine Antwort, sondern schien sich nur noch tiefer in sich zu verkriechen.

»Viele Leute hier heute nacht«, versuchte Dirk es nach einer Zeitlang wieder.

Der Mann zuckte die Achseln. Er nahm einen langen Zug von seiner Zigarette, wobei er die Augen gegen den Rauch halb schloß.

»Ist das immer so? Ich meine, sind nachts immer so viele Leute hier?«

Der Mann sah nur nach unten, während er aus Mund und Nasenlöchern langsam den Rauch entließ.

Wieder blickte Dirk sich um. Ein paar Schritte entfernt hatte sich ein Mann hingesetzt, der nicht so alt wirkte wie Dirks Gefährte, aber in seinem Verhalten erheblich gestört schien und die ganze Zeit über einer Flasche Kochbrandy hektisch mit dem Kopf wackelte. Langsam hörte er mit dem Gewackel auf, schraubte mühsam einen Deckel auf die Flasche und ließ sie in die Tasche seines zerlumpten alten Mantels gleiten. Eine fette, alte Frau, die nervös zwischen ihren Besitztümern in einer prall gefüllten schwarzen Mülltüte herumgekramt hatte, begann sie oben zusammenzudrehen und umzuschlagen.

»Man könnte fast meinen, gleich passiert was«, sagte Dirk.

»Oh ah«, sagte sein Gefährte. Er stemmte die Hände auf die Knie, beugte sich vor und erhob sich mühsam auf die Füße. Obwohl er gebückt und langsam war, und obwohl seine Kleider verdreckt waren und in Fetzen hingen, lag in seiner Haltung ziemliche Kraft und Autorität.

Die Luft, die er beim Aufstehen in Bewegung brachte und die aus den Falten seiner Haut und seiner Kleider strömte, war selbst für Dirks betäubte Nasenlöcher reichlich stechend. Es war ein Geruch, der unentwegt auf einen eindrang – auch als Dirk meinte, er müsse den Höhepunkt erreicht haben, und ätzte sich mit erneuter Wut weiter nach oben, bis Dirk dachte, sein ganzes Hirn löse sich in Dunst auf.

Er versuchte, das Würgen zu unterdrücken, ja, er versuchte, höflich zu lächeln, ohne seinen Augen das Tränen zu gestatten, als der Mann sich ihm zuwandte und sagte: »Gieß 'n paar Pomeranzenblüten heiß auf. Tu 'n paar Prisen Salbei dazu, solange der Tee noch warm ist. Das ist sehr gut gegen Adlerwunden. Andere tun noch Aprikosen- und Mandelöl und, der Himmel schütze uns, Zedernöl dazu. Aber es gibt immer welche, die die Dinge übertreiben. Und manchmal haben wir sie nötig. Oh ah.«

Damit drehte er sich wieder um und schloß sich dem wachsenden Strom jammervoller, gebeugter und geschändeter Körper an, der sich auf den Hauptausgang des Bahnhofs zu bewegte. Alles in allem gingen ungefähr zwei, vielleicht drei Dutzend hinaus. Jeder schien einzeln aufzubrechen, jeder aus seinem völlig persönlichen Grund, und sie folgten nicht allzu schnell einer auf den anderen, und dennoch war für jemanden nicht schwer zu erkennen, der sich die Mühe machte, diese Leute zu beobachten, die zu beobachten oder anzusehen sich niemand die Mühe machte, daß sie zusammen und in einem Strom den Bahnhof verließen.

Dirk ging noch eine Minute oder so sehr behutsam mit seiner Zigarette um, während er die Leute aufmerksam beobachtete, die einer nach dem anderen weggingen. Als er sicher war, daß niemand mehr da war, der weggehen konnte, und die letzten zwei oder drei an der Tür waren, ließ er die Zigarette fallen und trat sie mit dem Absatz aus. Da bemerkte er, daß der Alte sein zerknülltes Päckchen Zigaretten dagelassen hatte. Er guckte hinein und sah, daß noch zwei zerknautschte Zigaretten darin waren. Er steckte sie ein, stand auf und folgte unauffällig und in einer Entfernung, die er für einigermaßen respektvoll hielt.

Draußen auf der Euston Road war die Nachtluft mürrisch und unentschlossen. Er schlenderte lässig zur Tür hinaus und beobachtete, welche Richtung die Leute einschlugen – nach Westen. Er nahm eine von den Zigaretten heraus, zündete sie an und bummelte dann ebenfalls in Richtung Westen, um den Taxistand herum und auf die St. Pancras Street zu.

Auf der Westseite der St. Pancras Street, nur ein paar Meter nördlich der Euston Road führt eine Treppe zum Vorplatz des alten Midland Grand Hotels hinauf, diesem riesigen, dunklen, gotischen Traumgebilde von Gebäude, das öde und leer St. Pancras Station gegenübersteht.

Über dem Ende der Treppe steht, in Goldbuchstaben auf schmiedeeisernen Verzierungen, der Name des Bahnhofs. Dirk ließ sich Zeit, als er den letzten aus der Schar alter Tippelbrüder und Obdachloser diese Treppe hinauf folgte, die seitlich direkt auf ein kleines, gedrungenes Backsteingebäude stieß, das als Parkhaus benutzt wurde. Rechts davon ragte der mächtige, dunkle Klotz des alten Hotels in die Nacht, dessen Silhouette eine gewaltige Ansammlung wilder Türmchen, verschrobener Zinnen und Fialen war, die an dem Nachthimmel herumzustochern und -zupieksen schienen.

Hoch oben in der trüben Dunkelheit standen schweigende Steinfiguren hinter langen Schilden Wache, die sich hinter schmiedeeisernen Gittern um Säulen gruppierten. Steingehauene Drachen duckten sich und glotzten in den Himmel, als Dirk Gently in seinem flatternden Ledermantel sich den gewaltigen Eisenportalen näherte, die in das Hotel und die riesige gewölbte Bahnsteighalle von St. Pancras Station führten. Steinerne geflügelte Hunde reckten sich von den Säulenenden herab.

Hier, in dem überdachten Bezirk zwischen dem Hoteleingang und der Schalterhalle des Bahnhofs, war ein großer, neutraler grauer Mercedes-Lieferwagen geparkt. Ein rascher Blick auf die Vorderseite reichte, um Dirk zu sagen, daß es derselbe Wagen war, der ihn ein paar Stunden zuvor in den Cotswolds beinahe von der Straße gedrängt hätte.

Dirk betrat die Schalterhalle, einen weiten Raum mit hohen getäfelten Wänden, an denen in regelmäßigen Abständen dicke Marmorsäulen standen, die die Form von Fackelhaltern hatten.

Zu dieser nächtlichen Stunde waren die Fahrkartenschalter geschlossen – Züge verkehren nicht die ganze Nacht von St. Pancras Station –, und dahinter lag die gewaltige Halle des Bahnhofs selbst, die riesige viktorianische Bahnsteighalle, in Dunkelheit und Schatten gehüllt.

Dirk stand still und verborgen in dem Eingang zur Schalterhalle und beobachtete, wie die alten Landstreicher und Bag Ladies, die den Bahnhof durch den Haupteingang vom Vorplatz aus betreten hatten, sich in der Düsternis zusammendrängten. Es waren jetzt viel mehr als nur zwei Dutzend, vielleicht an die hundert, und eine Atmosphäre unterdrückter Erregung und Spannung schien sie zu umgeben.

Während sie sich noch umherbewegten, schien es Dirk nach einer Weile, daß, nachdem er so erstaunt gewesen war, wie viele da waren, als er angekommen war, sie allmählich immer weniger und weniger wurden. Er spähte in die Dunkelheit, um herauszufinden, was da vor sich ging. Dann verließ er sein Versteck im Eingang zur Schalterhalle und betrat die

Haupthalle, hielt sich aber dennoch so dicht wie möglich an der Seite, während er sich vorsichtig auf die Leute zuschlich.

Es waren jetzt entschieden noch weniger, nur noch eine Handvoll war übrig. Er hatte deutlich das Gefühl, daß die Leute sich in die Schatten davonstahlen und nicht wieder daraus zum Vorschein kamen.

Er blickte angestrengt hinüber.

Die Schatten waren dicht, aber nicht so dicht. Er lief ein Stückchen weiter und warf rasch alle Vorsicht beiseite, um die kleine Gruppe zu erreichen, die noch zu sehen war. Aber als er in der Mitte der Bahnhofshalle ankam, wo sie eben noch beisammen gestanden hatte, war niemand mehr da, und er drehte sich mitten in dem riesigen, dunklen, leeren Bahnhof verwirrt im Kreise.

Kapitel 26

Das einzige, was Kate am Schreien hinderte, war der gewaltige Luftdruck, der ihr in die Lungen fuhr, als sie in den Himmel hinaufraste.

Als ein paar Sekunden später die wahnsinnige Beschleunigung ein bißchen nachließ, merkte sie, daß sie schluckte und würgte, daß ihr die Augen dermaßen brannten und tränten, daß sie kaum was sehen konnte, und an ihrem Körper war kaum ein Muskel, der nicht vor Schreck schlotterte, während die Luft in Wellen an ihr vorbeiknatterte, an ihren Haaren und Kleidern riß und die Knie, Knöchel und Zähne aufeinanderschlagen ließ.

Sie mußte gegen sich ankämpfen, um ihren Drang zu unterdrücken, gegen das hier anzukämpfen. Einerseits wollte sie natürlich nicht losgelassen werden. Soweit sie überhaupt begriff, was mit ihr passierte, wußte sie, daß sie nicht losgelassen werden wollte. Andererseits sah sich ihr körperlicher

Schrecken einer ziemlich scharfen Konkurrenz in Gestalt ihres durch und durch gekränkten Zorns gegenüber, daß sie so plötzlich und ohne Warnung in den Himmel befördert worden war. Das Resultat war, daß sie nur ganz schwach dagegen ankämpfte und wütend auf sich war, daß sie es tat. Und als Resultat davon klammerte sie sich auf die jämmerlichste und würdeloseste Art und Weise an Thors Arm fest.

Die Nacht war finster, und der Segen daran war, vermutete sie, daß sie nicht die Erde unter sich sehen konnte. Die Lichter, die sie in der Ferne hier und da als kleine Pünktchen erblickt hatte, schwenkten jetzt schwindelerregend unter ihr weg, aber ihr Instinkt wollte nicht anerkennen, daß sie den Boden markierten. Die flackernden Feuerzeichen, die von dem Gebäude mit den verrückten Türmchen leuchteten, das sie Sekunden vor dieser Ungeheuerlichkeit ganz kurz gesehen hatte, schwankten nun bereits in immer größerer Ferne hinter ihr davon.

Sie stiegen noch immer höher.

Sie konnte nicht dagegen ankämpfen, sie konnte nicht sprechen. Sie konnte wahrscheinlich, wenn sie es versuchte, diesem dämlichen Scheusal in den Arm beißen, aber sie gab sich dann doch lieber mit der Vorstellung davon zufrieden als mit der wirklichen Tat.

Die Luft war schlecht und kratzte in ihren Lungen. Nase und Augen liefen, und das machte es ihr unmöglich, nach vorn zu sehen. Als sie es ein einziges Mal versuchte, erblickte sie ganz kurz und verschwommen den Kopf des Hammers, der vor ihnen durch die Finsternis raste, und Thors Arm, der den gedrungenen Stiel gepackt hielt und davon mitgerissen wurde. Der andere Arm umfaßte ihre Taille. Seine Stärke spottete ihrer Vorstellungskraft, machte sie aber kein bißchen weniger wütend.

Ihr war so, als flögen sie jetzt direkt unter den Wolken dahin. Ab und zu wurden sie von dumpf-feuchter Luft durchgerüttelt, dann wurde das Atmen noch schwieriger und schädlicher. Die nasse Luft schmeckte bitter und war eiskalt, und ihr flatterndes nasses Haar peitschte und schlug ihr ins Gesicht.

Sie kam zu dem Schluß, die Kälte werde sie unweigerlicher töten, und nach einer Weile war sie überzeugt, daß sie allmählich das Bewußtsein verlor. Doch die Zeit glitt in eine Grauphase, und ihr war weniger klar, wieviel Zeit verging.

Endlich spürte sie, daß sie langsamer wurden und abwärts zu schweben begannen. Das führte bei ihr zu neuen Anfällen von Übelkeit und Desorientiertheit, und sie hatte das Gefühl, ihr Magen werde langsam durch eine Mangel gedreht.

Die Luft wurde womöglich noch schlechter. Sie roch übler, schmeckte noch schärfer und schien sehr viel stürmischer zu werden. Sie bewegten sich jetzt ganz entschieden langsamer, und das Vorwärtskommen wurde immer schwieriger. Der Hammer zeigte nun deutlich nach unten und suchte sich eher mühsam seinen Weg, statt zügig vorwärtszudrängen.

Noch weiter hinunter gingen sie, rumpelten durch die immer dichter werdenden Wolken, die um sie herumwirbelten, bis es schien, als müßten sie jetzt gleich den Boden erreichen.

Ihre Geschwindigkeit hatte so weit abgenommen, daß Kate sich imstande sah, nach vorn zu blicken, allerdings brannte die Luft derart, daß sie nur einen ganz kurzen Blick wagen konnte. In dem Augenblick, als sie hinsah, ließ Thor den Hammer los. Sie wollte es nicht glauben. Aber er ließ ihn bloß für den Bruchteil einer Sekunde los, um die Handhaltung zu ändern, so daß sie jetzt vom Hammerstiel herabbaumelten, während sie langsam weiterflogen, und nicht mehr davon mitgezogen wurden. Als Thor sein Gewicht in diese neue Position brachte, zog er Kate energisch nach oben, als zöge er eine Socke hoch. Abwärts ging's, tiefer und immer tiefer.

Ein lautes Tosen und Krachen trug der Wind ihnen jetzt entgegen, und plötzlich rannte Thor, sprang über felsiges, sandiges Buschland, tänzelte durch verfitzte Grasbüschel und brachte schließlich seine trampelnden und stampfenden Füße zum Stehen.

Endlich standen sie, schwankend, aber der Boden, auf dem sie standen, war fest.

Kate holte ein paar Sekunden lang Luft, beugte sich vor, um wieder zu Atem zu kommen. Dann richtete sie sich zu ihrer vollen Größe auf und wollte gerade mit lauter Stimme ein gerüttelt Maß ihrer Empfindungen bezüglich dieser Ereignisse an den Mann bringen, als sie plötzlich alamiert ahnte, wo sie stand.

Die Nacht war zwar finster, aber der Wind, der ihr entgegenbrauste, und sein stechender Geruch sagten ihr, daß irgend sowas wie ein Meer ganz in der Nähe war. Das Geräusch wilder, krachender Brecher sagte ihr, daß es tatsächlich mehr oder weniger unter ihr lag, daß sie sehr nahe am Rand einer Klippe standen. Sie packte den Arm des unausstehlichen Gottes, der sie hierher gebracht hatte, und hoffte, vergeblich, es tue ihm weh.

Als sich ihre taumelnden Sinne nach und nach wieder beruhigten, bemerkte sie, daß sich weit vor ihr ein trüber Lichtschein ausbreitete, und nach einer Weile wurde ihr klar, daß er aus dem Meer kam.

Das ganze Meer glühte wie frisch verpestet. Es bäumte sich auf in der Nacht, schlug aus, warf sich in den eigenen Aufruhr und schmetterte sich dann in einem Schmerzenstaumel gegen die Felsen an der Küste. In giftiger Wut schäumten Meer und Himmel gegeneinander an.

Kate sah allem sprachlos zu, dann wurde sie Thor gewahr, der neben ihr stand.

»Ich habe dich auf einem Flughafen getroffen«, sagte er, und seine Stimme wurde vom Wind fortgerissen. »Ich versuchte, per Flugzeug heim nach Norwegen zu fliegen.« Er deutete aufs Meer hinaus. »Ich wollte dir zeigen, warum ich nicht diesen Weg nehmen konnte.«

»Wo sind wir? Was ist das hier?« fragte Kate ängstlich.

»In deiner Welt, das ist die Nordsee«, sagte Thor, wandte sich mit stampfenden Schritten wieder dem Land zu und zog den Hammer hinter sich her.

Kate raffte ihren nassen Mantel dicht um sich und rannte ihm nach.

»Ja, also, warum bist du nicht einfach so nach Hause geflogen, wie wir's eben gemacht haben, aber in, naja, in unserer Welt?«

Ihr Zorn war zu undefinierbaren Wortfindungsschwierigkeiten abgeflaut.

»Ich hab's ja versucht«, antwortete Thor, der noch immer weiterlief.

»Na, und was ist passiert?«

»Ich möchte nicht darüber reden.«

»Was um alles auf der Welt soll denn das?«

»Ich will auf das Thema nicht eingehen.«

Kate zitterte vor Wut. »Ist das ein götterhaftes Benehmen?« schrie sie. »Es ärgert dich, und deshalb redest du nicht drüber?«

»Thor! Thor! Bist du es?«

Es war eine dünne Stimme, die mit dem Wind heranwehte. Kate spähte in den Wind. Durch die Dunkelheit holperte eine Laterne hinter einer flachen Erhebung hervor auf sie zu.

»Bist du es, Thor?« Eine kleine, alte Frau kam in Sicht, die sich eine Laterne über den Kopf hielt und begeistert herumhüpfte. »Ich dachte mir, das muß dein Hammer sein, was ich da gesehen habe. Willkommen!« zirpte sie. »Oh, aber du kommst in einer trostlosen Zeit. Ich war gerade dabei, den Topf aufzusetzen, und wollte mir eine Tasse irgendwas machen und mich dann vielleicht umbringen, aber dann sagte ich mir: Warte noch ein paar Tage, Tsuliwa . . ., Tsiwila . . ., Swuli . . ., Tsuliwaënsis – nie kann ich meinen eigenen Namen richtig aussprechen, wenn ich mit mir selber rede, und das macht mich stinkewütend, wie du dir sicherlich vorstellen kannst, so ein kluger Junge, was ich immer behauptet habe, egal, was die anderen sagen, also, ich sagte mir: Tsuliwaënsis, sieh mal, ob jemand kommt, und wenn nicht, dann könnte es ein guter Augenblick sein, um drüber nachzudenken, ob ich mich nicht umbringen soll. Und siehe da! Du bist da! Oh, du bist willkommen, willkommen! Und ich sehe, du hast dir eine kleine Freundin mitgebracht. Möchtest du mich nicht vorstellen? Hallo, meine Liebe, hallo! Mein Name ist Tsuliwaënsis, und es kränkt mich überhaupt nicht, wenn du stotterst.«

»Ich . . . ich bin, äh, Kate«, sagte Kate, total außer Fassung.

»Ja, na, das wird sicher in Ordnung sein«, sagte die alte Frau scharf. »Na egal, kommt mit, wenn ihr wollt. Aber wenn ihr die ganze Nacht hier draußen rumhängen wollt, kann ich genausogut auch jetzt gleich weitermachen und mich umbringen, und ihr könnt euch selber um euern Tee kümmern, wenn ihr Lust drauf habt. Kommt mit!«

Sie eilte ihnen voran, und nach wenigen Metern erreichten sie ein ganz schreckliches Ding von einem wackligem Bau aus Holz und Schlamm, der aussah, als sei er unerklärlicherweise mitten im Zusammenbrechen steckengeblieben. Kate sah Thor an, um vielleicht sowas wie eine Reaktion an ihm zu entdecken, die ihr einen Hinweis auf die Lage geben könnte, aber er war mit seinen eigenen Gedanken beschäftigt und sichtlich nicht in der Stimmung, sie mitzuteilen. Sie meinte aber, an der Art, wie er sich bewegte, einen Unterschied zu bemerken. In der kurzen Zeit, die sie ihn kannte, schien er beständig mit irgendeinem inneren, unnatürlichen Zorn zu kämpfen, und der, hatte sie das Gefühl, hatte sich zerstreut. Er war nicht weg, sondern hatte sich zerstreut. Er trat zur Seite, um sie in Tsuliwaënsis' Hütte eintreten zu lassen, und gab ihr mit schroffen Handbewegungen zu verstehen, sie solle hineingehen. Sich in grotesker Weise duckend folgte er ein paar Sekunden später, nachdem er einen Moment lang draußen geblieben war, um sich von dem wenigen, das man von der Umgebung sehen konnte, einen Überblick zu verschaffen.

Der Raum drinnen war winzig. Ein paar Bretter mit Stroh als Bett, ein siedender Topf, der über einem Feuer hing, und eine in die Ecke geklemmte Kiste zum Sitzen.

»Und das hier ist das Messer, das ich benutzen werde, seht ihr?« sagte Tsuliwaënsis beim Herumhantieren. »Hab's gerade prima scharf gemacht, seht ihr? Es wird ganz prima, wenn man mit dem Stein prima den Schwung raus hat, und ich habe gedacht, das hier wäre ein prima Platz, seht ihr? Hier an der Wand, ich kann den Griff in diesen Ritz hier stecken, damit es prima festsitzt, und dann mit *Schwung* dagegen! Und mich dagegen schmeißen. Mit *Schwung*! Versteht ihr? Ich überlege gerade, sollte ich's ein bißchen tiefer machen, was meinst du, meine Liebe? Weißt doch über solche Dinge Bescheid, oder?«

Kate erklärte, daß sie das nicht tue, und es gelang ihr, sich dabei ganz ruhig anzuhören.

»Tsuliwaënsis«, sagte Thor, »wir hatten nicht vor, lange zu bleiben, sondern . . . Tsuli – leg bitte das Messer weg.«

Tsuliwaënsis stand da und blickte quietschvergnügt zu ihnen hoch, aber sie hatte auch das Messer in der Hand, dessen lange, schwere, gebogene Klinge sie sich über ihr linkes Handgelenk gelegt hatte.

»Achtet gar nicht auf mich, meine Lieben«, sagte sie, »mir geht's ganz fabelhaft. Ich kann jederzeit, wenn ich bereit dazu bin, einfach abkratzen. Zum Glück. In solchen Zeiten kann man nicht leben. Oh nein. Haut ab und seid glücklich. Ich will euer Glück mit meinem Geschrei nicht stören. Ich werde mit dem Messer kaum ein Geräusch machen, wenn ihr geht.« Sie stand zitternd und provozierend da.

Vorsichtig, fast zärtlich, streckte Thor die Hand aus und nahm ihr das Messer aus der zitternden Hand. Als es weg war, schien die Alte zusammenzuschrumpeln, und ihr ganzes Getue fiel von ihr ab. Wie ein Häufchen Unglück setzte sie sich auf ihre Kiste. Thor hockte sich vor ihr nieder, zog sie langsam an sich und umarmte sie. Sie schien allmählich zum Leben zurückzukehren, und schließlich stieß sie ihn von sich, sagte ihm, er solle nicht so dumm sein, und machte dann ein ziemliches Gewese darum, ihr hoffnungslos zerrissenes und schmutziges schwarzes Kleid glattzustreichen.

Als sie sich wieder völlig beruhigt hatte, wandte sie ihre Aufmerksamkeit Kate zu und betrachtete sie von oben bis unten.

»Du bist eine Sterbliche, Liebes, stimmt's? sagte sie schließlich.

»Äh . . . ja«, sagte Kate.

»Ich seh das an deiner komischen Verkleidung. Oh, ja. Naja, jetzt siehst du, wie die Welt von der anderen Seite aussieht, nicht wahr, meine Liebe? Und was denkst du darüber?«

Kate erklärte ihr, daß sie noch nicht wisse, was sie denken solle. Thor setzte sich auf den Fußboden, lehnte seinen dicken Kopf gegen die Wand und schloß halb die Augen. Kate hatte das Gefühl, daß er sich auf etwas vorbereite.

»Früher war alles anders«, fuhr die alte Frau fort. »War früher wunderschön hier, verstehst du, alles wunderschön. Ein einziges Geben und Nehmen zwischen uns. Furchtbare Schlägereien natürlich, furchtbare Kämpfe, aber eigentlich war alles wunderschön. Und jetzt?« Sie stieß einen langen, müden Seufzer aus und wischte irgendwas Unbedeutendes von der Wand.

»Oh, die Dinge stehen schlecht«, sagte sie, »die Dinge stehen sehr schlecht. Man sieht, wie alles von allem beeinflußt wird. Unsere Welt beeinflußt eure Welt, eure Welt beeinflußt unsere Welt. Manchmal ist es schwer zu verstehen, was genau die Wirkung ist. Sehr oft ist es auch schwer, es zu mögen. Meistens sind sie heutzutage schwierig und schlecht. Aber unsere Welten sind in so vieler Hinsicht fast gleich. Wo ihr in eurer Welt ein Haus baut, da wird auch hier etwas errichtet. Vielleicht ist es ein kleiner, sumpfiger Hügel oder ein Bienenstock oder eine Wohnung wie die hier. Vielleicht wird es etwas, das ein bißchen imposanter ist, aber irgend etwas wird es. Geht's dir gut, Thor, Lieber?«

Der Donnergott schloß die Augen und nickte. Seine Ellbogen lagen bequem über seinen Knien. Die ausgefransten Streifen aus Kates Nachthemd, die er sich um seinen linken Unterarm gebunden hatte, waren schlaff und durchnäßt. Langsam streifte er sie ab.

»Und wo es was gibt, worum sich in eurer Welt nicht richtig gekümmert wird«, plapperte die Alte weiter, »da kommt es in unserer genausowenig zustande. Nichts geht verloren. Kein schuldbeladenes Geheimnis. Kein unausgesprochener Gedanke. Es mag ein neuer und mächtiger Gott in unserer Welt sein oder auch bloß eine kleine Stechmücke, aber sie sind hier. Ich könnte vielleicht hinzufügen, daß es sich neuerdings öfter um eine kleine Stechmücke handelt als um einen neuen und mächtigen Gott. Oh, es gibt so viel mehr Stechmücken und sehr viel weniger unsterbliche Götter als früher einmal.«

»Wie kann es den weniger Unsterbliche geben?« fragte Kate. »Ich will ja nicht pedantisch sein, aber –«

»Tja, beim Unsterblichsein, Liebes, da gibt's halt so'ne und solche. Ich meine, wenn ich nur dieses Messer entsprechend befestigen und mich dann mit richtigem Schwung dagegen schmeißen könnte, da würden wir schnell sehen, wer unsterblich war und wer nicht.«

»Tsuli . . .«, mahnte Thor, ohne dazu jedoch die Augen aufzumachen.

»Trotzdem gehen wir einer nach dem anderen. Das ist so, Thor. Du bist einer der wenigen, die sich was draus machen. Mittlerweile sind's sowieso nur wenige, die nicht dem Alkoholismus oder der Onx erlegen sind.«

»Was ist das denn? Sowas wie eine Krankheit?« fragte Kate. Ihre Laune sank allmählich wieder unter Null. Nachdem sie gegen ihren Willen aus ihrer Wohnung gezerrt und am Stiel eines Hammers über ganz East Anglia geschleudert worden war, war sie jetzt stinksauer darüber, daß sie einfach der Unterhaltung mit einer närrisch selbstmörderischen alten Frau ausgesetzt wurde, während Thor bloß dasaß, ein selbstzufriedenes Gesicht machte, und es ihr überließ, sich Mühe zu geben, wozu sie überhaupt nicht in Stimmung war.

»Es ist ein Gebrechen, Liebes, das nur Götter kriegen. Es bedeutet eigentlich, daß man es nicht ertragen kann, ein Gott zu sein, weshalb auch nur Götter es bekommen, verstehst du?«

»Ich verstehe.«

»In den letzten Stadien liegt man einfach am Boden, und nach einer Weile wächst einem ein Baum aus dem Kopf, und dann ist es vorbei. Man kehrt zur Erde zurück, sickert langsam in ihre Eingeweide ein, rinnt durch ihre Lebensadern, kommt am Ende als mächtiger, reiner Wildbach wieder hervor und kriegt höchstwahrscheinlich sofort 'ne Ladung Chemieabfälle reingekippt. Es ist eine harte Aufgabe, heutzutage ein Gott zu sein, selbst ein toter. Naja«, sagte sie und tätschelte ihre Knie. Ihr Blick senkte sich auf Thor, der die Augen geöffnet hatte, sie aber nur dazu benutzte, um auf seine Knöchel und Fingerspitzen zu starren. »Na, ich höre, du hast heute abend eine Verabredung, Thor?«

»Hmm«, grunzte Thor, ohne sich zu rühren.

»Ich höre, du hast die Große Halle zur Klagestunde einberufen, ist das richtig?«

»Hmm«, machte Thor.

»Die Klagestunde, hmm? Na, ich weiß, daß die Dinge schon lange nicht allzu gut stehen zwischen dir und deinem Vater. Hmm?«

Thor hatte keine Lust, sich darauf einzulassen. Er sagte nichts.

»Ich meine, das mit Wales war ziemlich grauenhaft«, fuhr Tsuliwaënsis fort. »Weiß nicht, warum du dir das hast gefallen lassen. Natürlich ist mir klar, daß er dein Vater ist und der All-Vater, das macht die Sache ja so schwierig. Aber Odin, Odin – ich kenne ihn schon so lange. Du weißt, daß er mal einen Deal gemacht hat, in dem er eines seiner Augen gegen Weisheit eintauschte? Natürlich weißt du das, Lieber, du bist sein Sohn, nicht wahr? Also, was ich schon immer gesagt habe, er sollte aufstehen und Krach schlagen wegen genau diesem Deal und sein Auge zurückfordern. Verstehst du, was ich damit meine, Thor? Und dieser gräßliche Hader Lump. Das ist jemand, vor dem muß man sich in acht nehmen, Thor, wirklich sehr in acht nehmen. Na, ich denke, ich werde morgen früh von allem hören, nicht?«

Thor rutschte mit dem Rücken an der Wand hoch und stand auf. Er ergriff die Alte freundlich bei den Händen und schenkte ihr ein verkniffenes Lächeln, sagte aber nichts. Mit einem leichten Kopfnicken gab er Kate zu verstehen, daß sie gehen wollten. Da es das war, was sie sich am dringendsten auf der ganzen Welt wünschte, widerstand sie der Versuchung, »Ach ja?« zu sagen und darüber einen Krach vom Zaun zu brechen, daß sie so behandelt werde. Sanft sagte sie der Alten ein höfliches Lebewohl und trat hinaus in die düstere Nacht. Thor folgte ihr.

Sie verschränkte die Arme und sagte: »Na? Wohin jetzt? Was hast du heute abend noch an prickelnden gesellschaftlichen Ereignissen für mich in petto?«

Thor schlich ein bißchen herum und untersuchte den Boden. Er zog seinen Hammer hervor und wog ihn achtungsvoll in den Händen. Er spähte in die Nacht hinaus und schwenkte ihn einige Male – träge. Er drehte sich ein paarmal um sich selbst – auch noch nicht mit Schwung. Er ließ den Hammer los, der in die Nacht davonflog, einen zufällig ein paar Dutzend Meter entfernt stehenden Felsen spaltete und dann zurückgeflogen kam. Thor fing ihn mit Leichtigkeit, warf ihn in die Luft und fing ihn wieder mit Leichtigkeit.

Dann drehte er sich zu ihr um und sah ihr zum erstenmal in die Augen.

»Soll ich dir mal was zeigen?« fragte er.

Kapitel 27

Ein Windstoß fuhr durch die riesigen Gewölbe des leeren Bahnhofs und brachte Dirk fast dazu, aus Enttäuschung über die plötzlich verlorene Fährte laut loszuschreien. Das kalte Mondlicht senkte sich durch die langen Reihen der Glasscheiben, die sich über die ganze Länge des Bahnhofsdaches von St. Pancras Station hinzogen.

Es fiel auf leere Geleise und beleuchtete sie. Es fiel auf die Zuganzeige, es fiel auf ein Schild, auf dem stand, daß heute ein Blauer Spartag sei, und beleuchtete sie beide.

Von dem Bogen gerahmt, der das äußerste Ende des gewölbten Daches bildete, sah man die phantastischen Formen von fünf riesigen Gasometern, deren tragende Außenkonstruktionen in ihren Schattenbildungen total ineinander verheddert zu sein schienen wie die Reifen beim Trick eines Zauberkünstlers. Der Mondschein beleuchtete auch sie, nur Dirk beleuchtete er nicht.

Er hatte mehr als hundert Menschen einfach ins Nichts verschwinden sehen, und das auf eine Art, die völlig unmöglich war. Das allein war kein Problem für ihn. Das Unmögliche störte ihn nicht so sehr. Wenn es nicht auf mögliche Art und Weise geschehen war, dann war es offensichtlich auf unmögliche Art und Weise geschehen. Die Frage war nur, wie?

Er schritt in dem Teil des Bahnhofs auf und ab, aus dem sie alle verschwunden waren, betrachtete prüfend alles, was von jedem möglichen Punkt innerhalb dieses Bereiches aus zu sehen war, und suchte nach irgendeinem Hinweis, irgendeiner Abweichung, nach irgend etwas, das ihm Eingang verschaffen könnte in das, was immer es auch war, in das hundert Leute hineingegangen waren, als wenn es nichts wäre. Er hatte das Gefühl, ganz in der Nähe finde eine größere Party statt, zu der man ihn nicht eingeladen hatte. Verzweifelt begann er sich mit ausgestreckten Armen im Kreise zu drehen, dann fand er, das sei völlig nutzlos, und zündete sich eine Zigarette an.

Er bemerkte, daß, als er das Päckchen hervorzog, ihm ein Zettel aus der Tasche geflattert war, den er, als die Zigarette brannte, vom Boden aufhob.

Es war nichts Aufregendes, bloß die von ihm beglichene Rechnung dieser grantigen Krankenschwester in dem Café. »Unerhört«, dachte er bei jedem Posten, den er der Reihe nach überflog, und er wollte den Zettel gerade zusammenknüllen und wegwerfen, als ihm hinsichtlich des allgemeinen Layouts des Papiers ein Gedanke kam.

Die berechneten Artikel waren auf der linken Seite aufgelistet und die Preise auf der rechten.

Wenn er seine Rechnungen aufstellte, sollte er einen Mandanten haben, was im Augenblick selten passierte, und diejenigen, die er hatte, schienen außerstande, lange genug am Leben zu bleiben, um seine Rechnungen zu erhalten und darüber empört zu sein, kam er normalerweise ein bißchen in Schwierigkeiten wegen der berechneten Posten. Er arbeitete Essays aus, kleine Artikel, um sie zu definieren. Er liebte es, dem Mandanten das Gefühl zu geben, er bekomme was für sein Geld, wenigstens in dieser Hinsicht.

Kurz, die Rechnungen, die er schrieb, entsprachen im Layout fast genau dem Packen Papiere mit der nicht zu entziffernden Runenschrift, woraus er vor ein paar Stunden nicht hatte schlau werden können. War das hilfreich? Er wußte es nicht. Wenn das Bündel Papiere kein Vertrag war, sondern eine Rechnung, wofür mochte es dann die Rechnung sein? Welche Dienste waren geleistet worden? Es mußten bestimmt knifflige Dienste gewesen sein. Oder zumindest knifflig beschriebene Dienste. Auf welche Berufe konnte sich das beziehen? Es war zumindest etwas, worüber er mal nachdenken sollte. Er knüllte die Rechnung aus dem Café zusammen und ging weg, um sie in einen Papierkorb zu werfen.

Wie es sich so traf, war das ein ganz zufälliger Schritt.

Er bedeutete, daß Dirk sich von der weiten Fläche in der Mitte des Bahnhofs entfernte und sich nahe an einer Mauer befand, gegen die er sich unauffällig drücken konnte, als er plötzlich draußen den Schritt von zwei Paar Füßen den Vorplatz überqueren hörte.

Einige Sekunden darauf betraten sie die Haupthalle des Bahnhofs, als Dirk sich bereits hinter einem Mauervorsprung den Blicken entzogen hatte. Sich den Blicken entzogen zu haben, war für ihn in anderer Hinsicht weniger gut, nämlich insofern, als er eine Zeitlang außerstande war, die Besitzer dieser Füße zu sehen. Als er kurz einen Blick auf sie werfen konnte, hatten sie genau dieselbe Stelle erreicht, an der Minuten zuvor eine kleine Menschenmenge still und ohne viele Umstände verschwunden war.

Er war überrascht von der roten Brille der Frau und dem ruhig geschnittenen italienischen Anzug des Mannes, aber ebenso von der Geschwindigkeit, mit der auch sie augenblicklich verschwanden.

Dirk war sprachlos. Dieselben zwei verdammten Leute, die den ganzen Tag lang Nägel zu seinem Sarg gewesen waren (aufgrund seiner enormen Verärgerung gestattete er sich diese kleine Übertreibung), hatten sich jetzt schamlos und absichtlich vor seinen Augen aus dem Staub gemacht.

Als er ganz sicher war, daß sie absolut und endgültig weg waren und sich nicht bloß einer hinter dem anderen versteckt hatten, wagte er sich noch einmal auf diese rätselvolle Fläche hinaus.

Sie war verblüffend normal. Normaler Asphalt, normale Luft, normales Alles. Und dennoch war darauf eine Anzahl von Leuten, die die Bermudadreieck-Industrie für volle zehn Jahre glücklich gemacht hätte, innerhalb von fünf Minuten verschwunden.

Er war sehr verärgert.

Er war so sehr verärgert, daß er meinte, er müsse das Gefühl der Verärgerung mit jemandem teilen, indem er ihn anriefe und verärgere – was ziemlich sicher wäre, nachts um zwanzig nach eins.

Es handelte sich nicht um einen völlig zufälligen Gedanken – er sorgte sich noch immer um das Wohlergehen dieser jungen Amerikanerin, Kate Schechter, und war ganz und gar nicht beruhigt durch die Tatsache, daß ihr Anrufbeantworter eingeschaltet war, als er das letztemal angerufen hatte. Mittlerweile sollte sie bestimmt zu Hause sein und schlafend im Bett liegen, und sie würde herrlich wütend darüber sein, zu dieser Stunde durch einen lästigen Anruf geweckt zu werden.

Er fand zwei Münzen und ein funktionierendes Telefon und wählte ihre Nummer. Wieder war ihr Anrufbeantworter dran.

Der teilte ihm mit, sie habe soeben für die Nacht einen kleinen Trip nach Asgard unternommen. Sie sei nicht sicher, in welche Gegend von Asgard sie sich begäben, aber später würden sie sicher einen Abstecher nach Walhalla machen, wenn es der Abend erlaube. Wenn er eine Nachricht hinterlassen wolle, werde sie sich am Morgen damit befassen, wenn sie noch am Leben und in der Stimmung dazu sei. Es ertönten ein paar Piepser, die in Dirks Ohren noch Sekunden nachklangen.

»Oh«, sagte er, als er merkte, daß der Apparat bereits mit der Aufnahme beschäftigt war, »lieber Himmel. Also, ich dachte, unsere Vereinbarung wäre gewesen, daß Sie mich anrufen, bevor Sie was Unmögliches unternehmen.«

Er legte auf, und in ihm kochte es vor Wut. Walhalla, aha? War das der Ort, wo heute abend alle hingingen, bloß er nicht? Er hatte nicht übel Lust, nach Hause zu gehen, sich ins Bett zu legen und im Lebensmitteleinzelhandel wieder aufzuwachen.

Walhalla.

Er blickte sich noch einmal um, und der Name Walhalla klang ihm in den Ohren. Kein Zweifel, er hatte das Gefühl, daß ein Raum dieser Größe eine fabelhafte Festhalle für Götter und tote Helden abgäbe, und daß das leere Midland Grand Hotel es fast wert wäre, den ganzen Krempel von Norwegen herüberzuholen.

Er überlegte, ob es an der Lage viel ändere, wenn man wußte, wohin man sich begab.

Ängstlich und vorsichtig bewegte er sich quer über und durch die fragliche Fläche. Nichts geschah. Na schön. Er drehte sich um und betrachtete sie sich eine Weile, während er ein paarmal langsam an der Zigarette zog, die er von dem Tippelbruder bekommen hatte. Die weite Fläche sah kein bißchen anders aus.

Er durchquerte sie noch einmal, diesmal etwas weniger vorsichtig, sondern mit langsamen, festen Schritten. Wieder geschah nichts, aber als er dann, am Ende angelangt, sich eben herausbewegte, hatte er fast das Gefühl, er habe fast einen Moment lang fast so etwas wie einen heiseren Ton wie ein plötzliches weißes Rauschen vernommen, so wie wenn jemand am Radio dreht. Er wandte sich nochmal um, begab sich wieder in die Fläche hinein und bewegte vorsichtig den Kopf herum, um den leisesten Ton zu erhaschen. Eine Weile bekam er ihn nicht zu fassen, dann plötzlich war ein kurzer Fetzen davon da, der um ihn herum losbrach und wieder weg war. Eine Bewegung, und wieder ein kurzer Bruchteil. Er bewegte sich ganz, ganz langsam und vorsichtig. Ganz, ganz langsam und behutsam drehte er, um den Ton einzufangen, den Kopf um den, wie es schien, billionsten Teil eines billionsten Teils eines Grades, rutschte hinter ein Molekül und war weg.

Er mußte sich im selben Augenblick ducken, um einem mächtigen Adler auszuweichen, der sich aus der Weite des Raumes auf ihn stürzte.

Kapitel 28

Es war nicht derselbe Adler, es war ein anderer Adler. Der nächste war auch ein anderer, und der nächste auch. In der Luft schien es von Adlern zu wimmeln, und es war offenbar unmöglich, Walhalla zu betreten, ohne daß sich zumindest ein halbes Dutzend auf einen stürzten. Selbst auf Adler wurde sich von Adlern gestürzt.

Dirk riß die Arme nach oben, um das wilde, flügelschlagende Gewirbel zu verscheuchen, machte kehrt, stolperte und fiel hinter einem riesigen Tisch auf die Erde, die mit schwerem, feuchtem, sandigem Stroh bedeckt war. Sein Hut rollte unter den Tisch. Er kroch hinterher, drückte sich ihn wieder fest auf den Kopf, kam langsam nach oben und lugte über die Platte hinweg.

Die Halle war dunkel, aber große Feuer flackerten darin.

Lärm und Holzrauch und der Geruch bratender Schweine, bratender Schafe, bratender Keiler, von Schweiß und verdunstendem Wein und angesengten Adlerflügeln erfüllten die Luft.

Der Tisch, hinter dem er kauerte, war eine der zahllosen, auf Böcken liegenden Eichenplatten, die sich in alle Richtungen erstreckten und mit dampfenden Riesenbrocken toter Tiere, gewaltigen Broten, mächtigen, randvoll mit Wein gefüllten Eisenbechern und Kerzen, groß wie Ameisenhaufen aus Wachs, beladen waren. Massige, schwitzende Gestalten saßen dicht gedrängt darum herum, auch darauf, und aßen, tranken, prügelten sich ums Essen, prügelten sich im Essen, prügelten sich mit dem Essen.

Ungefähr einen Meter von Dirk entfernt stand ein Krieger auf einem Tisch und kämpfte mit einem Schwein, das sechs Stunden gebraten hatte, und er verlor, das war deutlich zu sehen, aber er verlor mit Schwung und guter Laune, während er von anderen Kriegern angefeuert wurde, die ihn aus einem Trog mit Wein übergossen.

Das Dach – soweit davon auf diese Entfernung und in dem schwachen und flackernden Licht der Feuer etwas zu erkennen war – bestand aus zusammengebundenen Schilden.

Dirk hielt seinen Hut fest, nahm den Kopf nach unten und rannte los, um möglichst an die Seite der Halle zu gelangen.

Während er lief, wobei er sich praktisch unsichtbar fühlte, weil er völlig nüchtern und, soweit er was davon verstand, normal gekleidet war, meinte er an jeder denkbaren Form körperlicher Verrichtungen vorbeizukommen, vom Zähneputzen mal abgesehen.

Der Gestank, wie der von dem Penner in King's Cross Station, der hier sicher dabei war, war von der Sorte, die unentwegt auf einen eindringt. Er nahm immer weiter zu, bis es schien, der Kopf müsse immer größer und größer werden, um ihn zu fassen. Das Dröhnen von Schwert auf Schwert, Schwert auf Schild, Schwert auf Fleisch, Fleisch auf Fleisch brachte seine Trommelfelle ins Wanken und Zittern, so daß sie am liebsten laut aufgeschrien hätten. Es wurde auf ihm herumgetrommelt, Beine wurden ihm gestellt, Ellbogen in die Seite gerammt, er wurde geschubst und mit Wein übergossen, während er sich eilig durch die wilde Meute schob, aber er gelangte am Ende an eine Seitenwand – massive Holzbretter und Stein, die mit stinkenden Rinderhäuten verhängt waren.

Keuchend blieb er einen Moment stehen, sah zurück und betrachtete die Szene voller Staunen.

Es war Walhalla.

Darüber konnte es absolut keinen Zweifel geben. Das hier war nichts, was einem von einem Partyservice vorgegaukelt werden konnte. Und die ganze brodelnde und rasende Menge zechender Götter und Helden mit ihren beprosteten Damen, den Schilden und Feuern und Wildschweinen füllte einen Raum, der annähernd von der Größe von St. Pancras Station sein mußte. Die ungeheure Hitze, die von alldem aufstieg, wirkte, als würde sie die Schwärme wildgewordener Adler ersticken, die über ihnen durch die Luft flatterten.

Und vielleicht war es auch so. Er war sich ganz und gar nicht sicher, ob sich ein Schwarm wildgewordener Adler, die meinten, sie müßten vielleicht ersticken, wesentlich anders verhalten würde als viele von den Adlern, die er im Moment beobachtete.

Etwas gab es, wonach sich zu fragen er verschoben hatte, als er sich durch die Massen kämpfte, aber die Zeit war gekommen, es sich nun zu fragen.

Was, fragte er sich, ist mit den Draycotts?

Was konnten die Draycotts denn bloß hier wollen? Und wo, in einem derartigen Gewühl, konnten die Draycotts denn bloß stecken?

Er kniff die Augen zusammen und spähte in die wogende Menge, ob er nicht vielleicht doch irgendwo eine rote Designerbrille und einen ruhigen italienischen Anzug ausmachen könnte, die dort mit den rasselnden Brustplatten und den durchgeschwitzten Lederplünnen eins zu werden versuchten, wohl wissend, daß der Versuch nutzlos war, aber mit dem Gefühl, man sollte ihn ruhig unternehmen.

Nein, kam er zu dem Schluß, er konnte sie nicht sehen. Nicht, hatte er das Gefühl, diese Art Sippschaft. Weitere Überlegungen in dieser Richtung wurden jäh beendet, und zwar durch eine schwere, kurzstielige Axt, die durch die Luft geflogen kam, mit einem verblüffenden Bums ungefähr zehn Zentimeter von seinem linken Ohr entfernt in der Wand stecken blieb und für den Moment sein ganzes Denken auslöschte.

Als er sich von dem Schock erholt hatte und weiteratmete, dachte er, daß es sich wahrscheinlich um nichts handelte, das in böser Absicht nach ihm geworfen worden war, sondern nur um heldenhafte Ausgelassenheit. Trotzdem war er nicht in Mitmachlaune und beschloß, das Feld zu räumen. Er schob sich an der Wand entlang in die Richtung, die, wenn es wirklich St. Pancras Station und nicht Walhalla gewesen wäre, in die Schalterhalle geführt hätte. Er wußte nicht, was er dort finden würde, aber er schätzte, daß es sicher anders als hier war, was gut wäre.

Es schien ihm, als sei hier draußen am Rande alles insgesamt etwas leiser.

Das dickste und munterste Getümmel schien sich stärker in

Richtung Mitte der Halle zu konzentrieren, wogegen die Tische, an denen er jetzt vorbeikam, offenbar mit Leuten besetzt waren, die aussahen, als hätten sie in ihrem unsterblichen Leben das Alter erreicht, in dem sie es vorzogen, in Gedanken den Zeiten nachzuhängen, als sie noch mit toten Schweinen kämpften, und sachverständige Kommentare über die feinsinnigeren Seiten an der Tote-Schweine-Kampftechnik miteinander auszutauschen, als in diesem Augenblick selber wieder mit einem zu kämpfen.

Er hörte, wie einer zu seinem Nebenmann sagte, der linkshändige, dreifingrige Flachgriff am Brustbein des Gegners sei im kritischen Moment von entscheidender Wichtigkeit, letztlich in der totalen Benommenheit nicht völlig umzukippen, worauf der Nebenmann mit einem freundlichen »Oh ah« antwortete.

Dirk blieb stehen, guckte und machte einen Schritt zurück.

Gedankenvoll über seinen eisernen Teller gebeugt und in ungeheuer fleckige und verfilzte, mit Spangen zusammengehaltene Felle gekleidet, die, wenn möglich, noch ranziger und stinkender waren als das Komplet, in dem Dirk ihm das letztemal begegnet war, saß dort der alte Kumpel aus der Bahnhofshalle von King's Cross Station.

Dirk überlegte, wie er ihn anreden könnte. Ein rascher Klaps auf den Rücken und ein »He! Prima Party. Mächtig was los« war die eine Strategie, aber Dirk fand, es wäre nicht die richtige.

Während er noch überlegte, stürzte sich plötzlich aus der Luft ein Adler herab und landete unter jeder Menge Flügelschlagen und Gezappel vor dem Alten auf dem Tisch, faltete die Schwingen zusammen, schritt auf ihn zu und verlangte, gefüttert zu werden. Ohne weiteres riß der Alte ein Stück Fleisch von einem Knochen und hielt es dem riesigen Vogel hin, der es ihm abrupt, aber behutsam aus den Fingern pickte.

Dirk meinte, das sei das Stichwort, freundlich heranzutreten. Er beugte sich über den Tisch, nahm ein kleines Stückchen Fleisch und reichte es seinerseits dem Vogel. Der Vogel stürzte sich auf ihn, wobei er es auf seinen Hals abgesehen hatte, was ihn dazu zwang, sich gegen das wilde Vieh mit seinem Hut zur Wehr zu setzen, aber der erste Schritt war geschafft.

»Oh ah«, sagte der Mann, scheuchte den Adler weg und rückte ein paar Zentimeter auf der Bank zur Seite. Es war zwar keine übermäßig freundliche Aufforderung, aber es war eine Aufforderung. Dirk kletterte über die Bank und setzte sich.

»Danke«, sagte Dirk schnaufend.

»Oh ah.«

»Falls Sie sich erinnern, wir –«

In dem Moment dröhnte der gewaltigste Donnerschlag, den man sich denken kann, durch Walhalla. Es war der Schlag einer Pauke, aber er klang wie eine Pauke von riesenhaften Ausmaßen, die sie auch haben mußte, um sich über den Irrsinnskrach, von dem die Halle erfüllt war, Gehör zu verschaffen. Die Pauke ertönte dreimal in langsamen, wuchtigen Schlägen, als seien sie der Herzschlag der Halle selbst.

Dirk blickte nach oben, um zu sehen, wo der Ton hergekommen sein könnte. Er bemerkte zum erstenmal, daß am südlichen Ende der Halle, auf das er zugesteuert war, ein großer Balkon oder Übergang sich über fast die ganze Breite erstreckte. Dort oben befanden sich ein paar Gestalten, vage sichtbar durch den Hitzenebel und das Adlergeflatter, aber Dirk hatte das Gefühl, daß, ganz gleich, wer da oben war, sie den Vorsitz führten über diejenigen, wer immer sie auch hier unten waren.

Odin, dachte Dirk. Odin, der All-Vater, war sicher dort oben auf dem Balkon.

Der Lärm des Gelages verebbte rasch, doch dauerte es mehrere Sekunden, ehe die letzten Echos des Krachs endlich erstarben.

Als alles still, aber erwartungsvoll war, ertönte eine mächtige Stimme vom Balkon und durch die Halle.

Die Stimme sagte: »Die Zeit der Klagestunde ist fast verstrichen. Die Klagestunde ist von dem großen Gott Thor beantragt worden. Zum drittenmal wird gefragt, wo ist Thor?«

Ein Murmeln in der ganzen Halle ließ vermuten, daß niemand wußte, wo Thor sei und warum er nicht gekommen war, um seine Klage vorzubringen.

Die Stimme sagte: »Dies ist eine sehr schwere Beleidigung der Würde des All-Vaters. Wenn vor Verstreichen dieser Stunde keine Klage erhoben wird, wird die Strafe für Thor entsprechend schwer sein.«

Wieder ertönte dreimal die Pauke, und die Verwirrung in der Halle schwoll an. Wo war Thor?

»Er ist bei irgendeinem Mädchen«, sagte eine Stimme über die anderen hinweg, es gab brüllendes Gelächter, dann die Rückkehr zu dem Stimmengewirr von vorher.

»Ja«, sagte Dirk ruhig, »ich vermute, das ist er wahrscheinlich.«

»Oh ah.«

Dirk hatte angenommen, er spreche mit sich selbst, und war überrascht, dem Mann eine Antwort entlockt zu haben, allerdings nicht besonders überrascht über die Antwort, die er ihm entlockt hatte.

»Thor hat diese Versammlung heute abend einberufen?« fragte Dirk.

»Oh ah.«

»Bißchen unverschämt, dann nicht zu kommen.«

»Oh ah.«

»Ich vermute, alle sind ein bißchen sauer.«

»Nicht, solange es genügend Schweine gibt.«

»Schweine?«

»Oh ah.«

Dirk wußte nicht gleich, wie er weitermachen sollte.

»Oh ah«, sagte er ergeben.

»Nur Thor ist es, dem's wirklich was ausmacht, verstehste«, sagte der Alte. »Bringt immer wieder seine Klage vor, und kann sie dann nicht beweisen. Kann keine Gründe anführen. Wird völlig konfus und wütend, unternimmt was Dummes, kann's nicht wieder in Ordnung bringen und muß dafür büßen. Alle andern kommen bloß wegen der Schweine her.«

»Oh ah.« Dirk erlernte soeben eine völlig neue Konversationstechnik und war erstaunt, wie erfolgreich sie war. Er betrachtete den Mann mit ganz neuem Respekt.

»Weiß du, wieviel Steine es in Wales gibt?« fragte der Mann plötzlich.

»Oh ah«, sagte Dirk vorsichtig. Er kannte diesen Witz nicht.

»Ich auch nicht. Er will's keinem sagen. Sagt, zähl sie doch selber, und geht schmollend weg.«

»Oh ah.« Er fand ihn nicht sehr gut.

»Und diesmal hat er sich nicht mal blicken lassen. Muß sagen, ich kann's ihm nicht verübeln. Aber es tut mir leid, weil ich denke, er könnte ja recht haben.«

»Oh ah.«

Der Mann versank in Schweigen.

Dirk wartete.

»Oh ah«, sagte er noch einmal, erwartungsvoll.

Nichts.

»Also, äh«, sagte Dirk, der dem Alten vorsichtig auf die Sprünge zu helfen versuchte, »Sie meinen, er könnte recht haben, wie?«

»Oh ah.«

»Aha. Der alte Thor könnte recht haben, wie? Das ist es also«, sagte Dirk.

»Oh ah.«

»In welcher Hinsicht«, sagte Dirk, dem schließlich der Geduldsfaden riß, »meinen Sie, könnte er recht haben?«

»Oh, in jeder Hinsicht.«

»Oh ah«, gab Dirk sich geschlagen.

»Es ist kein Geheimnis, daß die Götter schlimme Zeiten durchmachen müssen«, sagte der Alte grimmig. »Das ist für alle deutlich zu sehen, auch für die, denen nur die Schweine am

Herzen liegen, und das sind die meisten. Und wenn man das Gefühl hat, daß man nicht mehr gebraucht wird, kann es schwer werden, über das nächste Schwein hinauszudenken, auch wenn man früher alle Welt bei sich gehabt hat. Jeder nimmt es einfach als unvermeidlich hin. Das heißt, jeder bis auf Thor. Und jetzt hat er aufgegeben. Hat sich nicht mal die Mühe gemacht, herzukommen und ein Schwein mit uns zu brechen. Hat auf seine Klage verzichtet. Oh ah.«

»Oh ah«, sagte Dirk.

»Oh ah.«

»Aha, äh, also Thors Klage«, sagte Dirk vorsichtig.

»Oh ah.«

»Worum ging's dabei?«

»Oh ah.«

Dirk verlor jetzt gänzlich die Geduld und fuhr den Mann an.

»Worum ging's bei Thors Klage gegen Odin?« bohrte er wütend.

Der Mann drehte sich mit bedächtigem Erstaunen zu ihm um und sah ihn mit seinen großen, triefigen Augen von oben bis unten an.

»Du bist ein Sterblicher, habe ich recht?«

»Ja«, sagte Dirk gereizt, »ich bin ein Sterblicher. Natürlich bin ich ein Sterblicher. Was hat das Sterblichsein damit zu tun?«

»Wie bist du hierher gekommen?«

»Ich bin dir gefolgt.« Er holte die zusammengeknüllte, leere Zigarettenschachtel aus der Tasche und legte sie auf den Tisch. »Danke«, sagte er, »ich bin dir was schuldig.«

Es war eine ziemlich schwache Erklärung, dachte er, aber es war die beste, die ihm einfiel.

»Oh ah.« Der Mann blickte weg.

»Worum ging's bei Thors Klage gegen Odin?« sagte Dirk und versuchte mühsam, diesmal seiner Stimme die Ungeduld nicht anmerken zu lassen.

»Was geht's dich an?« sagte der alte Unsterbliche bitter. »Du bist ein Sterblicher. Warum sollte es dich interessieren? Ihr habt, was ihr haben wollt, daraus erhalten, du und deinesgleichen, so wenig es jetzt auch wert ist.«

»Wir haben, was wir haben wollten, woraus erhalten?«

»Aus dem Handel«, sagte der alte Unsterbliche. »Aus dem Vertrag, den Odin, wie Thor behauptet, geschlossen hat.«

»Vertrag?« fragte Dirk. »Was denn für einen Vertrag.«

In das Gesicht des Mannes trat der Ausdruck langsamen Zorns. Die Feuer von Walhalla tanzten tief im Innern seiner Augen, als er Dirk ansah.

»Über den Verkauf«, sagte er düster, »einer unsterblichen Seele.«

»Was?« sagte Dirk. Er hatte diesen Gedanken schon mal in Erwägung gezogen und dann verworfen. »Du meinst, ein Mensch hat ihm seine Seele verkauft? Welcher Mensch? Es ergibt keinen Sinn.«

»Nein«, sagte der Mann, »das würde absolut keinen Sinn ergeben. Ich sagte, eine unsterbliche Seele. Thor behauptet, Odin hat seine Seele an Menschen verkauft.«

Dirk starrte ihn entsetzt an und hob dann den Blick langsam zu dem Balkon. Dort ging irgend etwas vor. Wieder ertönte die mächtige Pauke, und wieder verstummte Walhalla nach und nach. Aber ein zweiter und dritter Paukenschlag kam nicht. Etwas Unerwartetes schien sich ereignet zu haben, und die Gestalten auf dem Balkon bewegten sich in ziemlicher Unordnung durcheinander. Die Klagestunde ging eben zu Ende, aber irgendeine Klage schien eingetroffen zu sein.

Dirk schlug sich die Hände vors Gesicht und geriet ins Taumeln, wo er saß, als ihm endlich alle möglichen Erkenntnisse dämmerten.

»Nicht den Menschen«, sagte er, »sondern *zwei* Menschen, einem Mann und einer Frau. Einem Anwalt und einer Werbeagentin. Ich sagte, es sei alles ihre Schuld, als ich sie das erstemal sah. Mir war nicht klar, daß ich tatsächlich recht haben könnte.« Ungeduldig fiel er über seinen Gefährten her. »Ich muß da rauf«, sagte er, »hilf mir, um Gottes willen.«

Kapitel 29

»O . . . dddiiiiiinnnnnn!!!!!«

Thor stieß einen Wutschrei aus, der den Himmel zum Erzittern brachte. Die schweren Wolken ließen ein erstauntes Donnergrummeln schon allein über die ungeheure Luftmasse ertönen, die unter ihnen durchzog. Kate wich erschreckt zurück, weiß vor Angst und Schreck und ein Klingeln in den Ohren.

»Hader *Lump*!!!!!!«

Er schmetterte den Hammer mit beiden Händen genau vor sich auf den Boden. Er schleuderte ihn mit solch erstaunlicher Kraft über diese kurze Distanz, daß er ungefähr dreißig Meter hoch zurückprallte.

»Ggggrrrraaaaaaaaah!!!!!!« Mit einem gewaltigen Luftstoß aus seinen Lungen schleuderte er sich selbst dem Hammer hinterher in die Höhe, fing ihn, als er gerade herabzufallen begann, und schmetterte ihn direktenwegs wieder gegen den Boden, fing ihn erneut, als er zurückgeprallt kam, wirbelte wild mitten in der Luft herum und schleuderte ihn mit aller Kraft, die er aufbieten konnte, aufs Meer hinaus, ehe er selbst herabgesaust kam, auf seinen Rücken fiel und den Boden in einem unglaublichen Wutgetrommel mit seinen Knöcheln, Ellbogen und Fäusten bearbeitete.

Der Hammer schoß in einer sehr tiefen Bahn übers Meer. Sein Kopf senkte sich ins Wasser und pflügte in einer konstanten Tiefe von etwa sechs Zoll hindurch. Auf der Wasseroberfläche öffnete sich langsam, aber mühelos eine scharfe Welle, die sich schließlich über etwa eine Meile erstreckte, während der Hammer wie ein Operationsmesser hindurchschnitt. In seinem Kielwasser vertieften sich almählich die Innenwände der Welle und teilten sich von der bloßen Kraft des Hammers, bis sich auf der Meeresoberfläche ein breites Tal gebildet hatte. Die Seitenwände des Tals wackelten und schwankten unsicher, dann brachen sie zusammen und krachten in einer wilden, schäumenden Raserei gegeneinander. Der Hammer hob seinen Kopf und schwang sich hoch hinauf in die Lüfte. Thor sprang auf und beobachtete ihn, während er noch immer mit den Füßen auf den Boden stampfte wie ein Boxer, aber wie ein Boxer, der vielleicht drauf und dran ist, ein mittleres Erdbeben zu erzeugen. Als der Hammer den Scheitel seiner Flugbahn erreichte, fuhr Thor mit der Faust wie ein Dirigent nach unten, und der Hammer stürzte hinunter in das krachende Meer.

Das schien die See für einen Augenblick zu beruhigen, so wie ein Hysteriker mit einem Schlag ins Gesicht beruhigt wird. Der Augenblick ging vorüber. Eine ungeheure Wassersäule brach auf den Schlag hin hervor, und Sekunden später flog der Hammer aus ihrem Mittelpunkt in die Höhe, wobei er eine zweite gewaltige Wassersäule aus dem Zentrum der ersten mit nach oben riß.

Der Hammer machte am Gipfelpunkt seines Aufstiegs einen Purzelbaum, kehrte um, geriet ins Trudeln und raste dann zu seinem Besitzer zurück wie ein total überdrehter junger Hund. Thor griff danach, aber statt ihn aufzuhalten, ließ er sich von ihm mit nach hinten reißen, und zusammen stolperten sie ungefähr hundert Meter rückwärts durch die Felsen, bis sie auf etwas weicher Erde schlurfend zum Stehen kamen.

Sofort war Thor wieder auf den Füßen. Er wirbelte herum und herum, wobei er mit Schritten von fast drei Metern von einem Bein aufs andere sprang und den Hammer am ausgestrecktem Arm herumschwenkte. Als er ihn wieder losließ, fetzte er von neuem aufs Meer hinaus, aber diesmal sauste er in einem gigantischen Halbkreis über die Wasseroberfläche, so daß sich die See an dessen Peripherie aufbäumte, um für einen

Augenblick ein riesenhaftes Amphitheater aus Wasser zu bilden. Es stürzte zu einer krachenden Flutwelle zusammen, die heranlief und sich wütend gegen die schmale Wand der Klippe warf.

Der Hammer kehrte zu Thor zurück, der ihn sofort in einem gewaltigen *overarm*-Wurf wieder von sich schleuderte. Er prallte gegen einen Felsen, aus dem er einen mächtigen, wütenden Funken schlug. Er sprang weiter, schlug einen Funken aus noch einem Felsen und aus noch einem. Thor warf sich auf die Knie, und bei jedem Felsen, den der Hammer traf, schlug er mit der Faust auf den Boden, damit der Felsen höher wuchs und dem Hammer nicht entgehen konnte. Funken auf Funken entsprang den Felsen. Der Hammer schlug auf jeden folgenden immer fester und fester, bis ein Funken die Wolken zu einem ersten warnenden Blitz provozierte.

Und dann begann sich der Himmel zu bewegen, langsam, wie ein großes, zorniges Tier, das sich in seinem Bau streckt. Die mächtigen Funken stoben schneller und schneller von dem Hammer, mehr züngelnde Blitze schossen ihnen aus dem Himmel entgegen, und die ganze Erde begann in einer geradezu angstvollen Erregung zu zittern.

Thor hob die Ellbogen über den Kopf und stieß sie dann mit Macht nach unten, während er wieder sein durchdringendes Gebrüll in Richtung Himmel ausstieß.

»O . . . dddiiiiiiinnnnnn!!!!!«

Der Himmel schien fast aufzuplatzen.

»Hader Luuuummmppppp!!!!!!!«

Thor warf sich auf den Boden und wuchtete ungefähr zwei Fuder felsige Erde zur Seite. Er schüttelte sich mit immer größerer Wut. Mit einem tiefen Grollen begann sich die ganze Seite der Klippe langsam nach vorn ins Meer zu neigen, während er schob und schüttelte. Nach einigen Sekunden stürzte sie dröhnend in den brausenden Aufruhr darunter, während Thor wieder zurückkletterte, einen Fels von der Größe eines Konzertflügels ergriff und in die Höhe stemmte.

Alles schien einen flüchtigen Moment lang still zu sein.

Thor schleuderte den Felsen ins Meer.

Er griff wieder zu seinem Hammer.

»O . . .« brüllte er.

» . . . ddddddddiiiiiinnnnnnnnnn!!!!!!!!!!«

Sein Hammer krachte herab.

Ein Sturzbach brach aus der Erde hervor, und der Himmel explodierte. An der Küste zuckten meilenweit in beide Richtungen Blitze wie eine weiße Lichtwand herab. Donner grollten wie zusammenprallende Welten, und die Wolken erbrachen Regen, der den Boden zerschmetterte. Thor stand jubelnd in dem Gießbach.

Wenige Minuten später ließ die Gewalt nach. Ein starker, stetiger Regen fiel. Die Wolken reinigten sich, und die schwachen Strahlen des ersten Morgenlichts suchten sich ihren Weg durch die dünner werdende Wolkendecke.

Von da, wo er gestanden hatte, stapfte Thor nach oben und schüttelte und wusch sich den Modder von den Händen. Er griff nach seinem Hammer, als ihm der entgegenflog.

Er fand Kate, die dastand, ihn beobachtete und vor Staunen, Furcht und Zorn zitterte.

»Was sollte *das* denn alles?« schrie sie ihn an.

»Ich mußte mich einfach mal richtig in Wut bringen«, sagte er. Als sie damit nicht zufriedengestellt schien, fügte er hinzu: »Ein Gott kann doch auch ab und zu mal angeben, oder?«

Die gebückte Gestalt von Tsuliwaënsis kam heraus und eilte durch den Regen auf sie zu.

»Du bist ein lautes Kind, Thor«, schimpfte sie, »ein lautes Kind.«

Aber Thor war verschwunden. Als sie hinsahen, meinten sie, er müsse der winzige Klecks sein, der nordwärts durch den heller werdenden Himmel hetzte.

Kapitel 30

Cynthia Draycott spähte über die Brüstung voll Abscheu auf das Schauspiel dort unten. Walhalla war wieder voll auf Touren.

»Ich hasse das«, sagte sie. »Ich möchte nicht, daß das in meinem Leben so weitergeht.«

»Mach dir keine Sorgen, mein Liebling«, sagte Clive Draycott leise hinter ihr, die Hände auf ihren Schultern. »Es wird sich um alles sofort gekümmert, und es wird wirklich prima laufen. Konnte tatsächlich gar nicht besser kommen. Es ist genau das, was wir wollten. Weißt du, daß du mit dieser Brille phantastisch aussiehst? Sie steht dir wirklich. Ich meine, wirklich. Sie ist *sehr* chic.«

»Clive, es sollte sich gleich von Anfang an darum gekümmert werden. Der ganze Zweck war doch, daß wir nicht belästigt würden, daß wir's einfach tun könnten, die Sache erledigen und dann vergessen. Das war der ganze Zweck der Angelegenheit. Ich habe mir in meinem Leben genug Scheiß gefallen lassen. Ich wollte es einfach gut haben, hundertprozentig. Ich will das alles nicht.«

»Genau. Und deshalb ist die Sache so perfekt für uns. So perfekt. Klarer Vertragsbruch. Wir kriegen jetzt alles, was wir haben wollten, und werden von allen Verpflichtungen entbunden. *Perfetto*. Wir kommen aus der Sache raus wie unschuldige Kinder und haben ein Leben, das wirklich hundertprozentig gut ist. Hundert Prozent. Und sauber. Halt genau, wie du's haben wolltest. Wirklich, es könnte für uns nicht besser sein. Glaub mir.«

Cynthia Draycott schlang gereizt die Arme um sich.

»Und was ist mit dieser neuen . . . Person? Noch etwas, mit dem wir uns befassen müssen.«

»Das wird ganz einfach sein. *Ganz* einfach. Hör zu, das ist gar nichts. Entweder wir schalten ihn mit ein, oder wir schalten ihn *sofort* aus. Darum wird sich gekümmert, ehe wir hier aufbrechen. Wir kaufen ihm etwas. Einen neuen Mantel. Vielleicht müssen wir ihm auch ein neues Haus kaufen. Weißt du, was uns das kosten wird?« Er ließ ein charmantes Lachen hören. »Es ist nichts. Du wirst nicht mal drüber nachzudenken brauchen. Du brauchst nicht mal dran zu denken, nicht drüber nachzudenken. So . . . leicht . . . ist das. Okay?«

»Hm.«

»Okay. Ich bin gleich wieder da.«

Er drehte sich um und begab sich, den ganzen Weg lächelnd, wieder in das Vorzimmer der Halle des All-Vaters.

»Also, Mr . . .«, er tat so, als sehe er nochmal auf die Visitenkarte, ». . . Gently. Sie möchten also für die Leute tätig werden, nicht wahr?«

»Für diese unsterblichen Götter«, sagte Dirk.

»Okay, dann eben Götter«, sagte Draycott. »Das ist schön. Vielleicht machen Sie Ihre Arbeit besser als dieser wahnsinnige kleine Gauner, mit dem ich von Anfang an fertig werden mußte. Wissen Sie, der ist wirklich ein komischer Kerl, unser Mr. Lump, Mr. *Lump*. Wissen Sie, der Kerl war wirklich ganz erstaunlich. Er tat alles, was er konnte, versuchte jeden uralten Trick aus der Kiste, um mich aus der Fassung zu bringen und hinzuhalten. Wissen Sie, wie ich mit solchen Leuten umgehe. Ganz einfach. Ich ignoriere sie. Ich . . . ignoriere sie einfach. Wenn er herumspielen und drohen und schreien und fünfhundertsiebzehn Unterklauseln reinbringen möchte, mit denen er meint, mich ertappen zu können, ist das okay. Er nimmt nur Zeit in Anspruch, aber was soll's? Ich habe Zeit. Ich habe viel Zeit für Leute wie Mr. Lump. Denn wissen Sie, was das wirklich Verrückte ist? Sie wissen, was *wirklich* verrückt ist? Der Kerl kann nicht mal einen Vertrag aufsetzen, um sein Leben zu retten. Wirklich. Sein . . . Leben . . . zu retten. Und ich sage Ihnen was: Mir ist das ganz recht. Er kann um sich schlagen und fauchen, soviel er will – wenn er müde wird, wickele ich ihn einfach ein. Hören Sie zu. Ich arbeite Verträge in der Plattenbranche aus. Die Typen hier sind im Vergleich dazu reine Nullen. Sie sind primitive Wilde. Sie haben sie gesehen. Sie haben mit ihnen zu tun gehabt. Sie sind primitive Wilde. Na, vielleicht etwa nicht? Wie Indianer. Sie wissen nicht mal, was sie besitzen. Verstehen Sie, diese Leute haben Glück, daß sie nicht auf einen richtigen Halsabschneider gestoßen sind. Ich meine das ganz ernst. Wissen Sie, wieviel Amerika kostet? Wissen Sie, was die ganzen Vereinigten Staaten von Amerika tatsächlich *kosten*? Sie wissen's nicht, und ich auch nicht. Und soll ich Ihnen sagen, warum? Die Summe ist so unbedeutend, daß jemand uns sagen könnte, wie hoch sie ist, und zwei Minuten später hätten wir's wieder vergessen. Es wäre uns einfach total entfallen.

Also, im Vergleich dazu, lassen Sie mich das Ihnen sagen, bin ich *fürsorglich*. Ich bin *wirklich* fürsorglich. Eine Privatsuite im Woodshead Hospital? Überreichliche Aufmerksamkeit, luxuriöse Beköstigung, sensationelle Mengen Linnen. *Sensationell*. Sie könnten sich für das, was das alles kostet, zu heutigen Preisen praktisch die Vereinigten Staaten von Amerika kaufen. Aber wissen Sie was? Ich sagte mir, wenn er das Linnen will, soll er das Linnen haben. Soll er's halt haben. Es ist in Ordnung. Der Bursche hat's verdient. Er kann alles Linnen haben, das . . . er . . . will. Bloß mich nicht wie einen Idioten behandeln, das ist alles.

Also, ich will Ihnen mal sagen, der Kerl hat ein schönes Leben. Ein *schönes* Leben. Und ich denke, das ist es, was wir alle wollen, stimmt's? Ein schönes Leben. Dieser Bursche hat's bestimmt gewollt. Und er wußte nicht, wie er sich's beschaffen sollte. Keiner von diesen Burschen wußte es. Sie sind einfach irgendwie hilflos in der modernen Welt. Die ist irgendwie zu brutal für sie, und ich versuche nur, ihnen aus der Not zu helfen. Ich will Ihnen mal erzählen, wie naiv sie sind, und ich meine wirklich *naiv*.

Meine Frau Cynthia, Sie haben sie ja kennengelernt, und ich

will Ihnen sagen, sie ist einfach Klasse. Ich sage Ihnen, mein Verhältnis zu Cynthia ist *so fabelhaft* –«

»Ich möchte nichts über ihr Verhältnis zu Ihrer Frau hören.«

»Okay. In Ordnung. Das ist absolut in Ordnung. Ich denke nur, es lohnt sich vielleicht, wenn Sie ein paar Dinge erfahren. Aber ganz gleich, was Sie wollen, es ist in Ordnung. Okay. Cynthia ist in der Werbung. Das wissen Sie. Sie ist Hauptgesellschafterin einer bedeutenden Agentur. Bedeutend. Sie machte vor ein paar Jahren eine riesige Werbekampagne, bei der in so einem Werbespot irgendein Schauspieler einen Gott spielte. Und er preist irgendwas an, ich weiß nicht, Cola, Limonade, irgend sowas, verstehen Sie, Zahnfäule für die Kids.

Und Odin ist zu der Zeit einfach ein Wrack. Er lebt auf der Straße. Er kriegt einfach nichts auf die Reihe, weil er halt auf diese Welt nicht eingestellt ist. All diese Macht, aber er weiß nicht, wie er sie hier und heute für sich einsetzen soll. Und jetzt kommt der verrückte Teil der Geschichte.

Odin sieht den Werbespot im Fernsehen und denkt bei sich: ›He, das könnte ich machen, ich bin doch ein Gott.‹ Er denkt, vielleicht könnte er Geld dafür kriegen, daß er in einem Werbespot auftritt. Und Sie wissen, was das heißen würde. Bringt noch weniger ein, als die Vereinigten Staaten von Amerika kosten, können Sie mir folgen? Denken Sie mal nach. Odin, der Oberste und Ursprung aller Macht aller nordischen Götter, *denkt, er könnte vielleicht Geld dafür bekommen, daß er in einem Fernseh-Werbespot für Limonade auftritt.*

Und dieser Bursche, dieser Gott, geht tatsächlich los und versucht jemanden zu finden, der ihn in einem TV-Werbespot unterbringt. *Mitleiderregend* naiv. Aber auch habgierig – das wollen wir nicht vergessen. Habgierig.

Wie dem auch sei, zufällig wird Cynthia auf ihn aufmerksam. Sie ist zu der Zeit nur eine kleine Sachbearbeiterin, schenkt der Sache keine Beachtung, denkt, er ist bloß ein armer Irrer, aber dann fasziniert sie doch irgendwie, wie merkwürdig er ist, und ich bekomme ihn zu sehen. Und wissen Sie was? Es wird uns klar, daß er echt ist. Der Kerl ist echt. Ein echter, richtiger Gott mit dem ganzen Drum und Dran göttlicher Macht. Und nicht nur ein Gott, aber wo denn her, sondern der Hauptgott. Der, von dem alle andern in ihrer Macht abhängen. Und er will in einem Werbespot auftreten. Sagen wir uns das Wort doch noch einmal, ja? Ein *Werbespot*.

Die Idee war verblüffend. Wußte der Bursche denn nicht, was er besaß? War er sich nicht klar darüber, was er sich mit seiner Macht verschaffen konnte?

Anscheinend nicht. Ich muß Ihnen sagen, das war der überraschendste Augenblick in unserem Leben. Ü . . . ber . . . ra . . . schend. Ich muß Ihnen sagen, Cynthia und ich haben immer gewußt, daß wir, nun ja, besondere Menschen sind und daß uns etwas Besonderes widerfahren würde, und da war es. Etwas Besonderes.

Aber sehen Sie. Wir sind nicht habgierig. Wir wollen all diese Macht gar nicht haben, all diesen Reichtum. Und ich meine, wir reden hier von der Welt. Von der ganzen . . . verdammten . . . Welt. Wir könnten die Welt besitzen, wenn wir wollten. Aber wer möchte schon die Welt besitzen? Man denke an den Ärger. Wir wollen nicht einmal großen Reichtum, all die Anwälte und Steuerberater, mit denen man dann zu tun kriegt, und lassen Sie mich Ihnen sagen, ich *bin* Anwalt. Okay, man kann Leute engagieren, die sich für einen um Anwälte und Steuerberater kümmern, aber wer sollen diese Leute sein? Doch bloß noch mehr Anwälte und Steuerberater. Und wissen Sie, wir wollen ja auch gar nicht die Verantwortung für das alles haben. Es ist zuviel.

Und so komme ich auf folgenden Gedanken. Es ist, wie wenn man ein großes Grundstück kauft und dann das, was man nicht haben will, weiterverkauft. Auf die Weise kriegen Sie, was Sie wollen, und eine Menge anderer Leute kriegen, was sie wollen, nur bekommen sie es durch Sie, und Sie fühlen sich Ihnen gegenüber ein bißchen verpflichtet, und sie erinnern sich, durch wen sie es bekommen haben, denn sie unterschreiben ein Papier, auf dem steht, wie verpflichtet sie sich Ihnen gegenüber fühlen. Und Geld fließt herein, damit wir die sehr, sehr, sehr kostspielige private medizinische Betreuung für unseren Mr. Odin bezahlen können.

Deshalb besitzen wir nicht viel, Mr. Gently. Ein oder zwei einigermaßen schöne Häuser. Ein oder zwei einigermaßen schöne Autos. Wir haben ein sehr schönes Leben. Wirklich sehr, sehr schön. Wir brauchen nicht viel, weil uns alles, was wir brauchen, zur Verfügung gestellt wird, es wird sich darum gekümmert. Wir haben nichts weiter gefordert, und es war unter den gegebenen Umständen eine sehr vernünftige Forderung, als daß wir von der ganzen Sache nichts mehr wissen wollten. Wir erfüllen uns unsere bescheidenen Bedürfnisse und ziehen uns zurück. Wir wollen nichts weiter als absoluten Frieden und absolute Ruhe und ein schönes Leben, weil Cynthia manchmal etwas nervös ist. Okay.

Und jetzt, was geschieht heute morgen? Direkt auf unserer eigenen Schwelle? Puh. Es ist ekelhaft. Ich meine, es ist wirklich ein ekelhafter kleiner Scherz. Und wissen Sie, wie das passiert ist?

Folgendermaßen ist es passiert. Wieder mal ist es unser Freund, Mr. Lump, und er hat versucht, einen gerissenen, raffinierten kleinen Voodoo-Anwalt zu spielen. Es ist so erbärmlich. Er hat seinen Spaß dran, wenn er versucht, meine Zeit mit all seinen kleinen Tricks und Spielchen und Hinhaltemanövern zu verplempern, und dann versucht er mich zu irritieren, indem er mir eine Rechnung über seine Zeit präsentiert. Das ist nichts. Das ist künstliche Arbeitserzeugung. Alle Anwälte tun das. Okay. Und ich sage, ich nehme Ihre Rechnung entgegen. Ich nehme sie an, es interessiert mich nicht, was sie enthält. Sie geben mir Ihre Rechnung, und ich sorge dafür, daß sich drum gekümmert wird. Es ist okay. Und er gibt sie mir.

Erst später sehe ich, es ist so eine Art kitzlige Zwischensumme drin. Was jetzt? Er versucht, schlau zu sein. Er hat mir eine heiße Kartoffel in die Hand gedrückt. Wissen Sie, in der Plattenbranche wimmelt's von heißen Kartoffeln. Man sorgt einfach dafür, daß sich drum gekümmert wird. Es gibt immer Leute, die sich sehr gern um Dinge für einen kümmern, wenn sie auf der Leiter nach oben wollen. Wenn sie ihren Platz auf der Leiter verdienen, nun, dann sehen sie wiederum zu, daß sich drum gekümmert wird. Wenn man eine heiße Kartoffel bekommt, reicht man sie weiter. Ich habe sie weitergereicht. Hören Sie, es gibt eine Menge Leute, die sich *sehr* gern für mich um Dinge kümmern. He, wissen Sie das? Es war richtig komisch anzusehen, wie weit und wie schnell speziell diese heiße Kartoffel weitergereicht wurde. Das sagte für mich sehr viel darüber aus, wer Köpfchen hatte und wer nicht. Aber dann landet sie plötzlich im Garten hinter meinem Haus, und das ist leider eine Angelegenheit für eine Strafklausel. Die Woodshead-Sache ist eine *sehr* kostspielige kleine Geschichte, und ich denke, Ihre Mandanten haben vielleicht speziell auf diesen Punkt angespielt. Wir haben hier alles in der Hand. Wir können die ganze Angelegenheit einfach streichen. Glauben Sie mir, ich habe jetzt alles, was ich mir *irgend* wünschen könnte.

Aber hören Sie, Mr. Gently. Ich denke, Sie verstehen meine Lage. Wir sind ziemlich offen zueinander gewesen, und ich hatte dabei ein gutes Gefühl. Natürlich werden gewisse Empfindlichkeiten berührt, und ich bin auch in einer Lage, wo ich vieles geschehen lassen kann. Also vielleicht können wir uns auf einen von mehreren möglichen gütlichen Vergleichen einigen. Wenn Sie irgendwas wünschen, Mr. Gently, es kann in die Tat umgesetzt werden.«

»Bloß, Sie tot zu sehen, Mr. Draycott«, sagte Dirk Gently, »bloß, Sie tot zu sehen.«

»Ach, leck mich doch gleichfalls.«

Dirk Gently drehte sich um, verließ das Zimmer und ging zu seinem neuen Mandanten, um ihm zu sagen, daß sie möglicherweise ein Problem haben könnten.

Kapitel 31

Kurze Zeit später fuhr ein dunkelblauer BMW leise von dem ansonsten menschenleeren Vorplatz von St. Pancras Station weg und rollte durch die stillen Straßen davon.

Etwas deprimiert setzte sich Dirk Gently seinen Hut auf und verließ seinen soeben gewonnenen und wieder aufgegebenen Mandanten, der sagte, er wolle jetzt allein sein und sich vielleicht in eine Ratte verwandeln oder in etwas, das anderen Leuten, die er nennen könnte, ähnlich sehe.

Dirk schloß die großen Türen hinter sich und trat langsam auf den Balkon hinaus, der die riesige gewölbte Halle der Götter und Heroen, Walhalla, überblickte. Er sah gerade noch, wie die letzten Nachzügler des Gelages sich auflösten, um wahrscheinlich im selben Moment in der riesigen gewölbten Bahnhofshalle von St. Pancras Station wieder aufzutauchen. Er stand da und blickte eine Weile in die leere Halle, in der die Feuer jetzt nur noch verblassende Funken waren.

Es bedurfte dann noch eines ganz, ganz leichten Zuckens mit dem Kopf, damit auch er dieselbe Reise machte, und schon stand er in einem windigen, mülligen Korridor des verödeten Midland Grand Hotels. Draußen in der großen, dunklen Bahnhofshalle von St. Pancras Station sah er wieder die letzten Nachzügler aus Walhalla hinaus auf die kalten Straßen von London schlurfen, auf der Suche nach Bänken, die so konstruiert waren, daß man nicht drauf schlafen konnte, um zu versuchen, auf ihnen zu schlafen.

Er seufzte und begab sich auf die Suche nach einem Weg aus dem verlassenen Hotel, eine Unternehmung, die sich als schwieriger erwies, als er gedacht hatte, so riesig und dunkel und labyrinthisch, wie das Gebäude war. Er fand schließlich die große gotische Wendeltreppe, die ihn bis ganz nach unten zu den gewaltigen Bogen des Eingangsfoyers führte, das mit geschnitzten Drachen und Greifen und schwerem Eisenzierrat dekoriert war. Der Haupteingang auf der Vorderseite war, wie schon seit Jahren, verschlossen, und schließlich gelangte Dirk durch einen Seitengang zu einer Tür, in der ein großer, schwitzender Fettsack von Mann stand, der sie nachts bewachte. Der verlangte zu wissen, wie Dirk in das Hotel hineingekommen sei, und weigerte sich, sich mit einer von dessen Erklärungen zufriedenzugeben. Am Ende mußte er Dirk ganz einfach gestatten, das Haus zu verlassen, weil er kaum was anderes tun konnte.

Dirk ging von diesem Eingang zu dem Eingang der Schalterhalle hinüber, und von da in den Bahnhof selbst. Eine Zeitlang stand er einfach da und blickte sich um, dann ging er durch den Bahnhofshaupteingang hinaus und stieg die Treppe hinunter, die auf die St. Pancras Road führt. Als er auf die Straße trat, war er so erstaunt, daß sich nicht sofort ein vorbeifliegender Adler auf ihn stürzte, daß er stolperte und hinfiel und von dem ersten der frühmorgendlichen Motorradkuriere überfahren wurde.

Kapitel 32

Mit gewaltigem Getöse brauste Thor durch die Wand am anderen Ende der großen Halle von Walhalla und stand bereit, um den versammelten Göttern und Helden zu verkünden, daß es ihm endlich gelungen sei, sich nach Norwegen durchzuschlagen und eine Kopie des Vertrages, den Odin unterschrieben habe, tief verwahrt in der Flanke eines Berges zu finden, aber das konnte er nicht, weil alle weg waren und niemand mehr zuhörte.

»Es ist niemand hier«, sagte er zu Kate und entließ sie aus seinem gewaltigen Griff, »sie sind alle weg.«

Er ließ sich enttäuscht auf die Erde plumpsen.

»Wa –«, sagte Kate.

»Wir versuchen's bei den Gemächern vom Alten«, sagte Thor und schleuderte seinen Hammer auf den Balkon hinauf, mit ihnen im Schlepptau.

Er schritt durch die weiten Gemächer und überhörte Kates Einwände, Proteste und allgemeine Beschimpfungen.

Odin war nicht da.

»Er ist hier irgendwo«, sagte Thor wütend, während er seinen Hammer hinter sich her zog.

»Wa –«

»Wir gehen durch die Weltenscheide«, sagte er und erfaßte Kate von neuem. Sie schnippten sich hindurch.

Sie befanden sich in einer geräumigen Schlafzimmersuite in dem Hotel.

Abfälle und verrottete Teppichfetzen bedeckten die Fußböden, die Fenster waren durch jahrelange Nichtachtung verrußt. Taubendreck lag überall, und die abblätternden Farben erweckten den Anschein, als seien mehrere kleine Seesternfamilien an den Wänden explodiert.

In der Mitte des Zimmers stand verloren ein Rollbett, in dem ein alter Mann in wundervoll gebügeltem Linnen lag und aus seinem einen Auge weinte.

»Ich habe den Vertrag gefunden, du Mistkerl«, tobte Thor und fuchtelte damit vor ihm herum. »Ich bin hinter den Handel gekommen, den du geschlossen hast. *Verkauft* hast du alle unsere Macht an ... an einen Anwalt und eine ... eine Werbeagentin und ... und an alle möglichen anderen Leute. Du hast uns unsere Macht gestohlen! Meine konntest du mir nicht ganz nehmen, weil ich zu stark bin, aber du hast mich in einem fort irregeführt und durcheinandergebracht und ließest jedesmal schlimme Dinge geschehen, wenn ich wütend war. Du hast mich auf jede Weise, die dir zu Verfügung stand, daran gehindert, heim nach Norwegen zu kommen, weil du wußtest, ich würde *das hier* finden! Du und dieser Giftzwerg Hader Lump. Du beleidigst und demütigst mich schon seit Jahren, und –«

»Ja, ja, das wissen wir ja alles«, sagte Odin.

»Na . . . Gut!«

»Thor –«, sagte Kate.

»Schön, das habe ich jetzt alles abgeschüttelt!« schrie Thor.

»Ja, ich verstehe –«

»Ich bin woandershin gegangen, wo ich in Frieden gut oder wütend sein konnte, als ich wußte, du warst anderweitig beschäftigt und vermutetest, daß ich hier wäre, und ich ließ ein verdammt gutes Gebrüll los und brachte alles ein bißchen in Wallung, und jetzt geht's mir prächtig! Und als erstes werde ich mal das hier zerreißen!«

Er riß den Vertrag mit einem Ratsch durch, warf die Stücke in die Luft und entzündete sie mit einem Blick.

»Thor –«, sagte Kate.

»Und ich werde alles wieder richtigstellen, was du hast geschehen lassen, damit ich Angst hätte, wütend zu werden. Das arme Mädchen am Flugabfertigungsschalter, das in einen Getränkeautomaten verwandelt wurde. Krach! Bumm! Sie ist wieder da! Der Düsenjäger, der mich abzuschießen versuchte, als ich nach Norwegen flog! Krach! Bumm! Er ist wieder da! Siehst du, ich habe mich wieder unter Kontrolle!«

»Meine Tischlampe«, sagte Kate leise.

»Und Kates Tischlampe! Sie soll kein kleines Kätzchen mehr sein! Krach! Bumm! Thor spricht, und es geschieht! Was war das für ein Geräusch?«

Ein roter Lichtschein breitete sich über die Londoner Skyline aus.

»Thor, ich glaube, mit deinem Vater stimmt was nicht.«

»Das möchte ich verdammt nochmal hoffen. Oh. Was ist los? Vater? Geht's dir nicht gut?«

»Ich bin so ungeheuer dumm und töricht gewesen«, weinte Odin, »ich war so gemein und niederträchtig, und –«

»Ja, schön, genau das denke ich auch«, sagte Thor und setzte sich auf das Fußende des Bettes. »Also, was wollen wir tun?«

»Ich glaube, ich könnte nicht ohne mein Linnen leben und

meine Schwester Bailey und . . . Das geht nun schon so, so, so lange, und ich bin so, so alt. Hader Lump hat gesagt, ich sollte dich töten, aber ich . . . ich hätte lieber mich getötet. Oh, Thor . . .«

»Oh«, sagte Thor, »ich verstehe. Tja. Jetzt weiß ich nicht, was ich machen soll. Verdammt. Verdammt nochmal.«

»Thor –«

»Ja, ja, was ist denn?«

»Thor, es ist ganz einfach, was du wegen deines Vaters und Woodshead unternimmst«, sagte Kate.

»Ach ja? Was denn?«

»Ich sag's dir unter einer Bedingung.«

»Ach, wirklich? Und wie ist die?«

»Daß du mir sagst, wieviele Steine es in Wales gibt.«

»Was!« rief Thor empört. »Hebe dich hinweg! Es sind Jahre meines Lebens, von denen du sprichst!«

Kate zuckte die Achseln.

»Nein!« sagte Thor. »Alles, nur das nicht! Im übrigen«, fügte er mürrisch hinzu, »habe ich's dir schon gesagt.«

»Nein, das hast du nicht.«

»Habe ich wohl. Ich habe gesagt, ich hätte mich irgendwo in Mid-Glamorgan verzählt. Tja, ich konnte doch schwerlich noch mal von vorne beginnen, oder? Stell dir das vor, Mädchen, stell dir das vor!«

Kapitel 33

Durch das schwierige Gelände im Nordwesten von Walhalla – ein Netz von Wegen, die nur zu anderen Wegen und dann wieder zurück zum Anfang zu führen schienen, damit man's nochmal versuchen konnte – kämpften sich zwei Gestalten, die eine ein hünenhaftes, dämliches, brutales Geschöpf mit grünen Augen und einer Sense, die von seinem Gürtel herabhing und es oft ernstlich am Vorwärtskommen hinderte, die andere eine kleine, sich wie verrückt gebärdende Kreatur, die sich an den Rücken der größeren klammerte und sie wie besessen weitertrieb, während sie deren Vorwärtskommen in Wirklichkeit noch mehr behinderte.

Sie erreichten schließlich ein langes, niedriges, stinkendes Gebäude, in das sie rannten und nach Pferden riefen. Der alte Stallmeister kam herbei und erkannte sie, und da er bereits gehört hatte, daß sie in Ungnade gefallen waren, hatte er zunächst wenig Neigung, ihnen weiterzuhelfen. Die Sense blitzte durch die Luft, und der Kopf des Stallmeisters hüpfte überrascht nach oben, während sein Körper einen beleidigten Schritt rückwärts machte, unsicher schwankte und dann mangels gegenteiliger Instruktionen langsam nach hinten fiel. Der Kopf machte einen Satz ins Heu.

Die beiden Angreifer spannten rasch zwei Pferde vor einen Wagen und klapperten damit vom Hof und die breitere Durchgangsstraße entlang, die nach Norden hinaufführte.

Eine Meile weit kamen sie auf der Straße schnell voran, und Hader Lump trieb die Pferde mit einer langen, grausamen Peitsche hektisch an. Nach einigen Minuten jedoch begannen die Pferde langsamer zu laufen und sich nervös umzublicken. Hader Lump schlug um so fester auf sie ein, aber sie wurden immer ängstlicher, und dann verloren sie plötzlich alle Beherrschung und bäumten sich in entsetzlicher Furcht hoch auf und kippten den Wagen um, so daß die Insassen zu Boden fielen, von dem sie sofort wütend wieder aufsprangen.

Hader Lump schrie auf die erschreckten Pferde ein, erblickte aber plötzlich aus dem Augenwinkel, was sie so beunruhigt hatte.

Es war gar nichts so Furchterregendes. Es war bloß eine große, weiße Metallkiste, die umgekippt auf einem Müllhaufen neben der Straße lag und vor sich hin klapperte.

Wieder bäumten sich die Pferde auf und versuchten, vor dem großen, weißen, klappernden Ding davonzulaufen, aber sie hatten sich aussichtslos in ihre Zügel verheddert und steigerten sich nur immer weiter in eine wilderregte Panik. Hader Lump wurde rasch klar, daß sie sich nicht beruhigen würden, ehe man sich nicht um die Kiste gekümmert hätte.

»Egal, was es ist«, kreischte er das grünäugige Wesen an, »mach's kalt!«

Grünauge schnallte wieder seine Sense vom Gürtel los und kletterte auf den Abfallhaufen, auf dem die Kiste klapperte. Er trat mit dem Fuß dagegen, und sie klapperte noch mehr. Er stemmte einen Fuß dagegen und schob sie mit einem kräftigen Stoß von dem Haufen herunter. Die große, weiße Kiste rutschte etwa einen halben Meter weiter, dann kippte sie um und kullerte nach unten. Sie blieb einen Augenblick still liegen, und dann sprang eine Tür auf, die endlich freigelegt war. Die Pferde wieherten vor Angst.

Hader Lump und sein grünäugiger Schläger näherten sich dem Ding mit besorgter Neugier, dann taumelten sie entsetzt zurück, als aus dem Inneren ein großer, mächtiger, neuer Gott hervorbrach.

Kapitel 34

Am Nachmittag des folgenden Tages lag in wohltuender Entfernung von all diesen Ereignissen und in wohltuender Entfernung von einem wohlproportionierten Fenster, durch das das Nachmittagslicht fiel, ein ziemlich alter, einäugiger Mann in einem weißen Bett. Eine Zeitung lag wie ein halb zusammengeklapptes Zelt auf dem Fußboden, wohin sie vor zwei Minuten geschleudert worden war.

Der Mann war wach, aber nicht froh darüber. Seine feingliedrig-zerbrechlichen Hände lagen leicht gekrümmt auf den reinen, weißen Leinentüchern und zitterten ganz leise.

Sein Name wurde abwechselnd mit Mr. Odwin, Wodin oder

Odin angegeben. Er war – ist – ein Gott, und außerdem war er ein bestürzter und erschreckter Gott.

Bestürzt und erschreckt war er wegen des Artikels, den er eben auf der Titelseite der Zeitung gelesen hatte, daß nämlich ein anderer Gott auf den Putz gehauen und den Leuten auf die Nerven gegangen war. In so vielen Worten stand das da natürlich nicht, der Artikel schilderte nur, was am Abend zuvor passiert war, als ein vermißter Düsenjäger rätselhafterweise mit voller Wucht aus einem Haus in Nordlondon herausgefetzt war, von dem man sich überhaupt nicht vorstellen konnte, daß er da reingepaßt haben sollte. Er hatte sofort seine beiden Tragflächen verloren, hatte einen ohrenbetäubenden Sturzflug angetreten, war aufgeschlagen und in einer Hauptstraße explodiert. Dem Piloten war es gelungen, in den wenigen Sekunden, die er in der Luft war, den Schleudersitz zu betätigen, er war gelandet, ziemlich mitgenommen zwar und voller blauer Flecken, aber im übrigen unverletzt, und hatte was von merkwürdigen Männern mit Hämmern gestammelt, die über die Nordsee fliegen.

Zum Glück waren wegen der Uhrzeit, zu der sich die unerklärliche Katastrophe ereignet hatte, die Straßen fast menschenleer gewesen, und von erheblichen Sachschäden abgesehen, waren als einzige Opfer die bislang nicht identifizierten Insassen eines Wagens zu beklagen, von dem man meinte, er könnte möglicherweise ein BMW und möglicherweise blau gewesen sein, obwohl das aufgrund der ziemlich extremen Schwere des Unfalls ziemlich schwer zu sagen war.

Er war sehr, sehr müde und wollte nicht darüber nachdenken, wollte nicht über den gestrigen Abend nachdenken, wollte an gar nichts denken, außer an Leinentücher, und daran, wie wunderbar es war, wenn Schwester Bailey sie um ihn herum feststeckte, wie sie es eben getan hatte, gerade vor fünf Minuten, und davor nochmal vor nur zehn Minuten.

Das amerikanische Mädchen, Kate irgendwas, kam in sein Zimmer. Er wünschte sich, sie würde ihn einfach schlafen lassen. Sie erzählte was davon, daß nun alles in Ordnung gebracht sei. Sie gratulierte ihm zu seinem extrem hohen Blutdruck, dem hohen Cholesterinspiegel und seinem sehr schwachen Herzen, weshalb die Klinik ihn gegen sein gesamtes Vermögen mit großer Freude als lebenslangen Patienten aufnehme. Es interessiere das Krankenhaus nicht einmal, wie hoch sein Vermögen überhaupt sei, weil es zweifellos ausreichen würde, um einen so kurzen Aufenthalt, wie seiner wahrscheinlich wäre, zu bestreiten.

Sie schien zu erwarten, daß er erfreut sei, deshalb nickte er bereitwillig, dankte ihr vage und sank, sank glücklich in tiefen Schlaf.

Kapitel 35

Am selben Nachmittag erwachte Dirk Gently ebenfalls im Krankenhaus, weil er eine leichte Gehirnerschütterung, Abschürfungen, blaue Flecken und ein gebrochenes Bein davongetragen hatte. Nach seiner Einlieferung hatte er die allergrößte Mühe, den Leuten klarzumachen, daß die meisten seiner Verletzungen von einem kleinen Jungen und einem Adler stammten, und daß von einem Motorradkurier überfahren zu werden eigentlich ein relativ erholsames Erlebnis sei, weil es vor allem sehr viel mit Liegen zu tun gehabt habe und damit, daß nicht alle zwei Minuten ein Sturzflug auf einen verübt wurde.

Er wurde unter Beruhigungsmittel gesetzt – mit anderen Worten, er schlief fast den ganzen Morgen durch, wobei er unter schrecklichen Träumen litt, in denen Hader Lump und ein grünäugiger, sensenbewehrter Riese sich aus Walhalla nach Nordosten aus dem Staube machten, wo sie unerwartet von einem neu erschaffenen gewaltigen Schuldgott aufgehalten und gefressen wurden, der endlich aus etwas hatte entweichen können, das verdächtig nach einem umgekippten Kühlschrank in einem Müllcontainer aussah.

Er war erleichtert, als er schließlich durch ein fröhliches »Oh, Sie sind's ja. Sie haben mir mein Buch geklaut« geweckt wurde.

Er öffnete die Augen, und der Anblick von Sally Mills bot sich ihm, dem Mädchen, das ihm einen Tag zuvor in dem Café so heftig auf die Füße getreten war, und das aus keinem besseren Grund, als dem, daß er, bevor er ihr das Buch geklaut hatte, er ihr den Kaffee geklaut hatte.

»Na, ich freue mich, daß Sie auf meinen Rat gehört haben und ins Krankenhaus gegangen sind, um sich Ihre Nase richtig behandeln zu lassen«, sagte sie, während sie um ihn herumfuhrwerkte. »Einen ziemlichen Umweg scheinen Sie ja genommen zu haben, aber jetzt sind Sie hier, und das ist die Hauptsache. Das Mädchen, das Sie so interessierte, haben Sie noch eingeholt, oder? Komischerweise liegen Sie in genau demselben Bett wie sie. Falls Sie sie sehen, könnten Sie ihr vielleicht diese Pizza geben, die sie sich bei einer Pizzeria bestellt hat, ehe sie hier abhaute. Jetzt ist das Ding natürlich kalt, aber der Kurier beteuerte, sie habe darauf bestanden, daß sie geliefert würde.

Aber es macht mir nichts aus, daß Sie mir mein Buch geklaut haben, wirklich nicht. Eigentlich weiß ich gar nicht, warum ich sie mir kaufe, sie sind nicht sehr gut, nur alle Leute kaufen sie ständig, stimmt's? Jemand hat mir gesagt, es geht das Gerücht, er hätte einen Pakt mit dem Teufel geschlossen oder sowas. Ich glaube, das ist Quatsch, allerdings habe ich noch 'ne Geschichte über ihn gehört, die mir viel besser gefällt. Merkwürdigerweise bekommt er anscheinend immer Hühner in seine Hotelzimmer geliefert, und niemand wagt zu fragen, warum, oder auch nur Vermutungen darüber anzustellen, wofür er sie haben will, weil niemand auch nur ein einziges Fetzchen von ihnen wiedersieht. Na, ich kenne jemanden, der weiß genau, wozu er sie braucht. Dieser Jemand, den ich kenne, hatte mal den Job, die Hühner sofort wieder heimlich aus dem Zimmer zu schmuggeln. Was Howard Bell davon hat, ist der Ruf, ein sehr seltsamer und dämonischer Mensch zu sein, und schon kaufen alle Leute seine Bücher. Netter Job, wenn man ihn kriegen kann, das sage ich Ihnen. Na ja, ich hoffe, Sie erwarten nicht, daß ich den ganzen Nachmittag mit Ihnen quatsche, und selbst wenn, habe ich Besseres zu tun. Die Oberschwester sagt, wahrscheinlich werden Sie heute abend entlassen, da können Sie nach Hause in Ihre eigenen vier Wände und in Ihrem eigenen Bett schlafen, was Ihnen sicherlich viel lieber ist. Wie dem auch sei, ich hoffe, es geht Ihnen besser, und hier sind ein paar Zeitungen.«

Dirk griff zu den Zeitungen, froh, endlich allein zu sein.

Als erstes wollte er mal sehen, was »Der Große Zaganza« zu diesem Tag zu sagen hatte. »Der Große Zaganza« sagte: »Du bist sehr fett und dumm und trägst beharrlich einen lächerlichen Hut, dessen du dich schämen solltest.«

Darüber grunzte er leise vor sich hin und schlug das Horoskop in der anderen Zeitung auf.

Es lautete: »Heute ist der richtige Tag, die Behaglichkeit des eigenen Heims zu genießen.«

Ja, dachte er, er wäre froh, wieder nach Hause zu kommen. Er war noch immer merkwürdig erleichtert darüber, daß er seinen alten Kühlschrank losgeworden war, und freute sich auf das Vergnügen einer neuen Kühlschrank-Epoche mit dem funkelnagelneuen Modell, das jetzt zu Hause in seiner Küche stand.

Es war noch an den Adler zu denken, aber darüber würde er sich später den Kopf zerbrechen, wenn er nach Hause kam.

Er wandte sich der Titelseite zu, um zu sehen, ob es irgendwelche interessanten Neuigkeiten gab.